现代文学理论实践

叙事
自我同一性
跨境

[日] 土田知则 青柳悦子 著
朱卫红 译

广西师范大学出版社
·桂林·

本书获得上海财经大学“中央高校建设世界一流大学学科和特色发展引导专项资金资助”及“中央高校基本科研业务费资助”

小阅读·文艺

序　言

《现代文学理论实践》导读

大约四年半前，我们在撰写“文字地图”(WORD BOOK)系列丛书之一《现代文学理论——文本 · 阅读 · 世界》的时候，脑海中已经有了本书的构想。如果能够对现代文学批评提出“理论”的鸟瞰图，那么下一步该做的事就是尝试以文学文本为舞台，进行具体分析(阅读)的“实践”。然而，在将构想付诸实践的过程中，存在着许多难题。其中第一个大问题就是，本书是否能够最大程度地导入前一本书中提及的各项理论。遗憾的是，或者也可以这样说，这是一个最终不可能完成的课题。一旦分析具体文本，当然不得不采取整合多篇一定长度的文章(即论文)的形式，其结果就是章节会变少(全十一章)。而且，所列举的理论装置也必然会受到限制。尽管如此，我们在撰写这本实践篇的时候，仍力图避免各个章节出现重复内容，同时尽量导入更多的理论装置。另外，新增了“后殖民”“克里奥尔”等前一本书没有涉及的话题。并且，为了明确和前一本书的相关性，我们在各章节的脚注前面，注明了特别期望大家参考的前一本书中的条目，比如“※文本精神分析”“※叙事学”等。敬请参考！

此次我和青柳悦子两人事先进行了讨论,之后各自准备了五篇左右的论文。那时,我们还确定了大致的撰写原则,比如标题的写法,每个章节的页数,等等。但是正如我们所预想的,在撰写过程中,有的论文内容不断丰富,有的内容却被缩减了。最终各个章节的分量变得不是很均衡。本来或许应该协调双方所写的内容,对文本和格式进行严格调整,但是此次我们特意保留了各篇的差异性。原本两位作者的写作风格就各不相同,如果我们在写法上彼此妥协的话,可能会导致相反的效果。最终,青柳执笔了五篇篇幅稍长的论文和四个栏目,而我则撰写了六篇篇幅稍短的论文和五个栏目。尽管两种风格迥异,但是我们期待,这种差异性和个性可以形成"复调"或者"对比",产生意想不到的"不协调的噪音"。

因为都是从事法国相关研究的研究者,我们选择的分析对象容易偏向法国文学的文本。为此,本书尽可能不局限于法国,把在法国以外(特别是在日本)出版的文本也作为分析材料。把欧美这个异质的文化圈中产生的各种理论装置运用在日语书写的文本上,并展开有说服力的讨论,在这一过程中,我们碰到了各种意想不到的困难。但是不管怎么说,这确实是一种非常有意义的尝试。

按照欧洲的文脉,"理论"(Theory)和"实践"(Practice)从古至今都被认为处于两极、非对称的关系中。如果说"理论"像是洋溢着光辉的崇高的女神,那么,"实践"则是衣衫褴褛的婢女一样的存在。这里给出的两幅耐人寻味的寓意画(参照下图)就反映了这种关系。这两幅图出自17世纪在罗马出版的切萨雷·里帕的著作《图像学》。正如您所看到的,"理论"被描绘成头戴象征理性的圆规、身着华服的年轻女性的形象。这

“理论”(右)和“实践”(左)的寓意画

(Barbara Johnson, *The Wake of Deconstruction*, Blackwell, 1994, p. 64, p. 66)

位女性正要走下云间的阶梯,其充满自信的目光笔直地投向天空。而“实践”一方和“理论”完全相反,身上找不到任何高贵的物品。作为“实践”的寓意,这里描绘的是衣衫褴褛、在地上漫无目的地徘徊的老妪的形象。俯首低眉、步履蹒跚地向前走的老妪的手中,拿着一个巨大的圆规和长尺,好像拐杖一样支撑着其行动不便的躯体。如图所示,“实践”在人们心中唤起的不是充满活力的青春,而是将要迎接死亡的衰老的形象。

里帕书中的这两幅寓意画确实给“理论”和“实践”提供了一种不可否认的形象。“实践”行为既不轻松也不华丽,它像是只能依靠拐杖行走的步伐艰难的老妪,总是伴随着摔倒的不安。但是,把“理论”和“实践”看作缺乏双向对话、存在等级关系的话,还是有问题的。所谓“理论”,不能普遍而绝对地作为适用于“实践”的基准或标准,必须立足于文本的大地,像老婆婆那样小心翼翼地行走。只有通过阅读实践的积累,才能够打破一直被认为是坚如磐石的“理论”基础,从而获得众多重新思考的契机。

如果这本“实践”的书能够成为读者重新思考“理论”的小小路标的话,我们将感到万分荣幸。

土田知则

目录

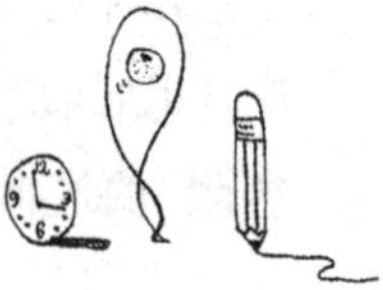

现代文学批评理论一览表

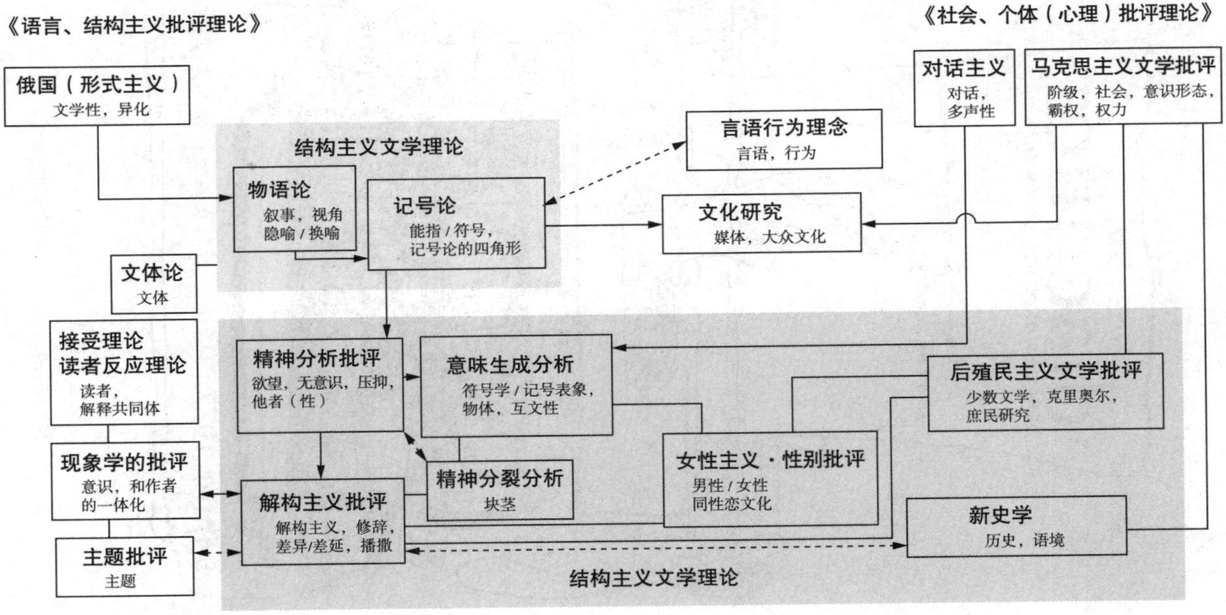

阅读的实践，同时从写作开始……

（*Diacritics* 1977 年冬季刊的封面）

解构影响关系

面向互文性的阅读

◎戴维·洛奇《小世界》/翁贝托·埃科《傅科摆》

※ 对话或者文本的复调

※ “互文性”的诗学

※ 美国的解构批评

> 关联性随处可见,只要有意寻找的话。
>
> ——翁贝托·埃科《傅科摆》

什么是影响

当我们谈到一个事物影响另一个事物,或被另一个事物影响时,我们脑海中通常想的是,时间上先发生的事物对后来的事物给予某种作用力,或者感化。例如,荷马影响了詹姆斯·乔伊斯,却不可能出现相反的情况。因为从道理上讲,一个古希腊诗人不可能看到或读到一个20世纪小说家的作品。也就是说,所谓“影响”,是一个绝对不可逆转的概念,是受到年代学的时间性约束的。换言之,“影响”的想法,完全是等级性的,而且具有

单向交通①的性质。如果是**巴赫金**②的话,应该会用“独白”③来表述,而如果是**德勒兹或加塔利**④,则会用树状⑤思维来表述这种关系吧。

影响的焦虑——布鲁姆的误读理论

哈罗德·**布鲁姆**⑥在《影响的焦虑》(1973)、《误读图示》(1975)等著作中提出的问题,可以归结为后人如何摆脱前辈的

---

① 筱原资明《横断的美学——艺术的交通论》中使用的一个术语。“让我们以一种更普遍的方式,来模拟相对关系-交通。在我看来,相对关系间有四种可能的交通方式。首先,是单向行驶的关系,我们将其称为单向交通。这种关系与支配关系或等级关系重叠。第二,一种相互交通的、双向的关系,让我们将其称为双向交通。第三,也可以考虑阻碍交通的关系,我们称之为反交通。最后,是维持相互异质性的情况下所进行的交通,我们称其为异质性交通。”(岩波书店,1992年,第17页)

② 米哈伊尔·米哈伊洛维奇·巴赫金(1895—1975),俄国文艺理论家,1963年著有《陀思妥耶夫斯基诗学问题》(望月哲男、铃木淳一译,筑摩学艺文库,1995年),1965年著有《弗朗索瓦·拉伯雷的创作与中世纪和文艺复兴时期的民间文化》。(川端香男里译,芹科书房,1974年)

③ 巴赫金称全知全能的作者在小说作品外部不断地单方面讲述的语言形式为“独白主义”,并对其进行了严厉的批判。

④ 吉尔·德勒兹(1925—1995),法国哲学家,与精神分析学家费利克斯·加塔利(1930—1992)合作出版了《反俄狄浦斯》([1972],市仓宏祐译,河出书房新社,1986年)、《千高原》([1980],宇野邦一等译,河出书房新社,1994年),以及其他诸多作品。

⑤ 所谓树状,是一种只是重复从上到下或者从下到上的分叉的单向结构。换句话说,“树状”只不过是等级权力结构的象征。

⑥ 哈罗德·布鲁姆(1930—2019),美国耶鲁大学教授,文学理论家,与保罗·德曼、J.希利斯·米勒和杰弗里·哈特曼同是“耶鲁学派”(美国解构主义批评)的骨干成员。

影响力并消除其影响。换句话说，布鲁姆意识到了前人对后人施以单向的强大压力所导致的“**焦虑**”，而他的研究就是从这一点出发的。

布鲁姆将这种**单向的影响关系**，与弗洛伊德提出的“**俄狄浦斯情结**”中的父子关系进行对比，试图彻底解构以往的“影响”概念。根据弗洛伊德的精神分析学，围绕着母亲这一共同对象，子女和父亲形成了心理上的竞争关系，而布鲁姆认为，这种父亲和子女的关系可以换成前人与后人的关系。在给弗洛伊德带来了“俄狄浦斯情结”之灵感的俄狄浦斯国王的故事中，俄狄浦斯在不知情的情况下杀死了亲生父亲拉伊奥斯。但是，布鲁姆试图消除前辈们的（权）力的姿态更为激进。布鲁姆想象中的后辈们和俄狄浦斯不同，因为他们从一开始就抱着抹杀前者权力的目的进行斗争和反抗。对于布鲁姆来说，没有比“影响”更压抑、更施威的权力了。

T. S. 艾略特对莎士比亚的影响

时间上晚出现的人对先行者有影响——这样的说法，脱离了“影响”这个词的定义。然而，在现代文学理论的舞台上，这种想法一点也不稀奇。

也是当今具有代表性的文学理论家之一的英国小说家戴维·**洛奇**①，常常在作品中随处穿插一些关于文学理论的重要讨

① 戴维·洛奇（1935—　），英国小说家、批评家。著作有《大英博物馆在倒塌》（〔1965〕，高仪进译，白水社，1992年）、《换位》（〔1975〕，高仪进译，白水Ubooks，上、下，1984年）等小说，以及《与结构主义合作》（1981）和《小说的艺术》（〔1992〕，柴田元幸、齐藤兆史译，白水社，1997年）等文艺批评作品。

论。他在1984年发表了校园小说《**小世界**》。在这本小说中,爱尔兰年轻的大学教师珀斯·麦加里格尔,在鲁米治大学举办的研讨会上遇见了美丽的女性安杰莉卡,两人之间展开了如下对话:

"……听说你们学科只有三位教员,是真的吗?"

"嗯。教授是马格里特——教英国古典文学。然后是昆兰博士——教英国中世文学。鄙人教的是英国近代文学。"

"你说什么?就这几个人吗?从莎士比亚开始……?"

"直至T.S.艾略特。我的硕士论文的主题曾是莎士比亚对T.S.艾略特的影响。"①

珀斯论文的主题中规中矩。换句话说,两人之间并没有展开什么内容特殊的对话。但是,珀斯讲话的结尾有个过去式表达,充分表明他在后面将给读者一个反转。之后的对话将英格兰北部一所新办大学的教授罗宾·邓普西也卷入其中。后面又展开了如下的对话:

……"麦加里格尔先生,你的研究方向是?"

"嗯,我研究了莎士比亚和T.S.艾略特。"珀斯说。

(……)"那就交给计算机做好了,再合适不过了。"邓普西接话道,"把文本录成磁带就行了。到时候计算机会把两个作者相同的单词、句子、文章结构统计制表。说起来也就是准确地量化莎士比亚对T.S.艾略特的影响。"

"可是,我的论文不是关于这方面的。"珀斯说,"是

① 戴维·洛奇:《小世界》(1984),高仪进译,白水社,1986年,第21页。

T. S. 艾略特对莎士比亚的影响。"

"我想说,这家伙真爱尔兰式啊。"邓普西说着,哈哈大笑,然后特意用他的小眼睛环顾了一下四周,寻求周围的支持。

"嗯,我想证明的是,"珀斯说,"我们总是通过 T. S. 艾略特的诗这个镜片来阅读莎士比亚。我的意思是,如今如果不考虑'普鲁弗洛克的情歌',谁还能读懂《哈姆莱特》。如果没有想到《荒原》中的'火诫',谁能听懂《暴风雨》中斐迪南的台词。"

(……)珀斯穿过人群,走到安杰莉卡的身边。

"你不是告诉我,你的论文是莎士比亚对 T. S. 艾略特的影响吗?"她问。

"是啊。"他回答道,"为了杀杀邓普西的威风,我突然想到,颠倒了一下。"①

这一段,夹杂着适度的诙谐和幽默,简明扼要地展现了布鲁姆对于"阅读"的想法。如果把邓普西所体现的想法当作等级分明的父亲式的权威、权力的话,那么另一方的麦加里格尔可以说是勇敢地向那个权威和权力提出了挑战。也就是说,两者之间存在着俄狄浦斯式的父与子的斗争关系。

进一步说,邓普西不仅是等级分明的树状"影响"概念的支持者,而且是坚信影响可以通过计算机进行统计处理的朴素的实证主义者,是负面意义上的科学信奉者。麦加里格尔急中生智,既表达了对邓普西的愚蠢的愤怒,同时也表达了将"阅读"作为反等级性质的双向行为来进行思考的态度,也就是麦加里格

---

① 戴维·洛奇:《小世界》(1984),高仪进译,白水社,1986 年,第 67—69 页。

尔所说的“**逆反批评**”,或者“**误读理论**”[1]。另外,麦加里格尔的反科学立场,和罗兰·巴特在《从科学到文学》[2]里对实证科学语言的权威性的批评态度也有共通之处。邓普西讽刺的爱尔兰式阅读,也可以被认为是将布鲁姆提倡的**强力阅读**实践和巴特尊崇语言活动的“爱洛斯”式**愉快阅读**实践结合在了一起。

卡索邦和阿列埃的对话——结果引发了原因

20世纪最伟大的符号学家,现代意大利小说家的代表翁贝托·**埃科**有一部叫作《**傅科摆**》(1988)的长篇小说。埃科在这个文本中的风格一如既往,如果用一句话来表达的话,就是采集了不胜枚举的广博知识。换句话说,他的文本是丰饶的**引用的织物**。因此,正如我们所设想的那样,埃科的文本中关于“**互文性**”的讨论随处可见。更准确地说,埃科借小说中人物的话,巧妙且深入浅出地向我们展示了颠覆年代学时间观的布鲁姆–麦加里格尔式的问题。

比如这部小说中的登场人物卡索邦和阿列埃,关于“引用”或者“互文性”展开了如下讨论。

> “基泽维特真是滑头。”
>
> “是啊,净是些引用。说到底,19世纪的神秘主义研究

① 读者(和作家)总是对前人的影响战战兢兢。避免这种“影响的焦虑”的唯一方法是通过故意误解(误读)前人,来动摇他们的稳定性和权威性,并由此探索新的阅读的可能性。**“误读理论”“逆反批评”**和**“强力阅读”**等表达都是对这种策略的描述。

② 罗兰·巴特:《从科学到文学》(1971),载于《语言的窸窣》,花轮光译,美铃书店,1987年收录。

者们也都是实证主义的牺牲品。他们认为能通过实证的东西才是真实的。关于《赫尔墨斯文书》是何时创作的争论就是一个好例子。那本书在15世纪传到欧洲时,皮科·德拉·米兰多拉和费奇诺等许多伟大的贤人都承认它的价值,称《赫尔墨斯文书》充满了极其古老的知识,甚至比古埃及人,比那位摩西还要古老。他们之所以这么说,是因为书上记载了后来柏拉图、基督教等主张的内容。"

"你说的'后来'是什么意思?那不就和'但丁曾经是个共济会会员'之类的布拉曼特式的论证方法[①]一样了吗?因为《赫尔墨斯文书》中重复了柏拉图和耶稣的想法,就说《文书》是在他们之后写成的?"

"看吧看吧,您也没有落下,和近世[②]的学者做着同样的论证。他们甚至搬来晦涩的语言学分析法,论证《文书》写于公元2世纪到3世纪之间。如此论断,就如同说因为卡珊德拉早就知道特洛伊城会陷落,所以认为她出生在荷马之后。认为时间是从A到B单向线性运行的想法是近世的幻想。从B到A也是可能的,也可以是结果引发原因……讲先来后到有什么意义呢?那个绝世美女安帕罗,到底是比她来路不明的祖先先出现,还是后出现呢?她的的确确是个出色的女性——如果您允许我这个做她父亲也不奇怪的人来做判断的话,您能理解吗?应该是她先出现在这个世上。她是创造她的人的神秘之源。"[③]

---

① 三段论推理中第四格的一种——AAI式推理。(译者注)

② 关于日本近世的时间划分,学者观点并不一致。一般来说,在日本,近世指的是江户时代,即1603—1867年。(译者注)

③ 翁贝托·埃科:《傅科摆》(1988),藤村昌昭译,文春文库,1999年,上卷,第354—355页。

我们无法判断埃科本人是否支持像阿列埃这样的神秘主义者。值得注意的是,阿列埃和麦加里格尔一样,都以**卡巴拉的思想**①,也就是犹太式的神秘思想为后盾。S. A. 汉德尔曼认为,在拉比②式的犹太思想的根部,存在着解构时间的先行性,颠覆/无视先行者和后行者之间的优劣关系的想法。不用说,这与希腊/基督教的时间观,也就是线性年代学的时间观形成鲜明对比。

> 把后来进行的注解提高到和先行文本一样的地位,这也可以说是拉比式解读与众不同的特点之一。虽然没有那么微妙,但其中产生了带有权力斗争色彩的成分。③

> 在亚里士多德"存在的巨大链条"的论述中,在存在中间有着存在论的优越性。而在犹太式的想法下,每个个体存在都处于平等的地位。④

上面埃科的引文几乎包含了所有从克里斯蒂娃到巴特、德里达以及布鲁姆都在探索的"**互文性**"的问题点。⑤ "引用""实证主义""已经写了""重复""从 A 到 B 的时间过程""原因–结果"

---

① 关于神和所有造物的犹太教神秘主义哲学。"卡巴拉"是一个名词,源自希伯来语的动词"Kabbalah",意思是"接受,受领,传承,传统"。关于这一点,请参照以下书籍——哈罗德·布鲁姆:《卡巴拉与批评》(1975),岛弘之译,国书刊行会,1986 年。

② 拉比,犹太教经师或神职人员。(译者注)

③ 苏珊·A. 汉德尔曼:《谁杀死了摩西:现代文学理论中拉比解读的出现》(1982),山形和美译,法政大学出版局,1987 年,第 85 页。

④ 同上,第 197 页。

⑤ 请参照土田知则、青柳悦子、伊藤直哉:《现代文学理论——文本·阅读·世界》,新曜社,1996 年,第 168—173 页("互文性的诗学"部分)。

“起源”“先来后到”,还有“父亲”,这一连串的词语和表达,无一例外都和互文性争论中出现的话题恰好相符。当然,埃科在该部小说中只字未提“互文性”这个词,但是我们从这段值得关注的引文中,可以明确地读出坚持老式的“影响”论的卡索邦和运用“互文性”的、反历史(主义)式的思维策略痛批他的阿列埃之间存在的对立图式。卡索邦和阿列埃之间观点相反的对话,不能简单被理解为纯粹的小说人物的闲聊。这里不能忽略的是其简洁明了地展示了现代批评舞台上的重要论争。

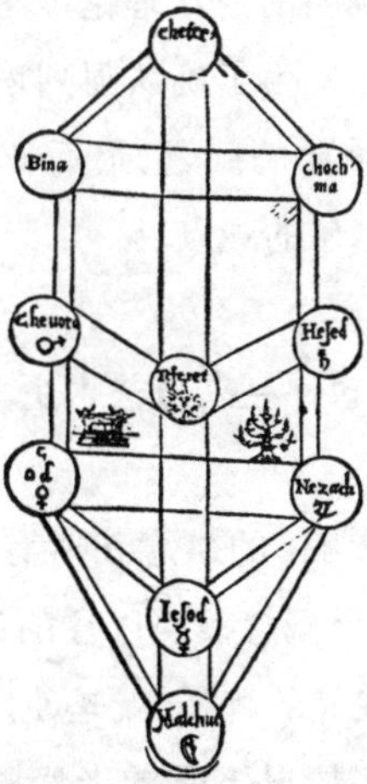

▲ 卡巴拉的重要象征性表达:“生命之树”
(摘自《傅科摆》的扉页)

卡索邦和阿列埃之间的对立,可以看作西方事物(特别是希腊–基督教式的传统)和非西方(犹太的抑或异端的)事物之间的对比。彻底贯彻反历史、反时间美学的卡巴拉式神秘主义者阿列埃,又以强硬的态度,向卡索邦的友人贝尔勃提出了同样的见解。从中可以清楚地看出对西方以及西方产物的强烈批判。

> “不好意思，打断一下。”贝尔勃对阿列埃说，“那么，您所说的不就是‘后此谬误’①的论证吗？也就是说后面发生的事情是前面发生的事情的原因。”
>
> “没必要进行一系列线性的归纳推理。这里喷泉的水就不会那样。大自然也不会采用这样的推论方式。大自然是无视时间的，所谓时间是西方发明的东西。”②

如此，阿列埃这种反历史、反时间的观点，并不只是在小说这个虚构的舞台上才能说明的空浮理论。布鲁姆的误读理论就是这种观点强有力的证据。为了确认阿列埃的想法在当今众多的研究领域引发了如何重要的问题，最后让我们介绍一下艺术史学家迈克尔·巴克森德尔的观点。

应该诅咒的“影响”概念——来自艺术史学家的观点

不可否认，所谓“影响”的概念在所有的学术领域都有重要的地位。但是，如果这个概念按照以往的狭义解释来使用的话，将会带来众多弊端。狭义的解释，就是使用“影响”概念的时候，参照单向图示——很多情况下是前者影响后者的向量式理解。例如，杰伊·克莱顿和艾瑞克·罗思坦两个人，放弃狭义的影响概念，强调了向所谓“互文性”这一复合的方向性概念转换的必要性。“在更加广泛的意义下使用‘影响’这个词，会更加民主，

---

① 拉丁语为 post hoc ergo ante hoc，是角色人物贝尔勃对拉丁语 post hoc ergo propter hoc（后此谬误）的套用。（译者注）

② 翁贝托·埃科：《傅科摆》(1988)，藤村昌昭译，文春文库，1999 年，下卷，第 26 页。

不仅带来互文性，还将成为向着更加平等、公平的（思考）模式迈出的小小的第一步。”①

这一点和直面“互文性”问题的艺术史学家迈克尔·巴克森德尔的主张也是相通的。不仅如此，在巴克森德尔看来，问题似乎更加深刻。

> “影响”的概念对于艺术批评是该诅咒的东西，其中存在着关于谁是行为主体、谁是被动主体之类的顽固的语法偏见。换句话说，它似乎把历史上表演者-行为者所经历的，与被设想为鉴赏者的人所考虑的主动/被动关系弄反了。如果我们说X对Y产生了影响，我们不是说Y对X做了什么，而是说X对Y做了什么。但是，当我们考察一幅优秀的画作或优秀的画家时，总是后来者有更强烈的现实感。如果我们认为行为者的诱因是Y，而不是X，那么这个（被称为影响的）词的含义会更加丰富，并获得更具魅力的多义性。煽动、诉说、利用、从～中窃取、依赖于～、改写、误解、言及～、拾取、接受、与～交战、回应～、引用、把自己与～加以区别、把自己与～同化、吸收、让自己与～合作、复制、搭话、总结、吸取、变奏、使复兴、（使）维持、改造、模仿、竞争、讽刺、戏仿、从～中提取、扭曲（曲解）、投入、抵制、简化、重建、详细阐述、发展、直视、主宰、击败、使永存、削减、促进、回应、变形、辩论……我们的脑海中可能会出现其他各种各样的含义。这些关系，几乎都是非常矛盾的说法——换句话说，不以Y作

---

① Jay Clayton & Eric Rothstein, “Figures in the Corpus: Theories of Influence and Intertextuality,” in *Influence and Intertextuality in Literary History*, edited by Jay Clayton & Eric Rothstein, The University of Wisconsin Press, 1991, p. 7.

> 用于(影响)X的形式,而是以X作用于(影响)Y的形式——是无法讲述的。用“影响”这个词讲述,会剥夺差异化(分化)手段带来的多姿多彩,造成抑制我们思维的恶果。①

拒绝从X(先行者)到Y(后来者)的年代学,提出从Y逆向到X的**反年代学**(反历史、反时间)的立场——和神秘主义者阿列埃一样,艺术史学家巴克森德尔的主要主张似乎也集中在这一点上。然而,这种态度对于他们似乎真正要提出的问题,最多只有一些片面的价值。原因是,如果我们完全否认力从X到Y的运动,而只把它简化为从Y到X的反向力的话,那么当初支撑“互文性”理念的“对话性”(dialogisme)、“交通性”马上就会自我毁灭。因此,这个问题并不是只要把“X→Y”的矢量关系换成“Y→X”那么简单。在尊重“X→Y”思维方式的同时,我们也应该为“Y→X”的思维方式打开可能性的通道。可以说,“互文性”思想所推崇的对话主义以及布鲁姆等人提出的阅读理论(误读理论),追求的正是打开这种**双向互动思维的回路**。(土田)

---

① 此处引用出自以下著作:Michael Baxandall, *Patterns of Intention: On the Historical Explanation of Pictures*, Yale University Press, 1985, pp. 58-59.

俄狄浦斯情结

Ödipuskomplex

在自我分析的过程中，西格蒙德·**弗洛伊德**认识到自己对母亲的情欲和对父亲的憎恶，并于 1897 年 10 月 15 日写信给威廉·弗里斯。他这样写道：“我现在明白为什么俄狄浦斯王的故事如此深入人心了。……这个希腊神话揭示了一种强迫性，即每个人都能在自己身上认识到存在的痕迹。”于是，后来成为精神分析学的一个重要概念——“俄狄浦斯情结”一词诞生了。

从弗洛伊德的话中可以看出，“俄狄浦斯情结”是指对异性父母的性欲望和对同性父母（对手）的杀戮欲望所构成的一种复杂的心理机制。“俄狄浦斯”这个名字的来源是古希腊诗人**索福克勒斯**（公元前 496—公元前 406）的一部戏剧**《俄狄浦斯王》**[1]。该剧的大致内容如下：

忒拜的国王拉伊奥斯和王后约卡斯塔所生的儿子俄狄浦斯，双足被钉上钉子后，被捆绑着扔到山中。因为国王拉伊奥斯得到神谕“你将被亲生儿子杀死”。后来俄狄浦斯被放羊人捡回来，作为科林斯王的儿子被养育成人。长到青年的俄狄浦斯听说了“你会杀掉父亲并和母亲乱伦”的神谕，为了逃避命运，他离开了科林斯国。可是，他在旅途中碰到了一个陌生人，后来因为微不足道的原因杀了那个人。事实上，那是他的亲生父亲拉伊奥斯。当俄狄浦斯到达故乡忒拜时，整个城正遭受着斯芬克斯的迫害。斯芬克斯坐在悬崖上，要求过往的行人猜谜：“尽管有相同的名字，但有时有两条腿，有时有三条腿，有时有四条腿，腿最多的时候，最虚弱。这是什么东西？”如果对方回答不上来，就毫不留情地杀死那个人。俄狄浦斯回答说“那是一个人”,击退了斯芬克斯,被推选为忒拜的国王。也就是说,俄狄浦斯在不知情的情况下与他的母亲约卡斯塔结了婚(他们之间生了四个孩子)。几年后,忒拜城遭遇了歉收和瘟疫,这是上天对没有为谋杀前国王拉伊奥斯的行为赎罪的忒拜的惩罚。神谕告诉俄狄浦斯要“寻找并流放杀害拉伊奥斯的凶手”。困惑不解的俄狄浦斯最后从盲人先知提瑞西阿斯那里听说了所有的真相——“玷污这片土地的不洁的罪人,就是你”。得知了真相的俄狄浦斯用力刺瞎了自己的双眼,在长女安提戈涅的搀扶下,在各国流浪。而他的母亲约卡斯塔上吊自杀。

在这部悲剧中,“**谋杀父亲**”和“**乱伦**”两个主题巧妙地交织在一起。而弗洛伊德在这场父亲–母亲–孩子的悲剧中,奇异地叠加了人类作为一个主体的形成过程。用**拉康**的话说,这是人因为**父亲**(**法律**、**规则**)的介入,从母子的未分化状态(**想象世界**)中分离出来,进入**语言的世界**(**象征世界**)的过程。

母子一体的融合状态对应于**克里斯蒂娃**所说的“**符号态**”(le semiotic)。换句话说,它是一个无定形的欲动,是可以自由漫游的场域,是一种完美的自然状态。人有永远停留在这种状态中的欲望。但只要人停留在那种状态,他就无法确立作为一个主体的自己。于是,需要父亲的介入。通过把孩子与母亲分开,父亲把他引渡到一个由理性、分节的言语支配的场域(“**象征态**”,le symbolic)。换句话说,他把孩子交给了社会性的规则、法律和秩序。

因此,我们可以看到,俄狄浦斯式的机制,是主体建立中必不可缺的一环,而它实际上也是对我们进行强大的“压制”的过程。事实上,父亲的介入是对母性也就是女性的压制,根据克里斯蒂娃的说法,也可以说是对诗性(诗性语言)的压制。克里斯蒂娃关于**诗性语言的革命**的想法，以及从意义生成分析中衍生出来的**女性主义**，都是基于弗洛伊德提出的恋母机制，进一步说，是对摆脱上述那种压制性机制的摸索。

对于将俄狄浦斯情结作为欲望的基本写照，试图赋予其普遍价值的弗洛伊德，吉尔·**德勒兹**和费利克斯·**加塔利**也许是最严厉的批评者。他们在 1972 年合著出版的作品的标题非常直截了当，就是"**反俄狄浦斯**"。当然，俄狄浦斯指的是"俄狄浦斯情结"和将其作为金科玉律的精神分析学。在"打破俄狄浦斯的枷锁"和"摧毁俄狄浦斯"中，德勒兹与加塔利反对将人类多种多样的欲望禁锢在父亲–母亲–孩子的封闭三角里。造成俄狄浦斯情结的不仅仅是与父亲或者母亲的关系。我们的欲望不仅是由家庭，也是在家庭以外发生的事情（如战争、历史事件、法西斯主义、经济危机等）的错综复杂的相互作用下，孕育和塑造的。

最后，我想提一位试图通过将"俄狄浦斯情结"的模式转移到"写作/阅读"的问题上，来解构"先行性"和"影响"概念的文学理论家，他就是耶鲁学派四大家之一的哈罗德·**布鲁姆**。在俄狄浦斯机制中，父亲（先行者、先出生的人）对孩子（后出生的人）拥有绝对权力。因此，如果孩子想消除这种力量，他将不得不反抗他的父亲，或者，像俄狄浦斯那样，杀死自己的亲生父亲。这种戏剧中无法抹去的悲剧性，将永远跟随我们，布鲁姆考虑到了这种悲剧性，于是将"写作/阅读"的戏剧性，叠加到俄狄浦斯和拉伊奥斯的关系上。换句话说，"**写作/阅读**"不过是后来者（孩子）对先行者（父亲）的**误解和误读**。换句话说，它试图让"从孩子到父亲"的权力矢量与"从父亲到孩子"的单向影响图式相互对峙。"作者之死"和读者的复权自罗兰·巴特以来已经成为一种陈词滥调，关于"互文性"的讨论也使"影响论”这种等级化的争论变得毫无意义。弗洛伊德的俄狄浦斯机制,至今依然给关于“写作/阅读”的文学诸问题投下了深深的阴影。

《俄狄浦斯和斯芬克斯》(古斯塔夫·莫罗　绘)

---

(1) 艾狄浦斯和俄狄浦斯完全是同一个人,但在精神分析中,当提到精神复合机制时,往往称“艾狄浦斯”,而当提到索福克勒斯的作品时,则称“俄狄浦斯”,此处的表述采用后者。(笔者注)日语中有“艾狄浦斯”和“俄狄浦斯”两种不同的读音,译者在此全部统一翻译成“俄狄浦斯”。(译者注)

应对混沌状态的方法

作为意识形态机制的“叙事”

◎儿童文学+推理=侦探小说

※ 叙事的潜在构造

※ 马克思主义文学批评的可能性

※ 话语的(权)力

作家在创作过程中,会慢慢发现他们“希望”讲述的内容往往被意识形态干扰、扭曲、歪曲。

——特里·伊格尔顿《批评的政治学》

去除文本中存在的各种各样的**混沌状态**(意义的暧昧性、二义性、首尾一致性、合理性的欠缺等),或者将无法排除的混沌状态作为例外的、神秘的、失常的要素放置在文本的边缘领域——阅读和解释文本的人,无论面对的是什么文本,都会急于对文本中存在的混沌状态进行脱混沌化,试图予其一定程度上可以鼓舞人心的一致性解释。不过,这不仅与文本的“阅读”行为相关,还是与“书写”行为紧密相关的根本问题。文本的“书写者”也并非不顾忌“阅读者”的语言理解能力(compétence),否则只须自顾自地创作就可以了。特里·**伊格尔顿**[①]在评论马克思主义哲学家皮埃尔·马契雷的文章中指出,"即便作家积极主动地想区分某一种意义,他们看到的也还是在意识形态影响下区分出另一种意义的作品的影子"。[②] 也就是说,书写者的书写,受制度、阶级、性别等外部条件左右,几乎不可能按照书写者的意图表现出来。但是,我们也能看到很多情况与"积极主动"无关,书写者自身在完全没有意识到的情况下,受意识形态的制约,成为主流意识形态机制的同谋。在这里,我们从那些事例中,选取了性质和体裁完全不同的两种"叙事"形式进行分析。

面向大人的儿童读物

大概所有的国家都有被称作童话、儿童文学和所谓以儿童或者少男少女为主要读者的文本(作品)。也许是因为这类文本作为展现儿童纯洁无垢的心灵的故事给人的印象太过强烈的缘故,对于它们,似乎较少从意识形态的角度进行讨论。[③] 儿童,特别是处在被称为幼儿的年龄段的儿童,和意识形态这种夸张的词语组合在一起,无疑给人一种过于突兀和不合时宜的感觉。

---

① 特里·伊格尔顿(Terry Eagleton,1943—),英国马克思主义批评家,曼彻斯特大学教授。著有《马克思主义和文艺批评》([1976],有泉学宙等译,国书刊行会,1987年)、《文学是什么》([1983],大桥洋一译,岩波书店,1985年)、《批评的作用》([1984],大桥洋一译,纪伊国屋书店,1988年)、《莎士比亚》([1986],大桥洋一译,平凡社,1992年)等多部著作。

② 特里·伊格尔顿:《批评的政治学——马克思主义和后现代》(1986),大桥洋一等译,平凡社,1986年,第36页。

③ 但是,从大人的视点重读格林童话等儿童读物的尝试,在近几年受到关注。

但是，不用说，幼儿、儿童的文本，是不太可能由幼儿、儿童自己来写的。就像面向儿童的“面向”这个词语雄辩地表明的那样，生产这种文本的主体，几乎都是被意识形态作用侵蚀的我们“大人们”。可以说，面向儿童的叙事一直以来都被认为是远离意识形态的产物，其结果就是我们把支撑、生产儿童文本的“大人们”的逻辑（意识形态），误认为（或者强行认为）是反映了孩子们的感受的东西，而不断地生产出对大人们有利的文本。

以下，我将通过参照一个具体论述①，来呈现面向儿童的叙事与意识形态之间的密切关系。在这本书中，作者从符号学的角度分析了两篇面向儿童的文本：《干活的穆斯蒂》（以下简称《穆斯蒂》）和《老鼠先生如何被石头砸到脑袋，发现了世界？》（以下简称《老鼠》）。

①《穆斯蒂》的概要

> 爸爸在花园里干活，妈妈在洗碗。穆斯蒂也想给什么人帮忙。他听朋友小鸟说，狗先生需要帮助，他的窝棚少了一块屋顶板。于是，穆斯蒂开始寻找屋顶板。最后，他发现小兔和小乌龟在把屋顶板当作跷跷板玩。骂完了他们之后，穆斯蒂把板子拿回给狗先生（不过，他并没有告小兔和小乌龟的状）。但是，出现了一个问题，就是必须用钉子把板子钉上去。这时候，穆斯蒂的爸爸拿着锤子出现了。干完活后，穆斯蒂离开向他道谢的狗先生，带着一脸得意的表情，和爸爸一起回家了。

---

① Nicole Everaert-Desmedt, *Sémiotique du récit*, De Boeck, 1989.

正如作者恰如其分地分析的那样,这个叙事有一个完完整整的结构。[①] 换句话说,主人公离开了父母的“家”,又回到了那个“家”。叙事是围绕着“家”这个绝对中心构成的环状结构。因此,穆斯蒂不能离开这个家太远,并且一定要在太阳下山之前回来。家,严格说来,就是“爸爸的家”。换句话说,这个叙事中的“家”,象征了拉康意义上的“父”与“法”的场所。顺带一提,“爸爸”一词占据了叙事的开头和结尾(“爸爸在花园里干活……/和爸爸一起……”)。换句话说,年幼的主人公被安全且严格地封闭在一个由爸爸保护的内部世界里。因此,可以说,这个叙事缺乏严格意义上的“外部”。被时空限制的穆斯蒂的世界完全排除了任何打破线性叙事发展、在其中导入非连续性元素的契机(外部)。换句话说,穆斯蒂的叙事是一个压制了离经叛道的成分(混沌的东西),只推崇线性元素(**秩序**[②])的文本。用作者本人的话说,“这本书(叙事)……为了功利主义的价值观念,试图封锁创造性的价值观念”[③],是“资产阶级教育的陈词滥调”[④]。《穆斯蒂》作为面向三到七岁的儿童的文本,看似和任何类型的意识形态都无缘,实际却有着**一元化**[⑤]、承担了父权等级化的意识形态,是巧妙地为“大人”而写的诱导故事。

如果说《穆斯蒂》是一个封闭的叙事,那么《老鼠》则是一个开放的叙事。

---

① *Ibid.*, p. 135.

② 标准是符合规范模式、没有偏差的存在状态。

③ N. Everaert-Desmedt, *op. cit.*, p. 138.

④ *Ibid.*, p. 134.

⑤ “单一理论”的意思。只允许存在一种理论和思考。

②《老鼠》的概要

一只五岁的老鼠，一直和爸爸、妈妈一起生活在地下，至今为止从未踏出过家门。因为房子太小，所以没有玩耍的地方。于是，他在征得父母的同意后，决定建造自己的房子。他试着挖了一个洞，但土太硬，他觉得累了。他在泥土上玩，渐渐沉迷其中，完全忘记了建房的事。忽然，一块大石头落在了他的头上，让这只老鼠的脸露在了洞外。那一瞬间，老鼠看到了太阳公公，便和他聊起了天。太阳把黑夜介绍给老鼠，黑夜介绍了云彩。云彩介绍了雷、雨、风，后来又让雪和老鼠认识。然后，花和影出现了。黑夜返回时，又介绍了月亮和星星们给老鼠。就这样，老鼠和所有的事物进行了交谈，并问了很多问题。在这段时间里，他一直待在洞里，只是把脸露在外面。

在那之后，太阳公公对老鼠建议道：“你应该从洞里出来，多去旅行，交更多的朋友哦。”最终，老鼠接受了这个提议，并在朋友们的祝福声中，出发了。

从上面的概要中可以看出，《老鼠》显然与《穆斯蒂》类型的叙事截然不同，主角小老鼠并没有回到父母的家，而是去广阔的外部空间旅行了。换句话说，在这个叙事中，不存在像《穆斯蒂》中那样的“家”——一个统一的中心。更准确地说，最初对小老鼠进行了严格规定（法）的家族式约束力（“和爸爸、妈妈一起……从未踏出过家门。……征得父母的同意后……”），从叙事的中间部分，开始逐渐淡化，随着叙事向外部世界的多样性展开，最终完全消失。这样一来，叙事没有被封闭在环形结构中，而是永远处于开放状态。这表明，《老鼠》式的叙事并不具备《穆斯蒂》式的叙事所要求的稳定结构。然而,如果换个角度思考,我们可以说,《老鼠》通过一个非环状叙事,拒绝被纳入《穆斯蒂》式千篇一律的叙事框架之中。① 当然《老鼠》也一定出自大人之手。但是,这种开放式的叙事方式,颠倒面向儿童的叙事语法(规定),使隐藏在叙事中的大人的意图显现出来。换句话说,《老鼠》通过积极地纳入混沌的元素,对面向儿童的叙事体裁本身进行了解构。②

《穆斯蒂》	**《老鼠》**
中心统一化	去中心化
崇尚秩序	尊重混沌
环形(封闭式文本)	离散、非环形(开放式文本)
独白	对话式
意识形态的	去意识形态的
规则化	去规则化

宫川健郎认为,20世纪五六十年代创作的日本儿童文学,依

① 《穆斯蒂》和《老鼠》的叙事,利用"符号学四边形"图示(见第33页),如下:

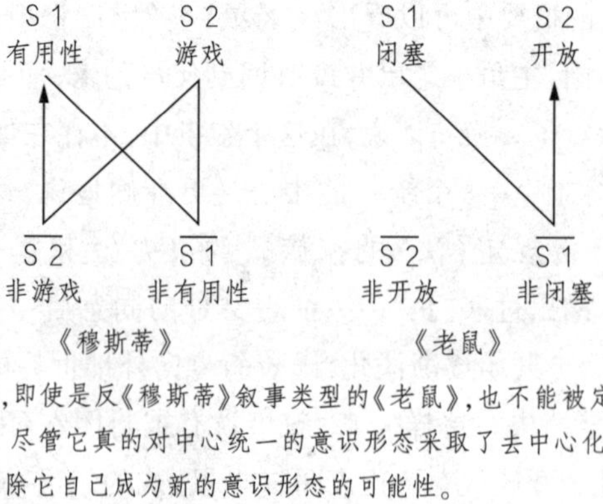

《穆斯蒂》 《老鼠》

② 然而,即使是反《穆斯蒂》叙事类型的《老鼠》,也不能被定位成**意识形态的"零度"**。尽管它真的对中心统一的意识形态采取了去中心化的立场,但这并不能完全消除它自己成为新的意识形态的可能性。

据的是“**理想主义**”和“**向日性**”。[①] 例如，在宫川引用的当时的儿童文学的讨论中，可以看到以下论述：

> 儿童文学本质上是理想主义文学，不分派别。这里所说的理想主义，是指追求所有生活理想的意思。它和作者所立足的特定的思想立场（马克思主义、基督教等）无关。同时，这意味着颓废的儿童文学将受到限制。[②]

认为儿童文学是追求正当理想、和颓废无缘的文学的这种想法，暗示我们当时的儿童文学不能容忍偏差，是崇尚秩序的文学，换句话说，就是《穆斯蒂》式的文学。然而，自20世纪70年代以来，儿童文学的写作方式逐渐发生了变化，它们放弃了封闭的叙事，开始向**开放的叙事**转变。例如，那须正干的《我们驶向大海》（1980）最后暗示了乘木筏出海的两个少年的死亡；[③]皿海达哉的《海中的青鳉鱼》（1987）中的主人公（被称作“海中的青鳉鱼”的逞强者们）是这样描述的：“如果和大家一起住在河里，即便弱小，也能和平快乐地生活，只有一条朝向大海的青鳉鱼喔。”[④]有趣的是，这些儿童文学不知为何引入的“**外部**”（混沌）都是“海”。需要注意的是，这个“海”是作为“旅行”的舞台设定的。就像解构了《穆斯蒂》式叙事的《老鼠》式叙事向着主人公的“旅行”开放一样，被认为自20世纪70年代以来发生了显著转

---

① 宫川健郎：《现代儿童文学告诉我们什么》，NHK BOOKS，1996年，第119页。

② 同上，第119页（点线和括号为作者所加）。关英雄：《儿童文学的本质》，《儿童心理》1955年7月/《新编儿童文学论》新评论，1968年收录。

③ 同上，第121页。

④ 同上，第126页。

变的日本儿童文学，也是通过主人公的“旅行”来描绘这种转变的。“出去旅行”，意味着离开父亲的规则(法)所保护的和平的家庭，投身于外部的混沌领域，这类变质型(《老鼠》型)叙事的典型例子大概就是灰谷健次郎的《我利马出航》(1986)。故事的开头就是这么一句话：“对于一个人生唯一的目的就是重生的人来说，他不需要自己的国家，也不需要家庭。如果能从那些事物中解放出来，该有多么轻松啊。”[①]可以看出，被认为自20世纪70年代以来发生了急剧变化的日本儿童文学，与西方儿童叙事的转型有一个共同的特点，那就是强调脱离“家庭”和“家族”之类的庇护型共同体。[②] 一直试图规定儿童的道德规范，驯服他们行为的儿童向叙事，如今已经开始对其结构和体裁本身投去自我批评的目光。

不消除混沌的侦探–推理小说

围绕着对犯罪或谜团的调查和合理化的解决而展开的**侦探–推理小说**(以下简称“侦探小说”)，顾名思义，可以说是一种讲述混沌还原的文本。这一点，我们想一想这类体裁的文本必然生出的“规则书”——比如，范·达因的《侦探小说二十条规则》(1928)和诺克斯的《侦探小说十诫》(1929)等——就更加清楚了。所谓的古典式侦探小说，就是为合理的戒律(规则)所束缚的封闭文本的代名词。至少在古典式的侦探小说中，不允许任

① 宫川健郎：《现代儿童文学告诉我们什么》，NHK BOOKS，1996年，第123页。

② 从群体中突围而出，就是从沟通的磁场向反沟通的磁场移动。关于这一点，参见《现代文学理论》第200—205页。

何不合理的因素介入案件的解决，也不可能有任何谜团不解——换句话说，不允许混沌的状态被放置不管。即使经历了各种迂回曲折，文本的混沌最终还是会回归秩序。

正如我们将在后面介绍的那样，在所谓的古典时代之后，很长一段时间里，侦探小说这一体裁，催生了众多解构自身体裁和地位的文本。和前面所考察的儿童叙事一样，这其中同样暗藏着意识形态的重要存在。在这里，让我们再次借助具体的论证，思考**文本如何对待混沌**的问题。我接下来要讲的是尤利·伊岑兹韦格的论文《混沌与控制——关于侦探方法的小说式的阐述》。①

该论文分析的文本主要是古典式的侦探小说，最终揭露了古典侦探小说中潜藏的等级化、中心统一的意识形态。当然，作者并没有忘记提及被称为后古典的侦探小说。“对于后古典的侦探文学来说，未来是不可预知的，也是不可掌控的。”②一方是可以预知和掌控的古典文本，另一方是既不能预知也不能掌控的后古典文本。毋庸赘言，这种对立图式和我们已经讨论过的《穆斯蒂》和《老鼠》的对立是完全重合的。

一个将混沌消解于秩序之中的叙事，或者说侦探小说，正如伊岑兹韦格所指出的那样，其背后是试图完全控制和掌握“空间”“时间”和“身份”这三个要素的意识形态。从空间方面讲，要控制和掌握的**混沌（谜团）**的本源设定在欧洲世界的外部，而解决混沌（谜团）的场域，则放在了内部，即中心的欧洲世界。阿

---

① Uri Eisenzweig, “Chaos et maîtrise: le discours romanesque de la méthode policière” in *Discours et pouvoir*, textes réunis par Ross Chambers, Michigan Romance Studies, vol. II, 1982.

② *Ibid.*, p. 163.

瑟·**柯南·道尔**①的《**血字的研究**》(1866)可以说是这类文本的典型代表。这个文本深刻地反映了当时的英国殖民主义。因此,混沌与秩序的对立图式更加明显。首先,福尔摩斯警探的跟班华生是一名在殖民地阿富汗受伤后被遣送回国的医生,打算在国内清算战争中的失败。借用伊岑兹韦格的妙语,华生的"叙事"不外乎是"试图用笔来弥补自己用剑的失败"②。换句话说,华生跟随福尔摩斯所要做的,无非是试图将混沌(阿富汗:自然、战争、利剑)化解为秩序(伦敦:文明、和平、笔)。而最重要的是,这些尝试和撰写侦探小说是等价的。

而且,混乱的起源,也就是凶杀案的起因,并没有设定在文明之地伦敦,而是设定在当时还未开化的北美大陆中部("碱地平原")。埃德加·爱伦·**坡**③的《**莫格街谋杀案**》中的犯人(?)是一只来自婆罗洲的猩猩,即混沌(谜团)的起源彻底远离秩序的中心。但是,这种混沌(谜团,外部)还是在位居中心的文明世界内部被消解为一种意义。

这就是近年来**后殖民批评**所提问题的原型所在。附带说一下,1889年出版的《后殖民文学》的作者们,做了这样的论述:

英国文学研究的建立和大英帝国的兴盛,实际上扎根于

---

① 阿瑟·柯南·道尔(1859—1930),英国侦探小说家。他的"福尔摩斯系列"中,名侦探夏洛克·福尔摩斯和他的伙伴华生为了破案,与犯人斗智斗勇,至今仍令全世界的读者着迷。

② U. Eisenzweig, *op. cit.*, p. 141.

③ 埃德加·爱伦·坡(1809—1849),美国诗人、小说家,被认为是侦探小说的鼻祖,也是一位杰出的怪诞幻想作家。名侦探奥古斯特·杜宾大显身手的《莫格街谋杀案》(1841)、《玛丽·罗杰疑案》(1842)和《失窃的信》(1844)至今仍受到广大读者的喜爱。

相同的意识形态风土上，两者的发展，在本质上是密不可分的。这样的论断并不是不可能。……英国文学研究结构的核心，以一种否定“周边”或“边缘”又或者“非正典”的存在价值的模式，设立了“特权化标准”的宝座。换句话说，正如君主制被置于大英帝国政治结构的中心位置一样，帝国的文化事业也赋予了文学同等的中心地位。因此，当周边或边缘的某个元素威胁到文化中心的绝对主张时，该元素就会立即被当作文化吸收的对象。①

这段话中的“英国文学研究”一词，可以直接替换成《血字的研究》之类的文本。福尔摩斯的推理，以及华生的写作行为，支撑着根据当时的意识形态风土所设定的“特权化标准”。

对混沌的控制，也是对**“时间”的控制**。而对时间的控制，首先是对**“过去”的控制**。因为在古典式的侦探小说中，必须解开/消解的谜团（混沌）的源头，总是设定在过去的某一时刻，或者说设定在某一个特定的时期。掌控过去，意味着——正如伊岑兹韦格敏锐指出的那样②——否定“未来”。对宣称“按照福尔摩斯的方法做的话，就不会再有任何问题了”的福尔摩斯先生来说，每一个事件都不过是先前发生的事件的“重复”。换句话说，案件一旦破获，就意味着未来将要发生的所有案件都已经解决了。这样的逻辑，使本应是关于多元的生命的剧情被束缚在“同一性”原则之中，控制并还原了所有“差异性”和“他者性”的发现。不得不说，将“反复”看作同一事物的“重复”的福尔摩斯式的想

① 比尔·阿希克洛夫特、格瑞斯·格里菲斯、海伦·蒂芬：《后殖民文学》（1989），木村茂雄译，青土社，1998年，第15页。

② Eisenzweig, *op. cit.*, p. 151.

法,是具有权力性话语的、统一的、中心化的意识形态的产物。①换句话说,在福尔摩斯执意消除“异延”(différance)②的活力无限的“推理”和华生的书写中,很少有对追求秩序的意识形态进行解构,并蜕变为开放性文本的契机。

试图通过控制和把握过去来解决问题的意识,可以看作德勒兹和加塔利所说的“**树状(树型)思维**的基础。它重视历史,并将一切思想都叠加在系谱学的模式上”。③ 在这里,又可以看到与我前面提到的后殖民批评的关联。对于试图将欧洲思想(即“树状思维”)去中心化的后殖民文学,《后殖民文学》的作者们做了如下论述:

> 顺便说一下,欧洲的思想,几乎都把历史、族谱以及过去作为认识论的有力论点。然而,在后殖民主义的思想中……是“时间向空间扩展”。……(后殖民文学)有意图地进行着颠覆欧洲的“历史”概念和时间秩序的工作。④

话说回来,如果说依照统一原则将文本中的各种要素汇集在一起的思考可以被称为“**现代**”的话,那么侦探小说最能成为支撑这种“现代”意识形态的机制。这是因为,所谓侦探小说,就是从最初的规定出发,通过合理的推理,把出现的谜团(混沌)解

---

① 关于这些问题的精细分析,参见吉尔·德勒兹:《差异与重复》(1968),财津理译,河出书房新社,1992年。

② 法国哲学家雅克·德里达(1930—2004)的术语,它有“不同”和“推迟”的双重含义。如果“差异”是指A和B之间的差异,那么“异延”可以表示A对A本身的偏离。一切事物总是与自己保持距离,表明自己对自己的延迟。

③ 参见《现代文学理论》第206—211页。

④ 前面引用的比尔·阿希克洛夫特等人的著作,第64页。

开,并将其整个消解的叙事。然而,事情并没有那么简单。因为我们已经不能再忽视侦探小说体裁向“后现代”的发展,即侦探小说从封闭的文本转变为开放的文本。

现在有拒绝破案的侦探小说、没有找出罪魁祸首就结束的侦探小说,也有**元推理小说**、**反推理小说等**。我将在其他章节里对这一类文本进行相关的探讨①。在这里,我只谈古典侦探小说中必不可少的第三个要素——“身份”的确认问题。

所谓**身份**,首先是指引起事件的犯人的来历。就古典文本而言,除非通过合理的推理确定了犯人,否则文本就无法结束。没有确定凶手的侦探小说,根本就不是侦探小说。但是,这种侦探小说的规则(法)如今已经被彻底推翻了。这是因为,不能确认凶手的侦探小说,也就是不试图将混沌还原为秩序的侦探小说,现在已经不是什么稀罕事了。

进一步说,身份问题不仅仅涉及犯人的来历,在现实与虚构关系不明确的元推理小说空间里,连书写文本的“作者”的身份都变得可疑了起来。让我们从元推理小说《**衔尾蛇的伪书**》中引用一个引人注目的段落。

> 如果说绫辻君(现实中的推理小说作家绫辻行人)追赶着自己作品中的人物,那我步入完全相同的陷阱,也就不足为奇了。而我所追逐的角色人物,到底是杀人的恶鬼呢,还是特里酉九(小说中登场的艺伎的名字)呢?抑或是小说中的我自己?②

---

① 详细论述请参考本书的“模拟推理小说的诗学”一章。

② 竹本健治:《衔尾蛇的伪书》,讲谈社,1991年,第388页。

这样一来，如果说侦探小说是一个确认凶手身份的叙事，那么元推理小说则脱离了所有的身份确认操作，其中包括凶手、其他人物，有时甚至包括作者。

搅乱了《血字的研究》所需要的各种时空条件，并摆脱了对身份的追究的元推理小说，尽管体裁和性质都不相同，但在文本上可以说是体现了《老鼠》相对于《穆斯蒂》的关系。

※

将混沌化为秩序，使叙事封闭在环形结构中的运动，可以看

《汉塞尔和格蕾特》（H. 文格尔　绘）

童话，或者说童话故事中的世界，果真达到了意识形态的“零度”吗？
体验了种种苦难的这对兄妹，最终还是回到了父母的家

成是在许多社会现象中都能发现的“过于人类”的意志的表现形式。因此，这里对文学文本的分析，只是确认这种意志的体现的尝试。

我们该如何面对混沌？这些看似天真无邪的问题，从来没有像现在这样让我们深有体会。因此，我们应该积极面对这些问题，弄清楚以秩序为导向的思考的功能，探索出与这些思维方式拉开距离的各种方法。当然，任何叙事都永远不可能让自己置身于**意识形态的“零度”之上**。而让混沌消解于秩序之中，也确实有一种净化心灵的效果。然而，我们也需要不断反思以秩序为导向而一味抛弃开放的可能性或者他者性的混沌所造成的严重后果——例如，对非主流和边缘事物的无理歧视与压迫。（土田）

符号学矩阵

Carré sémiotique

按照结构主义的观点，我们不能把周围的各种现象单独作为一个实体进行思考，那些现象只有被放在与其他事物的关系网中才能被捕捉。“**主体(性)**”也不例外。笛卡尔的自我(cogito)因结构主义的兴起被拒之门外，最终完全从讨论的领域中消失。结构主义运动为了使人文社会科学更接近客观、普遍的自然科学(尤其是数学)，不可避免地要消除“主体(性)”这种主观的心理概念。这一点，在文学研究领域也有所体现。当时，叙事研究完全不注重人物的内心世界和作者的意图等问题。结构主义者试图将所有的叙事转化为一个单一的“结构”，只关注人物的“功能”等，以此建立一种**普遍的叙事“语法”**。

自俄国的弗拉基米尔·普罗普以来，曾有许多理论家试图建立叙事的“语法”，包括克洛德·布雷蒙、茨维坦·托多洛夫、艾蒂安·苏利奥等人，但其中最值得注意的是阿尔吉达斯·于连·**格雷马斯**。格雷马斯在叙事的语义结构分析中设置了几个概念性机制，其中最著名的可能是“行动元”(actant)和“**符号学矩阵**”(carré sémiotique)。“行动元”的重点是人物的行动(功能)，格雷马斯将其限定为由六种功能构成的三对(主体[1]/客体、发送者/接收者、辅助者/反对者)关系。按照格雷马斯的说法，所有的叙事都必须用这六个“行动元”来解释。

一般认为，“符号学矩阵”是对亚里士多德的矩阵(一种基于“对立对应”和“矛盾对应”关系的矩阵)的改写。总之，格雷马斯的方块如下图所示。

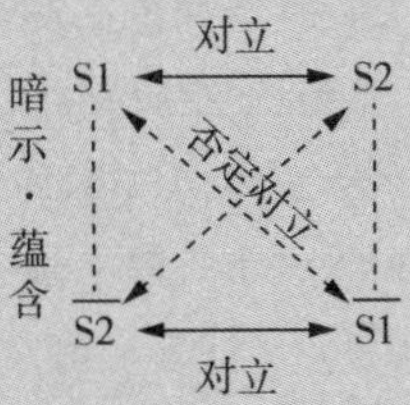

为使话题简单明了，我们把 S1 作为“生”（vie），S2 作为“死”（mort）。因为该符号上方的横线表示“非～”，所以这里的 $\overline{S1}$ 表示“非生”（non-vie），$\overline{S2}$ 表示“非死”（non-mort）。顺便说一下，这个图式假设了三种关系，每一种关系分别被称为：①“对立关系”（relation d'opposition）——S1 和 S2，以及 $\overline{S1}$ 和 $\overline{S2}$；②“暗示·蕴含关系”（relation d'implication）——S1 和 $\overline{S2}$，以及 $\overline{S1}$ 和 S2；③“否定对立关系”（opposition privative）——S1 和 $\overline{S1}$，以及 S2 和 $\overline{S2}$。

格雷马斯想出了用矩阵作为解释无限“叙述”（narration）之普遍结构的模型。另外，按照格雷马斯的说法，任何叙事必须按照 S1→$\overline{S1}$→S2→$\overline{S2}$（→）S1 的顺序展开。如果我们把“S1”换成“生”，把“S2”换成“死”，就会出现下面的叙事：

> ①原本一个好好的人，②忽然生死未卜，去向不明，③不久发现了一具尸体，④不过死者身份有些可疑，⑤多年后，那个人又健健康康地回来了。

接下来再用更具体的文学文本考虑一下。[2] 20 世纪，法国作家阿尔封斯·都德有一篇短篇小说《塞甘先生的山羊》，大致情节如下：

塞甘先生养的山羊住在山脚的棚子里，它对主人一直很顺从。有一天，山羊一边直直地盯着山头看，一边想越过棚子，上山去。但是，山羊犹豫不决：是选择留在安全的棚子里，还是选择去危险的山里生活呢？最终，下定决心的山羊，越过棚子，向山里奔去。然而，山里有它的天敌狼，山羊最终成了狼的猎物。

现在，让我们试着用符号学矩阵来解读这个叙事。图示中，S1 或者 S2 代表什么是重点。让我们假设 S1 为服从现行秩序，然后把 S2 作为个体（人）的自由。这样，这段文本就可以形象化为下面的矩阵。

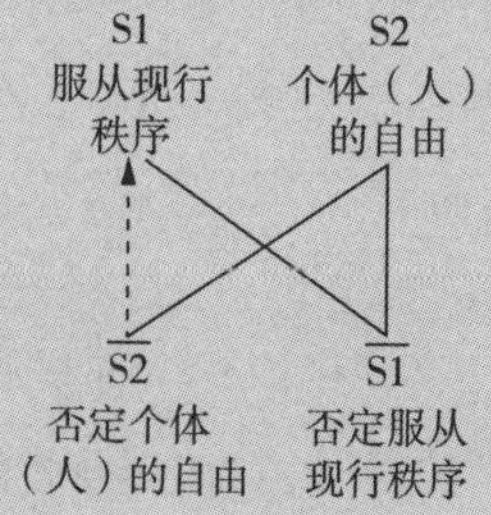

服从主人（塞甘先生）、生活在棚子里的山羊，处于服从现行秩序（S1）的状态。然而，有了上山的欲望，犹豫留在山脚还是上山的山羊，已经朝着否定现行秩序的心态（$\overline{S1}$）发展。山羊决定选择自由（S2），是从它逃出棚子，向山里奔去开始的。然而，山羊的自由却被狼的存在剥夺了（$\overline{S2}$），最后连生命都被夺走。叙事到此结束，但这也可以看成从 $\overline{S2}$ 到 S1 过渡的暗示。我们完全可以认为逍遥的山羊之死从某种意义上说意味着恢复了原有的秩序。

因此，格雷马斯使用符号学矩阵，是想将其应用到所有可能的文本中。

但是，不言而喻，把文学作为一门科学来思考的做法，毕竟是行不通的。一言以蔽之，文学文本并没有那么简单。布雷蒙讥讽格雷马斯的符号学矩阵，说他“试图用这个简单的公式——针头，来支撑整个宇宙的财富”，甚至断言这样的公式是“完全的不毛之地”，不过是一种“神秘的思想，一种超越性的原则”。

---

(1) 格雷马斯所说的“主体”不是传统意义上拥有意识或心理的主体，而是指一个在叙事中恰好背负着愿望、具备探索的行动功能的存在。

(2) 以下的例子选自下述著作：Nicole Everaert Desmedt, *Sémiotique du récit*, De Boeck-Université, 1989.

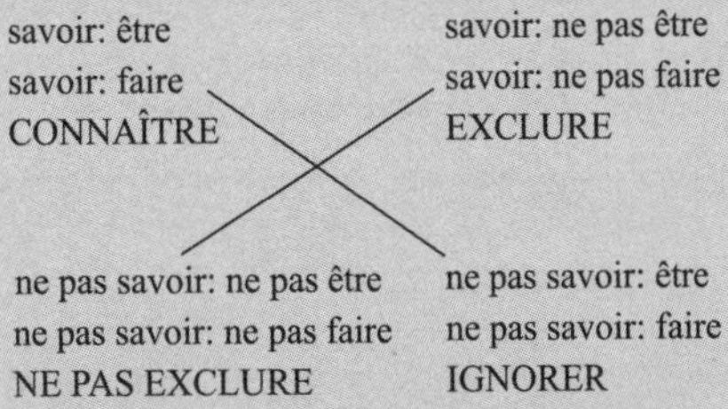

作品分析中使用“符号学矩阵”的例子

(Jacques Fontanille, *Le savoir partagé: Sémiotique et théorie de la connaissance chez Marcel Proust*, Éditions Hadès-Benjamins, 1987, p. 35)

在小说式的思考中与他者融合

Trans-personalization

◎米兰·昆德拉《不能承受的生命之轻》

※ 叙事学

※ 话语的语言学和文学

※ 对话或文本的多声性

小说的人称

当我们讲述一个小说作品的时候，**第三人称小说、第一人称小说**是最频繁使用的分析概念。

指出这种常识性的分类方法有非合理性一面的是热拉尔·热奈特①。据他所说，任何文本都有可能潜在地使用第一人称。换句话说，即使是用所谓的“第三人称”叙事，叙述人也可以用“我”的方式插话，对故事内容进行评论。因此，即使是“第三人称”小说出现了叙述人的第一人称话语，也不足为奇。

热奈特提议废除建立在人称代词使用方式上的传统的叙事类型理论，并提出了一种新的叙事类型化标准，就是叙述人有没

---

① 热拉尔·热奈特：《叙事话语》，花泽光、和泉凉一译，水声社，1985年，第287页。关于热拉尔·热奈特的叙事理论的讨论，参见《现代文学理论》中的“叙事学”一章。

有在其中一个登场人物身上说“我”。换句话说，这是根据**叙述人与登场人物之间的一致/不一致**进行分类的方法。若不一致，则传统上的“第三人称叙事”可被重新归为“异质性叙事世界”。若叙述人同时也是一个登场人物，则可被归为“同质性叙事世界”。

然而，虽然这个新的命名法也许确实有一定的合理性，但是果真那么有效吗？事实上，即使在《叙事话语》出版之后，“第三人称小说”和“第一人称小说”这两个用语也依然作为小说分析中最基本的概念被频繁使用。热奈特在沿袭传统的分类方式的基础上，只是更改了名称，也许终究还是失于烦琐。此外要追加说明的是，在热奈特的想法中，叙述人显然被视为一个“**人物（人格）**”，这一立场[①]也存在一定问题[②]。

通过对小说作品中的“人称”概念提出质疑，我们可以探索突破作为语言主体存在的“人称人物”的可能性，同时也为思考文学语言的特点和可能性铺平了道路。对我们来说，米兰·**昆德拉**[③]在《**不能承受的生命之轻**》[④]中所呈现的叙述人的特异存在方式和叙述人称的不确定式摇摆，都给我们探明小说存在的根本原因带来了许多启示。

---

① 既然热奈特的理论把本维尼斯特的话语行为理论作为分析叙事话语的基础，那么他将叙事人等同于生活在我们现实世界中的说话人的态度，也是毋庸置疑的。

② 德国文艺理论家凯特·汉伯格很早就对叙述人的“人格化”发出警告，他指出，“叙述人”不过是一种拟人化的表达方式，不应该把“叙述人”作为“主体”，而是要把“叙述人”作为“功能”来考虑。（凯特·汉伯格：《文学逻辑》〔原版 1957 年第一版，1980 年第三版〕，植和田光晴译，松籁社，1986 年）

③ 米兰·昆德拉（1929—2023），出生于捷克。在“布拉格之春”之后，他于 1975 年流亡法国。他是当今世界上被阅读量最大的作家之一。

④ 千野荣一译，集英社文库，1998 年。

作为创作者的叙述人的显在：叙述人与登场人物之间的相互依存关系

《不能承受的生命之轻》(以下简称《生命》)最显著的一个特点在于——比起昆德拉的其他作品——叙述人是如此明目张胆地登场,无休止地表达自己的观点。

小说并没有从故事的呈现开始,而是从叙述人关于"永劫回归"的形而上的反思开始。它并不是作为某个人讲过的普遍理论来呈现,而是一边明确它是"叙述人"的个人思考,一边向前推进。把人的一生看作"轮回"的状态还是看作"一次性"的?如果把这个问题换成生命中的轻与重的话,我们应该选择哪一方,应该更积极地肯定哪一方?或者说到底,我们生命中轻与重的对立呈现了什么样貌?等等。小说展开这些对于叙述人来说十分迫切的问题之后,才开始写登场人物。① 这种奇特的表现手法的确吸引读者的眼球。

> 这几年来,我一直在想托马斯,但直到我把轻重的想法弄明白了一些,才看清了他。我看到托马斯站在住处的窗前,眺望对面院子里的公寓的墙壁,而不知道该做什么。②

这个引用清楚地表明,**"我"(叙述人)**被放在了与登场人物

---

① "不久前,我被一种不可置信的感觉抓住了。我在翻阅一本关于希特勒的书时,看到了几张相片,印象深刻。这让我想起了自己的少年时代。我在战争时期度过了童年。"(《生命》,第7页)

② 《生命》,第10页。

不同的层面上。“我”不是一个在叙事世界中栖息和行动的人物,而是被规定为另一个维度的存在者,凝视①那些人物,把他们作为思考的对象。“正如我在第一部分中已经写过的那样”,“我在这篇小说的第三部分中谈到了……”,等等。“我”在各处清楚地表明,自己是正在撰写这部作品的创作者。小说还有一个特点,就是以不同的视角重复叙述同一情节(这就在故事叙述层面上形成了对“一次不算数”这一论题的回应)。叙述人公然宣称“我想再回到这个梦里去”或者“我想再回到硬礼帽的事情上”等,这说明作品不取决于事件的发生,而是完全取决于叙述方式,另一方面,这个作品的叙述人“我”,则是叙述当下的存在。进一步说,这个“我”是一个只有通过创作小说的行为才能出现的临时性存在,依靠正在创作的作品获得了假设性的生命。他伫立于作品本身及与登场人物相互依存的关系之中,根本不是一个具有话语外实体的独立的“人格/人物”。

关于登场人物的提问

我们在作品开头关于托马斯的叙述中也注意到,《生命》的叙述人通过托马斯这一他者来探索自身抱有的疑问。更具体地说,有些思考只能通过他者的行为展开——这正是昆德拉所说的

---

① 我想把重点放在“凝视”行为所必需的本质距离上。在《生命》中,叙事人从外部凝视着他正在塑造的登场人物,展开对他们的考察——从而导致他侵入了人物的内部思想——这种方式又不断地被拉回,人物最终以一个无法解开的谜团存在于我们面前。注意作品结尾处的叙述:“我的眼前依然能看到坐在树桩上,抚摸着卡列宁的脑袋,思考人类的堕落的特蕾莎。”(《生命》,第363页)

“**小说式思考**”①。《生命》中的登场人物都是通过叙述人(这里即使称之为作者,也没有什么区别)提出的本源的问题而被赋予了生命。该书在第二部分的开头,特意做了如下的揭露:

> 如果作者试图让读者相信这些人物真实存在,那就太荒唐了。那个人物不是从母亲的身体里生出来的,而是从两个暗示性的句子中的一个,或者,一个根本性的状况中产生出来的。托马斯是从 Einmal ist keinmal(一次不算数)这句话中诞生的,而特蕾莎则是从肚子发出的咕噜咕噜的声音中诞生的。②

小说中的登场人物不是像婴儿一样毫无动机地出生在这个世界上,而是产生于对那些使我们的生命陷入困境的不解之谜(人类生命的一次性,心灵与身体的不和谐)的疑问(主题),为了推进这些疑问,他们被召回,被持续赋予生命。

因此,《生命》的叙述人必然会围绕登场人物不断地提问。在这部作品中经常出现这种疑问句:“为什么托马斯没有立即果断地拒绝警察的提议?”“为什么在她面前,他如此地没有自信呢?”“哎呀,哎呀,即使如此,两个人的想法中有些相似的地方

---

① 昆德拉——根据他的意见——为此高度评价了作为一个小说家很出色,但在随笔方面完全没有发挥能力的罗伯特·穆齐尔,并指出那是作为一种特殊存在的“小说式思考”。除了以抽象的讨论形式展开的思考,人类还有只能以小说/叙事(传奇)的形式展开的思考,“需要在具体人物的具体行动中培养”。小说存在的理由就在于此。参见昆德拉:《小说的艺术》,金井裕、浅野敏夫译,法政大学出版社,1990 年,第 269 页。

② 《生命》,第 52 页。

吧?"[1](后面的两个例子是关于萨比娜和弗兰茨的。)

公然宣称自己创造了人物的叙述人,却好像对他们一无所知一样连续发问。可能读者中有一部分人会对此表示怀疑。但在昆德拉的小说中,登场人物是为了让我们,或者至少为了让叙述人不断地寻找问题,并就这些问题展开思考。

自由间接引语和人称跨境

关于登场人物的众多奇妙发问,和看似出自登场人物内心的发问排列在一起,使得作品更加复杂。在没有引号的情况下,叙述人汇报了似乎是各个登场人物在内心提出的问题,以及他们随着故事的展开而摇摆不定的内在思考。特蕾莎和一个自称是"工程师"的人经历了一段不正常的恋爱冒险,而后陷入了恐怖的想法:

> 特蕾莎怎么没有注意到那种地方呢?!仔细想想,那个住处很奇怪,完全不适合那个人!
>
> 为什么那个衣着优雅的工程师会住在这么简陋的住宅里?他真的是工程师吗?如果他是个工程师,怎么可能在下午两点就不工作了?还有,为什么要读索福克勒斯呢?不,那根本不是工程师的书架![2]

《生命》的特点之一,就是像这样,不断展开人物的内心活动和叙述人的思考,两者没有任何质的区别。接着上面的内容

① 《生命》,第240页,第104页,第129页。
② 《生命》,第207页。

继续：

> 那个房间说起来更像现在被捕的可怜的知识分子被没收的住所。特雷莎十岁那年，她的父亲被逮捕，包括藏书在内的住宅也遭到了没收。谁知道那栋住宅被用于什么？①

不知不觉中，文本转向了叙述人大幅度介入的叙事方式。但考虑到其中一部分——或许可能是全部——是特蕾莎的思考或潜意识的心理活动的反映，我们觉得把这段文字仅仅归结为叙述人的叙事，似乎并不合理。

特别要注意前面引文中的第一句话："特蕾莎怎么没有注意到那种地方呢？！"这到底是谁发出的疑问？是叙事人的疑问，还是特蕾莎本人的疑问？通过改变时态和人称，使人物的语言或内心活动符合当下的叙事，这种方法被称为"**自由间接引语**"②。昆德拉的小说语言中，使用这种自由间接引语不仅仅是为了维持表面上的第三人称叙述结构，还是真实再现作品中人物思想的辅助手段，更是他在整个作品中试图深度开发小说式思考的本来样态与他者的意识相融合这一语言化尝试所必需的手段。

---

① 《生命》，第207页。

② 也叫"体验式引语"。这是一种介于直接引语和间接引语之间的形式，其基本形式是间接引语的叙述方法（人称、时态、副词等）被保留下来，而表传达的动词部分被删除。自从福楼拜在《包法利夫人》（1857）中有效地使用之后，这种形式在现代小说中被广泛运用。它既结合了登场人物话语上的语言特点，又结合了叙述人文字中的语言特点。（参见川口乔一、冈本靖正编：《最新文学批评用语辞典》，研究社，1998年）下面的例子描写的是，弗雷德里克对阿诺夫人的缺席的哀叹："到底（他）什么时候才能见到那人？弗雷德里克快要失去希望了。"（划线部分在原文中是表示过去的未来时态）（福楼拜：《情感教育》，生岛辽一译，岩波文库，1971年，上册，第109页）

请注意,在这里,第三人称和第一人称表达之间的区别已经失去了有效性。文中出现的第三人称名词(如专有名词“特蕾莎”)不能成为叙述结构的决定性指标,也不能被归于热奈特所划分的“同质性叙事世界”(讲述关于自己的故事)或“异质性叙事世界”(讲述与自己无关的故事)中的任何一方。在《生命》中,他者(登场人物)的经历作为他们已经深深投入的东西,被呈现给叙述人,继而延展到读者面前,但那些经验并不是他们自己的。人称的边界实现了跨境。

在整个作品中,随处可以看到登场人物的内心活动与叙述人的思想交织在一起。让我们再看一个例子。

文本中,死期临近的狗“卡列宁”在凌晨三点唤醒了托马斯和特蕾莎的这段文字,很好地印证了**语言主体的不可确定性**,使得读者深深地被叙事吸引。

> 当狗叫醒他们两个人时,已经是凌晨三点了。它摇着尾巴,用力踩特蕾莎和托马斯。并疯狂地把身体贴近两人。
>
> 这样的事情在以前从未发生过。竟然要吵醒两个人!以前它总是等到他们中的一个人醒了,然后一下子冲上去。
>
> 但是这一次,它因为半夜突然恢复了意识而无法控制自己的情绪。谁能知道它从多么远的地方归来!谁能知道它曾和什么样的怪物搏斗!现在,在家里,看到了最亲近的人,它必须把巨大的喜悦、回归和重生的喜悦告诉他们。①

这里特蕾莎的心理活动(“竟然要吵醒两个人!”——不过请

---

① 《生命》,第357页。

注意这里使用的是第三人称的“两个人”①的说法,并不是直接表明特蕾莎的内心想法),和俯瞰特蕾莎,从她无法企及的角度观察事态的叙述人的思考,呈现出不可分割的相互渗透。这样一来,读者体验到对特蕾莎或卡列宁的共情,同时观察到在不完美的生活中挣扎着的登场人物和叙述人的视角同化了,不由得沉浸在伤感之中,不可自拔。

登场人物直接的内心独白,使用自由间接引语的叙述人与登场人物意识的混合,以叙述人为媒介的概述,只属于叙述人的超然的思考,对叙事世界中的事件的客观描述——这些都是无边界的连接和叠加。作品结尾中的话最典型、最生动地展示了这一独特的写作风格。这段文字在许多层面上,就托马斯和特蕾莎的生活提出了假设性的拷问,没有任何一个文本比这段文字更能浓缩人生的悲剧性和喜剧性了。场景写的是已经没有昔日优秀外科医生影子的、落魄的托马斯在修理一辆破旧的卡车。特雷莎在远处凝视着他的身影。

> 在她的心里,特蕾莎总是指责托马斯不好好爱她。她一面认为自己的爱情无懈可击,一面把他的爱情看成单纯的温柔。
>
> 现在她才意识到这是不公平的。如果她真用伟大的爱去爱托马斯,那她一定会和他一起留在异国他乡。在那里,托马斯可以心满意足了,在那里,他面前是一个新的世界!然而,她却从他身边逃走了!他深信她这样做是出自不想影响他的宽容大度。然而,那种宽容大度难道不是一种借口

① 在法语中,使用了指代两个人的第三人称代词 les(他们),使得叙述人的介入更加容易感知。cf. Milan Kundera, *L'instounable légèreté de l'être*, Gallimard, coll. folio, p. 414.

吗？事实上，她知道托马斯会追随她回来的！特雷莎一步一步把他向着底层召唤，就好像村民被仙女引诱到沼泽地，然后淹死在那里一样。为了诱使他许下搬到乡下的承诺，她利用了胃痉挛的时机。她做了多么狡猾的事情。像要再三试探他是否爱她似的，她呼唤他到自己身边。终于，现在他在这里，头发灰白，筋疲力尽，双手僵硬到再也拿不起手术刀了。

两人在这个地方已经无路可走了。离开这里，还能去哪里呢？他们已经不会被允许出国了。他们再也找不到回布拉格的路了，在那里没有人愿意给他们两个人安排工作。也没有任何理由去其他村子了。

上帝啊，特蕾莎真的要走到这一步，才相信托马斯爱她吗？

最后，车轮终于被安装到了车子原来的位置上。①

正如昆德拉本人所言："诗不在于行为，而在于行为的诠释。"②这里的诗意，处在两种诠释行为的叠加之中。其一是无法找到生命意义的特蕾莎的苦恼，其二是凭借对特蕾莎的"共情"，在接受特蕾莎的爱与绝望的同时，试图诠释他们的人生的叙述人的探索。

在这里，我想回顾一下在这篇小说中曾讨论过的"同情"概念③。按照叙述人昆德拉的说法，"同情"不是一起受苦（compassion），而是一种情感的分享（就是日语中的"共感"）。"同情"不仅是分担不幸，还是与他人一起感受喜悦、恐惧、痛苦、疼痛等各种情绪。它体现了"情感所具有的最大想象力"，是"心灵感应的艺

① 《生命》，第389—390页。

② 《小说的艺术》，第188页。

③ 《生命》，第28页及其后。

术”,是“情感等级中的最高情感”①。而小说叙事正是这种“心灵感应的艺术”。

自我的非所有

昆德拉的小说看似传统——登场人物的内心世界被充分解剖,而他们的行为却被安全地放入历史现实的框架内,最终形成了一个骨架清晰可见的“情节”。这里感觉不到让读者退缩的前卫的迹象。但是,《生命》之所以没有以老套、枯燥的形态收场,是因为在这样的叙事中,放入了对我们有着深刻意义的启示。

昆德拉将自己定位在“欧洲文学”的谱系中,并对小说在我们这个时代存在的理由提出了深刻的质疑。他在一次采访中,明确说明了作为一个作家进行自我探索的前提条件。② 按照他的说法,任何时代的任何小说,都在关注“自我/le moi”(我)的奥秘。重要的是,它进而引发了那个“**自我**”是“**通过什么来把握**”的问题。根据这个问题的回答方式,昆德拉认清了小说史上的不同倾向。③ 对于欧洲早期小说家来说,**行为**才是“自我”的根据和证明。每个人之所以成为那个人,在于他或她的行为。换句话说,“行为是行为人的自画像”这一思想是 14 世纪薄伽丘和但丁创作的基础,也是流浪汉小说④和冒险小说的基础。

---

① 《生命》,第 29 页。

② 《关于小说技巧的对话》,出自昆德拉《小说的艺术》。同时也参考了原文(法文版),Milan Kundera, *L'Art du roman*, Gallimard, 1986。

③ 同上,第 27 页及其后。

④ 严格来说,是以皮卡罗(西班牙语“无赖”的意思)为主角,以第一人称讲述自己的离奇冒险。其始祖是作者不详的西班牙小说《托梅斯河上的小拉撒路》(1554)。后来这种小说在欧洲许多国家逐渐兴盛起来,直至 18 世纪。

然而,说到昆德拉所钟爱的18世纪的狄德罗(《宿命论者雅克和他的主人》的作者),人们已经不可能再在行为中确认自己了。行为与自我之间出现了裂缝,陷入了“行为中的自我不像自我”的状态。昆德拉认为,这种“**行为的矛盾性**”,正是小说的伟大发现之一。正因如此,《生命》中的人物虽然遇到了戏剧性的历史场景,经历了痛彻心扉的个人宿命,但这些事情本身并没有确立他们的人生轮廓,揭示人生的真实面目。作为行为主体的他们看不到自己行为的意义。[①] 这一点被不断——时而讽刺,时而痛苦地——解析,通过反复的叙述,我们可以清楚地看到,人的行为意义从来都不局限于某一种。行为,不可避免地不断被行为主体误解。同时,那些本应最清楚地表达自我本质的事情,却被扭曲成了与自我意志完全相反的形式。(最典型的就是,瘫痪的弗兰茨,与他临终的愿望背道而驰,被送回到了自己最不喜欢的妻子身边,并且在死后,还被套上他不愿意面对的剧情下葬。)

“我”的行为不代表“我”,行为也不属于“我”。[②] 这个悖论

---

① 昆德拉用“**迷雾中的小路**”比喻人的自我把握的不可能性。人是“迷雾中的小路上的前进者”,“不知道自己所处的历史的意义和方向,也不知道未来的走向”,甚至不知道自己行为的客观意义。就好像在迷雾中前行一样,度过各自的人生。(《被背叛的遗嘱》,西永良成译,集英社,1994年,第271—272页)但是,人是在迷雾中,不是在黑暗中,人并非完全看不见。我们在行进中,视野所及之处有自由,自己下判断,甚至享受着身边的事物。

② 无论是《玩笑》中的路德维克,还是《不朽》中阿涅丝的丈夫保罗和劳拉的情人贝尔纳(特别是他的“十足的蠢驴”的故事),都生活在自我与自身形象无法消解的隔阂与痛苦之中。除了人类与自身的矛盾这一基本思想外,我们还可以在其他许多方面找到昆德拉和巴赫金的共鸣,比如人类本源的对话性,以及肯定异质事物间的碰撞和混杂的复调的思想。关于巴赫金的“他者”理论,参见青柳悦子《话语思想家巴赫金的“他者”理论》(阿部军治主编:《阅读巴赫金》,NHK books,1997年)。

是我们思考当下的关键，实际上也是一个突破口。通过**大泽真幸**具有挑衅性的论文，我们更可以确信这一点。[1] 大泽从社会学的角度讨论了昆德拉同样感兴趣的“身体的非所有”概念。迄今为止人类所崇尚的“自由”概念是以“**身体的私有**”为前提的，比如，我们可以把用自己的血汗钱买来的东西当作自己的财产来“自由”使用或者处置。那个物品之所以是自己的私有财产，因为它是通过自己的劳动获得的，也就是说，它是由自己的身体生产出来的。通过一个人的身体生产出来的东西是私有财产，这一资本主义理所当然的大原则，正如经济学家洛克所指明的那样，是以“身体的自我所有”为最终依据。

但是事实果真如此吗？无论是对出卖自己的器官或出卖自己身体（卖淫）的行为的厌恶，还是对兴奋剂和其他危险药物的伦理抵制，或者是在给予自杀无限制的自由这一问题上的踌躇不定，都让我们心知肚明：那种把个人的身体作为个人拥有最大特权的私人财产的观念，其实是不自然的。

比如，特蕾莎长期遭受着“身心不可调和的矛盾性”的困扰。在昆德拉的作品中，很多中心人物（尤其是女性）都是在“**身体的非所有**”的前提下生活，小说深入探讨了他们脱离这个前提的困难。作者在这些人物周围安排了与他们对立的、对身体自我归属毫不怀疑的人。《生命》中特蕾莎的母亲[2]、《不朽》中主角阿涅丝的妹妹劳拉、《本性》中尚塔尔的嫂子都是这样的存在。对于这些女性来说，自己的行为就是证言本身，而两者之间的裂缝

① 《自由的牢狱：超越自由主义》，《阿斯泰恩季刊》，第49期，1998年。

② 《生活在别处》中的雅罗米尔的母亲，是特蕾莎的母亲的一个更加强烈的变体，透过这位暴力又善良的母亲，我们可以看到自我认同型人格的所有特征。

被掩盖掉了。通过自己的身体和行为成功获得了自我形象(这样认为)的她们,行为就像一个暴君,将自我陶醉与自我的正当化直接联系在了一起。

正如大泽真幸所言,由于身体为自我所有的前提的崩塌,自我的身体从一开始就在某种程度上属于"他者"的事实浮出水面。特蕾莎感觉身体与其说是她自己的身体,不如说是她母亲身体的延伸,对此她感到很不舒服,很恶心。这段情节①是**自我的根源性他者化**的一个显著的例子。这样的前提在特蕾莎(或者《不朽》中的阿涅丝,甚至《本性》中的尚塔尔)身上,经常被延伸理解为对他者的依赖,**即将他者纳入自我的特性之中的生存方式**。对自我的不可占有,不只是让我们在与他者的关系之中打开自身,也不是像人们经常预想的那样,使人走向自我放弃,如逃避责任,而是使我们能够以一个负责任的主体出现在他者的世界之中。

有责任的获取:被动选择下主体的诞生

承认自我本质上是属于某个他人的,是我们在这个时代冲破各种阻碍的关键。大泽一边援引儿童和家庭问题专家、批评家**芹泽俊介**撰写的《当无辜毁坏的时候》②,一边颇具说服力地论证这一观点。芹泽在论文中反复证实孩子原本就是无辜的存在(既然自己的名字、性别、环境或者出生本身都不是自己的选择,

① 特蕾莎一边照镜子,一边希望自己的脸庞和身体是自己性格的忠实表达。但是,她"有时在自己的脸上看到了母亲的特征"。于是,她努力"通过意志力不看,并设法消除母亲的容貌特征"。(《生命》,第54—55页)

② 收录于芹泽俊介《当代儿童暴力论(增补版)》(春秋社,1997年收录)。

自己就没有责任——就是无辜的)，并以孤儿等为例指出，首先要让儿童自身充分认识自己的无辜，然后要让儿童将自己不需要负责的东西作为自己的东西重新接受(“**无辜的毁坏**”)，这是儿童健康成长不可或缺的过程。

在《生命》中，承担起这个**无辜的责任**，也就是无辜的自发毁灭，构成了支撑作品的重要主题。“我必须那样做吗?”(Es muss sein?)对于这个问题，无法做出肯定回答的托马斯选择继续与特雷莎生活在一起。托马斯的选择也从反面暗示了我们可以称之为绝对的“爱”的存在。让我们回想一下“放在篮子里漂流回到托马斯身边”这个特蕾莎反复使用的比喻，或者从流亡地苏黎世的看似不寻常的回归。小说主张的是把自己没有责任的事情放在自我的本源上去思考，这种决断是一种真正的人的行为。

其中最具代表性的是从托马斯手中夺走了曾经是他个人使命的医生工作的那个新闻报道的相关情节。托马斯写的某篇文章(在遭受重大删改后发表在报纸上)被认为是反体制的，托马斯被他的上司——外科部长要求撤回那篇文章。拒绝那样做的托马斯离开了布拉格的大医院，成了一家乡村诊所的医生。但是即使在那里，还是有内政部的人跑来强迫他发表声明文章，无法做出承诺的托马斯，最终放弃了医生一职。顺便说一句，那篇“问题文章”是关于“责任”的思考，灵感来自《俄狄浦斯王》①。在这篇文章中，托马斯通过列举俄狄浦斯在得知自己在不知情的情况下杀父奸母后，为了对自己的无辜——因为他不知情——“罪行”负责，刺瞎双眼，离开王国，走上了流浪之路的故事，质疑在捷克发生的镇压事件中，那些充当镇压者爪牙的人是否能以“不知情”为由声称自己无罪。托马斯正是因为不愿放弃这种

① 另见本书专栏《俄狄浦斯情结》。

“承担无辜责任”的主张,而沦落为最底层的工人(擦窗工),最后作为乡下农场的卡车司机死去。

在大泽的论文里,这种为无辜负责的行为,被赋予了从无节制的自由(过激的自由主义)的牢笼中解放的可能性。大泽雄辩地指出,敢于承担那些本不是自己的东西、自己不可避免地背负上的东西(尤其是困难),换句话说,**在没有选择自由的情况下进行被动性选择**,才是人类成为有责任的自由主体的唯一可能途径。在《生命》中,这种自由的牢笼,也被比喻为人生的“陷阱”①,被设定为“未体验过的行星”上的各种人生②。正如作品开头所讨论的那样,对于我们个人来说人生只有一次,所以我们都像没有经过排练就上台表演的演员们一样,要不断地面对“没有经历过/无经验”(inexpérience)的事态,也就是无限的可能性。在这种情况下,没有办法确定该如何选择。但我们只能不断地进行毫无根据的选择,称不上选择的选择,或许是对强加的东西的重新选择等诸如此类的被动选择。有关俄狄浦斯的情节(上述主张,托马斯直到最后也没放弃),毫无保留地讲述着这种恒真的选择确实是反映人类尊严的最崇高的行为(而托马斯的生命正是朝着那个方向的)。

自我探求的内在突破

昆德拉在本书前面提到的采访的后半部,试图解释小说的各

① 每个人自己都处于不知道答案是什么的情况之下。对这种“处于世界这个陷阱中的人生”进行追问和研究的正是小说。(参照《生命》,第281页)

② 托马斯梦想着第二和第三个行星,在那里,人们带着他们前世的所有经验重生。但我们别无选择,只能生活在“这个地球(行星一号,未体验过的行星)”上。(参照《生命》,第284页)

个历史阶段，他说，小说在放弃了通过行动对“自我”进行探索之后，就到了探索无形的内部生命的时候了。① 简单地说，就是**意识流小说的时代**。处于顶点位置的是马塞尔·**普鲁斯特**和詹姆斯·**乔伊斯**，而昆德拉随口就把这两位通常被誉为现代文学巅峰的大师否定了。他们的尝试都以失败告终，我们试图在内部生命中捕捉自我的做法已经达到了极限。不过，发现这种局限是一大快举，小说也由此开始了突破自身可能性的新探索。这个阶段之后的作品对于昆德拉来说，或许才可以称为**“现代”文学**。昆德拉认为，现代文学的典范作家，正是弗朗茨·**卡夫卡**②。昆德拉说，卡夫卡关于自我的想法完全出人意料。使《审判》的K成为独一无二的K的理由不是他的长相，不是他的背景，也不是他的名字（关于这些，读者一无所知）；不是记忆，也不是喜好或者固定观念；不是他的行动（他的行动范围窄得可怕），也不是他的内心想法（小说中不断展现的他的内心想法，几乎完全是他对情况的下意识反应）。昆德拉在对卡夫卡的革新表示最高敬意的同时，对现代小说的处境和面临的挑战也做出了如下的正确判断：

> 对普鲁斯特来说，人的内心世界是让我们赞叹不已的一个无限的奇迹。但卡夫卡的惊奇不在这里。他不问是什么内在动机决定了人的行为，而是提出一个根本不同的问题。他的问题是：在外在的决定因素已经变得非常强大，内在的

---

① 《小说的艺术》，第28页。

② 如果考虑到卡夫卡作为讲德语的外国人，尽管困难重重，却仍坚持在捷克的布拉格写作，也就是说他是一个跨境者，就不禁让人读出他与流亡作家昆德拉之间有着更多的亲缘性。

> 动机已经没有任何意义的世界里，人类还剩下什么可能性？假如K有同性恋倾向或者遭遇了失恋，这些到底能对K的命运和态度造成何种程度的改变呢？——不会造成任何改变。①

这里宣告了寻找作为孤立事物的“内心世界”——至少在现代是如此——的无效性。人活着，并非以本身自立的个人内心世界为基础。对自闭的内心世界的探索，已经不能再给我们活生生的现实带来什么。

在通过行动把握自我和通过内心探索自我都陷入停滞之后，小说还有何种可能？更确切地说，为何小说至今仍然有效？昆德拉的作品给出了答案。无论是行动还是内在，他都没有阐明主体个人的自我。但是，小说原本是将他人的行为和内心生活呈现给读者的东西。一边读小说，一边参与到登场人物之中，对主人公“感同身受”，这些很平常的体验，其实就说明了这一点。以他人的行为和内在为媒介，或者换句话说，将自己人生的某些部分与他人的人生融为一体，最终实现人类自我探索的最典型的场域，就是小说。通过小说的存在及阅读，我们已经很清楚地知道，只有在“理解”他者的行动中，我们的人生才能得以确认。

把自我作为与他者不可分割的存在，或者说把自我作为进行换位体验的场所，《生命》通过自己消解人称的边界、**融合他者的叙述**，将这一人生启示呈现在我们读者面前。

然而，主人公没有结局的叙事（特蕾莎和托马斯的死亡在小说中段就有预言，之后小说向着这个方向收敛，但是结尾并没有描写他们临终的场面，而是留下空白）告诉我们，“自我”是无法

① 《小说的艺术》，第30—31页。

全面把握的，通过虚构人物这一媒介对人的境遇做探寻也必然以不完整的摸索而告终。但是，揭示这一局限性已经是一个重大的发现，无异于“认识的一大快举”。“终极爱情小说”这一标语，不就证实了该作品带来的不可抗拒的感动吗？[①]（青柳）

在影像可视化的电影中，叙述人与人物之间思想融合的游戏，以及与人物之间看不见的交涉，都不可避免地脱落了。因此，从本章的立场来看，菲利普·考夫曼的《布拉格之恋》（1988年，美国）与昆德拉的《不能承受的生命之轻》在本质上是不同的作品。但是通过穿插被占领的布拉格的影像资料强调历史性，通过安排故事的线性发展来提升现实感，通过胶片来捕捉人物个体魅力的这部作品，尽管和昆德拉的做法不同，却也实现了对生存的不安定和脆弱的表达。

---

① 本节在“小说思考中的人称/人物（Personne）概念的突破——米兰·昆德拉《不能承受的生命之轻》”（《语言文化论集》，《筑波大学现代语·现代文化学院》第55期，2001年2月）的基础上，做了若干修改。

倾听–叙述

——作为自我基础的他者

Raconter, à l'écoute des autres

叙事的基本形式之一是“**听叙**”，比如民间传说等许多传承叙事（传说故事），都是依赖这种形式。但这种把别人讲过的故事接过来重新讲述、**改编故事**的形式，在文学等级中一直受到轻视，被视为一种次类型。

让我们回顾一下，当让·弗朗索瓦·**利奥塔**试图打破现代科学知识壁垒，构想后现代的知识体系时，他所参照的就是“叙事知识”的语言行为，而其中他再三提到了民间口述故事的传统对于新的知识体系方向的暗示[1]。在口头讲述的巴西原住民（Caxinauás）的传说故事中，讲述者面对听众，一边强调自己不是故事的创作者，明确自己作为媒介人的身份，一边讲述故事。正如利奥塔也强调的那样，这里的内在前提是所谓叙述者就是听众（反之亦然）。

自浪漫主义时代以来，原创性一直广受宣扬。在这种体系下，讲一个不是自己创作的故事的行为没有任何价值。然而，人的主体（自我）的“解体”已经开始引起人们的关注。从孤立和局限的自我中，我们逐渐看清了原本包含着他者性的主体的状态。今天，文学是否也将从一个颂扬原创性的语言行为的场域，拓展成通过“讲故事”这一语言行为来再现自我和他者的多重性特权的场域，而被重新认识呢？——从这个意义上来说，今后我们应该重新审视在文本中留下了多种叙事实践痕迹的《一千零一夜》、各种民间传说故事和翻案文学。

鹫田清一在《倾听的力量：关于临床哲学的探讨》[2]中，没有像笛卡尔那样讲述从自我出发构建真理的哲学，而是构想了一种接受他者、感受他者之痛、倾听他者（无法言说的痛苦）声音的“临床”哲学。款待他者，通过成为客人（他者）的客人，而把主人的位置让给他者，“祈求”式地竖起耳朵等待他者的话语，接受他者的话语——这种存在方式的重要性，现在不仅在哲学层面，在文学层面也开始得到了切切实实的探讨。

保罗·**奥斯特**以纽约三部曲《玻璃之城》《幽灵们》《上锁的房间》崭露头角，并在20世纪90年代通过包括《烟》等电影剧本在内的多产创作，确立了自己作为当代作家不可动摇的地位。他早期充满侦探小说风的叙事，把书写他者作为唯一使命，描写了把观察他者的生活、贴近他者作为自己的生活方式的人物。纽约三部曲中伴随着存在主义的焦虑而呈现出的自我中心向他者的让渡，在其后来的作品中，被进一步描绘成了孕育人类救赎的积极状态。《偶然的音乐》(3) 中的纳什也是如此。他在与偶然认识的年轻人波齐的关系中，找到了自己人生的能量来源。纳什的存在方式不是依附于他者，而是在他者的关系中找到自我肯定的力量，他作为一个有责任感的人由此显得光彩夺目。

我想从这个角度列举一下最有启发意义的作品《巨兽》(4)。它以叙述人的回忆录为载体，重构了在一次事故后开始行为怪异、失踪、最后被炸死了的友人——作家萨克斯的一生。在这篇作品中，叙述者彼得除了追溯萨克斯的人生以外，没有别的生活方式。而在这一过程中，他被迫不时地、一个接一个地召唤出众多周边人物的逸事，而他所接触到的他者人生的统合，也就构成了彼得本人。在这本回忆录中，彼得通过夹杂了幻想的自由重述方式，把萨克斯、他的妻子芬妮以及松散而又错综复杂、偶然而又决定性地纠缠在彼此生活中的他们朋友们的故事编织成了文本。登场人物都是无法孤立的存在，在他者声音的基础上加入自己声音的彼得的**重述**行为，深刻地显现了人类的生存方式是相互联系的。

总是写摆出想要与他者建立关系的姿态却又自我完结的主人公的**村上春树**，写了一部关于自我与他人不可分割的关系的作品，叫《地下》[5]。这本书是地铁沙林毒气事件受害者的采访集，作为“作家”村上春树的“作品”，该如何定位，一直备受争议。应该可以说，这是一部村上意识到自己的作家职业，并在最高层面上实现了自己使命的“文学作品”——如果说创作必读书的作家，就是把语言活动作为形成自我和他者相互渗透的存在方式的场所的话，在这部作品中，“**倾听**”就是最为出色的作家活动。所谓作家是作为媒介的叙述人，将“倾听”带入到文本的生产中。

短篇小说集《神的孩子都在跳舞》[6]，可以定位为这种创作的延伸。作品展现了没有直接经历过神户地震的各种各样的人，读者在某种程度上深刻地“体验”了这场灾难，村上试图以此表明当代人无法被封闭在自我的内部。生活在大量信息快速传递的社会中，我们的日常体验很多都是传播中的**他者的体验**。对我们来说，今天最大的事件是某个家庭一家人惨遭杀害，或某个国家的灾害，每天都生活在这样的环境中的我们，把他者的经历多少当作了自己的经历。近年的村上似乎仍在试图反映在个人被隔离的现代社会中，通过对**他者的回应**确立起来的不同人的人生侧面。

很多当代文学作品（参见多和田叶子《三人关系》、川上弘美《爱怜纪》）都注重于重述（已经讲述过的）他者体验，而不是讲述自己的特殊体验。让我们想想**小森阳一**曾列举的热衷于再现奶奶以及小时候居住在附近的老人们的讲话方式和身体表达的那个戏剧青年[7]。把他者的体验变成自己的体验，把他者表达作为自我表达的基础的存在方式，也许比我们通常认为的还要更加本质，也许**重述**才是最原初的叙述方式。（青柳）

---

(1) 让・弗朗索瓦・利奥塔：《后现代条件》，小林康夫译，水声社，1986年。参见《给孩子们讲述的后现代》（菅启次郎译，筑摩学艺文库，1998年，母本《后现代通信》，朝日出版社，1986年）。

(2) 鹫田清一：《倾听的力量：关于临床哲学的探讨》，TBS Britannica，1999年。

(3) 保罗・奥斯特：《偶然的音乐》，柴田元幸译，新潮社，1998年。

(4) 保罗・奥斯特：《巨兽》，柴田元幸译，新潮社，1999年。

(5) 村上春树：《地下》，讲谈社，1997年（讲谈社文库再刊，1999年）。另外，参见对邪教奥姆真理教信徒（原信徒）的采访集《在约定的场所》（文艺春秋社，1998年）。

(6) 村上春树：《神的孩子都在跳舞》，新潮社，2000年。

(7) 参见小森阳一：《小森阳一 遇见日本语》，大修馆书店，2000年，第8章。

日常语言的复权

脱离“诗性语言”主义

◎金井美惠子《小阳春》/藤野千夜《夏日的约定》

※ 从索绪尔语言学到结构主义文学
※ 雅各布森的诗学
※ 对话或者文本的复调

脱离“诗学”宣言

“是什么使文本成为文学?”罗曼·**雅各布森**①发明了一个新词“**文学性**”(littérarité)②来命名它。毋庸讳言,20世纪的各种文学理论,都从多方面对这个“文学的文学性”进行了有力的探索。但是,这些活动都是从一开始就是在一个有着很强的偏向性的地盘上进行的。

二十世纪叱咤风云的语言大师雅各布森的另一个头衔是“诗学家”。雅各布森以及和他相关联的俄国形式主义学派,将

---

① 罗曼·雅各布森(1886—1982),俄国出生的语言学家。他在莫斯科和布拉格从事活动后,于1941年移居美国。他构建了语音学,并从很早就致力于诗词语言的研究。他留下了许多使语言学与其邻近的科学关系更加紧密的研究成果。参见《现代文学理论》中的“雅各布森的诗学”一节。

② 雅各布森在《最近的俄国诗》(1921)中提出的一个口号。参见水野忠雄主编:《俄罗斯形式主义文学论集》,芹香书房,1982年,第21页。

这种以文学性为本质的语言文本命名为“**诗性语言**”。

当然,这种文学思考的传统是在马拉美和瓦雷里的影响下产生的,相对于日常语言而言,他们更追求诗性语言的纯粹性。

讨论语言的文学性时一定会参考有着巨大影响力的斯特凡·**马拉美**的《诗的危机》,它将诗歌活动定义为对**日常语言**(“将讲故事、教学甚至描写也加入了同一范畴内”)缺陷的超越。[①] 口语只起到物物交换的作用,而诗人的使命是,利用与之相同的材料(语言),达到使“观念本身”显现的语言的音乐性。诗人的责任,是对普通的语言进行重新打造,创造一种新的语言,使语言恢复到“本质”状态,使人类的精神“从现实的微小尘埃中解放出来”。

这里需要注意的是,所有的**散文语言**,无论是实用性的还是文学性的,都被纳入了“日常语言”的范畴,唯有“诗歌语言”(langage poétique)作为语言的最高状态而独立一方。

19 世纪法国象征主义诗人马拉美把语言的功能分为两类:诗句和其他一切庸俗的日常语言活动,这种诗性语言至上的主张,被其嫡系弟子保尔·**瓦雷里**继承,并以更明了的形式向公众大力宣传。瓦雷里把诗歌和散文直接对立起来,推出了那个著名的、有力的比喻,即“散文如行,诗歌如舞”[②]。散文是为了达到某种目的而提供的方便路径,或者说是日常使用的工具,其本身没有价值。与此相反,诗歌则被规定为“哪里也不去”,其行为本身就是终极目的。在这里,散文的语言,显然被放在了非艺术、

① 关于马拉美的《诗的危机》,可阅读由南条彰宏翻译的《马拉美、凡尔纳、兰波》(世界文学体系,筑摩书房,1974 年收录)等。此外,作为西欧古今诗歌理论的选集,渟田般弥、新仓俊一合编的《世界诗论》(青土社,1994 年)也便于阅读。

② 保尔·瓦雷里:《诗话》《诗歌与抽象思维》,选自《瓦雷里全集 6:论诗》,佐藤正彰译,筑摩书房,1967 年。

非文学的一边。

让我们回顾一下，主张探索文学的文学性的雅各布森，就将自己的整个探索活动直接命名为“**诗学**”(poétique)[①]。雅各布森所研究的是波德莱尔和坡的诗篇，从中得出的平行性的紧密积累等结构，毫无疑问是“诗性”语言的特质。

即使是20世纪60年代以来的文学研究革新，其整个活动也是在“诗学”的框架内被理解的。热拉尔·**热奈特**把围绕个别作品进行评价的活动称为“批评”(critique)，与此相对，把文学通论称为“诗学”(poétique)。[②] 在他的指导下于1970年在法国创刊、现在仍然是最权威的文学理论期刊《诗学》，其命名具有显而易见的象征性。

所以当大家的研究热情开始涌向小说文本分析时，研究者们发现，在诗学活动和诗性语言的研究框架内进行的散文语言研究，背负着一定的不确定性。这种边缘的异端活动必须重新正当化。

重新兴盛的普洛普的叙事结构理论、大获成功的巴特的《S/Z》以及热奈特的《叙事话语》等为小说文本的语言探索正名之后[③]，文学研究与当下的文学消费趋势联系在一起，小说作品变

---

① 这一点的坚强后盾是亚里士多德。把文学的一般研究命名为“诗学”的依据，就是他那本被认为不只是文学研究，而且是所有西欧学术的鼻祖的著作。但是，戏剧(悲剧和喜剧)和故事(叙事诗)——总之，所有的“文学”都是韵文时代的著作，我们是否永远能够把它们作为权威？（参见《亚里士多德“诗学”与贺拉提乌斯“诗论”》，松本仁助、岗道男译，岩波文库，1997年）

② 参见热拉尔·热奈特《叙事话语》(花轮光、和泉凉一译，水声社，1985年)的序言。该研究续篇的日译本标题是“叙事的诗学”，连热奈特本人也大模大样地使用这种从本章的角度来看比较矛盾的说法。

③ 这部分详见《当代文学理论》中的“叙事的潜在结构”和“叙事学”等章节。

成了主要考察对象。然而我们没有完全摆脱将诗歌作为文学语言的典范的思维习惯。把文学语言称为“诗性语言”,难道仅仅是名称问题吗?恐怕不是。诗性语言探索的隐性制约,难道没有妨碍我们关注散文文本的**散文性**吗?评价散文的文学性没有事先被禁止吗?

不纯的散文

读瓦雷里的著作,可以清楚地了解诗性语言派的思想。他们所看重的是明晰性、必然性、完美性、秩序、绝对、一贯性、恒久性、纯粹性、强大的意志和人为性(让我们想想“打磨”一词中所蕴含的向着不可能到达的高度①而努力的神化),这些都被认为是诗性语言的特质。另一方面,他们所排除的是不规则性、不确定性、不合理性、恒常性、脆弱性、无意志、偶然性等。诗歌是通过诗人的穷思苦索和精心操作——克服了作为材料的日常语言(散文)的不纯粹性——而实现的一个类似“完整关系系统”的永恒世界,被认为是人类最高能力的证明。

例如在对“**纯粹**”这种特质的价值判断中,我们可以清晰地看到诗歌的文学性与散文的文学性之间的差异。

对于诗歌来说,“纯粹”代表了“诗性”(poetry)的最高境界。马拉美对空白和崇高的偏爱,对诗歌“消除偶然性”也就是绝对性的信仰,形成了这种诗性审美的巅峰。瓦雷里所宣扬的是不

① 按照马拉美的说法,真正的诗歌(终极的诗歌)是无法“实现”的。“现实中所作的诗篇,就像寺庙穹隆的三角面,让我们想象看不见的穹隆之巅一样,让人想象那终极的诗歌。”换句话说,诗人永远到达不了诗,现实中所有的诗篇都只是习作。这里有一个奇妙的翻转,一个从来没有写过一首“诗”的人,怎么能称为“诗人”呢?世界上连一首“诗”都没有,怎么可能先有“诗人”?

折不扣的“纯诗”(poésie *pure*)或者“绝对诗”(poésie *absolue*),而在这一框架内,批评也把知性和精神活动都系结到虚无的一个点上,把永远按照“完整”“全面”的体系而建构的“纯粹批评”奉为理想。

顺应这一趋势,小说也把追求“纯粹”作为优点,也许这支撑了西方所谓“作品”(œuvre,这个词单用,意思就是“杰作”)的概念。作为20世纪中叶开始活跃的文本内部分析的前提,小说文本被要求必须是一个具有稳定体系、明确主线的统一体。把作品看作一种一字一句都不能更改的完美结构的想法,在当代也日益增强。

在日本,有一种“**纯文学**”(现在使用的时候,不免让人感觉滑稽)的说法。纯文学是被认为具有艺术价值的文学作品的集合体,而一些艺术性或多或少存在疑问的类型(比如推理小说、通俗小说、娱乐小说、官能小说、少女小说、儿童文学等,偶尔也有变化),则作为非纯文学,被定位在文学(这里指的是被视为具有“文学性”的小说)之外或者边缘地带。现在,“纯文学”和其他小说作品的类别划分依然存在,芥川奖和直木奖两个奖项分开评选就清楚地表明了这一点。

然而,散文存在的价值,恰恰在于它的“不纯”,不是吗?

散文,特别是小说语言的本质,就在于它的不纯粹性,而承认这种不纯粹性具有不可替代的价值的正是米哈伊尔·**巴赫金**①。试图通过对语言的思考来编织一种新的思想的语言学思想家巴赫金,总是将散文这种小说文本作为构建其思想的基础。他的

① 米哈伊尔·巴赫金(1895—1975),俄国思想家。他在20世纪20年代开始匿名写作,在斯大林时期被迫流亡,其后,在大学做教师的同时,创作了后来彻底动摇欧美文学理论和思想的多部著作。参见《现代文学理论》中“对话或文本的复调”一节。

主要著作列举了拉伯雷的狂欢类作品、陀思妥耶夫斯基的复调类小说群。① 巴赫金通过这些作品,一边提出"复调""对话性""异质混杂""交通""斗争性"等本身就具有非趋同性的术语,一边主张小说语言具有本质上的非趋同性和杂糅性。②

所谓散文性,应该就是这种**杂糅性**和**非决定性**。它缺失清晰的主线和边界,与包容性、整体性、统一性和恒常性相冲突,是一种看不清本来面目、散漫可变的存在方式。我想,对于如今的我们,这才是生动且舒适的、自然的存在方式。难道我们不需要对散文进行更多的思考,用发现散文价值的眼光来重新书写文学的美学吗?

即使从我们的日常说话来看,评价一个人有"散文人格",也已经是一种贬义的说法,包含着负面性。但我想,现在是暧昧的、缺乏冲击力的、不均衡的、不协调的、做事不彻底的这类人的存在方式得到肯定的时候了。我认为,说某人"散文化"是一种赞美的时代,或许已经到来了。

"言文"不一致与再契合化

在重新审视"散文"的同时,我们还必须拯救一直被马拉美、

---

① 《弗朗索瓦·拉伯雷的作品与中世纪文艺复兴时期的大众文化》(川端香男里译,芹香书房,1974 年)和《陀思妥耶夫斯基诗学》(望月哲男、铃木淳一译,筑摩文库,1995 年)。

② 如想进一步了解巴赫金的小说观,《小说语言》(伊东一郎译,平凡社 library,1996 年)是一本值得推荐的书。特别是附录的"来自小说词语的前史"是必读之作。在他对语言学理论家索绪尔的批评(《马克思主义与语言哲学》,桑野隆译,未来社,1989 年)和对弗洛伊德的彻底攻击(《弗洛伊德主义》,矶谷隆和、斋藤俊雄译,新时代社,1979 年)中,可以看出巴赫金对纯粹和体系化的事物的强烈反感和驳斥。

瓦雷里或者俄国形式主义、雅各布森，甚至萨特当作语言艺术性的最大障碍所鄙视和唾弃的“日常语言”。在那之前，首先我们需要关注日常语言与文学散文之间的严重脱节问题。

小森阳一向我们精彩地展示了日本小说的文体与我们的日常语言完全不同的形成过程。我们习以为常的日本现代散文的写法（尤其是“纯文学”小说的文体），诞生自汉文体、候文[①]、讲谈调等各种文体的散文作品纷纷登场的明治时代，是**二叶亭四迷**在翻译屠格涅夫短篇小说《幽会》的过程中，在欧式散文的基础上逐渐摸索出来的。[②] 正如小森处处强调的那样，“言文一致”只不过是一种幻想。[③] 我们的口语和书面语之间存在着不可逾越的鸿沟。

但是，口语（日常语言）和书面语（文学语言）之间的裂缝，并不是近代日本特有的现象。二叶亭四迷所依据的屠格涅夫的文体本身，就是将 19 世纪法国小说的文体移植到俄语中后获得的文体。[④] 我们可以认为文学语言一般是在与日常语言的背离中形成的。我还想提及的是基督教新约圣经是用希腊方言科普特语写成的，在当地没有人把这种语言当作母语去讲，但它却能超

---

① 候文，多用于书简的日语文言文的一种，用礼貌用语“候”来表示尊敬。（译者注）

② 参见小森阳一：《“摇摆”的日本文学》，NHK books，1998 年。特别是第一章“‘摇摆’中的近代散文”。

③ 小森阳一：《小森阳一，邂逅日语》（大修馆书店，2000 年）。对于从小在捷克长大、以俄语为生活语言的小森来说，日语是通过书本的文体培养出来的。回国后，小森亲身体验了什么叫作书面文体和口语的严重脱节。

④ 最初一直以写诗为主的屠格涅夫，在创作短篇小说集《猎人日记》时，模仿了包括福楼拜的小说在内的法国近代小说。他先用法语写草稿，然后自己把它翻译成俄语。（参见小森阳一：《“摇摆”的日本文学》，第 33 页）

越民族和语言的边界,作为书籍获得普遍的力量。[1]

我们注意到这样一个现象:近代国家必不可少的"共同语言"的形成基础,是一种不局限于任何特定地区或人类群体的"文学语言"。例如,作为通用语言的现代法语,根据字典解释,其基础是以巴黎为中心的法兰西岛(Ile-de-France)地区的方言,但有研究表明,实际上它是在一种不属于任何地区、日常生活中也没有人使用的"文学语言"的基础上形成的。[2] 可想而知,现代日本的官方语言/共通语也有类似的情况。按照通常的解释,共通语是以东京的山手区域的语言为基础创造的。但是,日本播音员使用的语言和学校教师的说话方式中出现的比较典型的"通用语",都是在重新导入近代小说的文体后形成的。

回归日常语言

但是,我们必须充分认识到,小说语言是一种高度人工化的建构物,与我们通常的语言活动(尤其是口语)相去甚远。作为散文的小说,最终也和诗歌一样,几乎完全被纳入了基于体裁自身的特殊约定而建立起来的坚固体系。可以说,恰恰是这种对脱离我们日常语言的特殊文体规则的坚持,才使得一个作品有资格成为"纯文学"。

因此,现代小说通过积极运用口语来活跃文学的尝试,应该得到更认真的评价。说到率先进行这种激进的探索的人,一定

---

① 加藤隆:《新约圣经为什么用希腊文写》,大修馆书店,1999年。

② 伯纳德·塞奎格利尼:《法语的诞生》,濑户直彦、美岳德嘉译,白水社,"我知道什么"文库,1994年。

要列举20世纪50年代的美国现代作家。[1] J. D. 塞林格的《麦田里的守望者》(1951)和约翰·巴思的《大路尽头》(1958)几乎完全采用了粗俗的,有时甚至是幼稚的口语文体。作为面向容易对“高大上”的文学作品望而却步的年轻人的通俗易懂的作品,它们在世界范围内获得了巨大的成功。但需要注意的是,尽管他们的作品所使用的打上了时代烙印的流行语已经变得不再流行,但是时至今日,这些作品依然得到热烈推崇。这正是因为,这些小说试图在文学作品中体现出**隐藏在口语中的人与语言的关系**,这是规范的小说文体所无法达到的。比如我们在《麦田里的守望者》中发现,我们平时流露的那些嘟囔的骂人话,那些不成句子、漏洞百出的意见陈述,正是应该作为探究人类最基本线索的具有珍贵启示意义的容器。用语言进行艺术思维的实践的文学,需要的正是这种“非文学”的文体。

近年来,日本小说中也出现了这种让日常语言复活的动向。**吉本芭娜娜**作为治愈系“青春文学”的鼻祖,已经明显地表现出了这种倾向。但在吉本芭娜娜的文学中,文本叙述几乎全部采用了女孩内心的呓语,这已经完全劫持了纯文学的规范,所以读者发现的不过是和她一样容易受伤的普通女孩身上潜藏的“文学美”。

相比之下,我想列举一直关注日常语言的爆发力、试图使文学语言本身发生结构性变化的两位作家:金井美惠子和藤野千夜。

---

① 在更早的尝试中,我应该提到法国异端作家路易·费迪南·塞利纳《长夜漫漫的旅程》和《缓期死亡》等。这些作品中充斥着俚语和脏话,以一种比日常语言更极端的文体形式震惊了一般读者,并在世界文学界引起反响。

向"文学"发出挑战——金井美惠子[1]

在《小阳春》[2]中,**金井美惠子**试图将反映我们日常思考和对话的语言活动,放在小说的砧板上。

《小阳春》所采用的形式是,将一个刚进入东京大学的19岁女性(也许应该说是"女孩"?)每天的所思所想,或者现实中说的话,以及她听到的周围人说的话不加引号、逐字逐句地展现出来。当然,这只能是迟缓冗长的小说语言。手捧这些书阅读的我们,无疑会面对一连串违反小说阅读惯例的、意思单薄的句子,感觉到的不是一种轻松的快感,而是困惑和焦急。

> 哎呀呀,接下来是要做炸猪串吗?那个,太麻烦了,还有,炸猪串这东西啊,适合生啤,瓶装或者罐装的啤酒,不适合呢,我坚持说。吉田小姐一脸认真,确实,的确如桃子小姐所说呢,那么,真的,请别客气,她像个做作的夫人一样回答道。到底有什么本事呢?应该是这样想的吧。那,我就煮毛豆,姑且,用这个吧。我把放在冰箱里的油豆腐煎了,浇了酱油和味精,端了出来。你啊,像平常一样讲话吧,听着瘆人,

---

① 金井美惠子(1947—),小说家。1967年,以《爱的生活》崭露头角。她出版了多部采用轻快的口语文体,并随处散发着文学以及思想修养的作品,作为中坚女性作家,活跃在当今的日本文坛。

② 金井美惠子:《小阳春之印第安的夏天》,河出文库,1999年(母本1988年)。与《文章教室》《小丑的爱》《玉屋》(均由河出文库出版)并称"自白四部曲"。在《小阳春》续篇《我所知道的关于她(们)的二三事》(朝日新闻社,2000年)中,比起自然的口语体,作者似乎更注重通过对话引语的人称跨境和句法空白的无效性来营造散文的饶舌文体。

> 我跟吉田小姐说。那，我就失礼了，照您说的做吧？她一边回答，一边毫不顾忌地盘起了腿。[1]

这种近乎暴力的**散漫**，正是金井美惠子所要达到的目的。她的靶子是小说的规范本身。

这部小说企图揭露我们平时所熟悉的漂亮的**小说语言**（以及其他的文学文体）的**欺骗性**，并打得它们片甲不留。作品截取了在不安定的半吊子状况下生活着的当代“普通女孩”的平凡“当下”，很有可能被当作一部不疼不痒的“少女小说”[2]来阅读。但是实际上，它是一部充满战斗性的作品。这是对文学体制本身不计后果的挑战，坚决的战斗意志被执着并彻底地填充在平淡话语的字里行间。

小说分为编了号的 12 个部分，连续地写主人公“我”即桃子的独白，并随意地穿插和桃子一起生活的“姑姑”作为职业作家所写的 8 篇文章，后者使用了不同的字体。在小说《小阳春》的目录页上，好像是附带插入的那些文章的标题，被特意地列了出来。把那些规范化的文章的本来面目展现给因为习惯而变得视而不见的读者，就是这部作品的目的所在。

与桃子漫不经心的呓语相比，提交印刷的“姑姑”的“正经八百”的文章，是多么不自然，多么滑稽。这些写得都非常好。金井应该是不遗余力地投入了她作为一个作家所积累的全部能量，才写下了这些片段。但是，这些在各个部分都成功地满足了读者所期待的时而诙谐、时而高尚深刻、时而感伤的“文学性”段

---

① 《小阳春》，第 76—77 页。

② 在《小阳春》文库版的“后记”中，作者自己也试图给小说加上这样的幌子。

落,正是为了告发那些文字本身的贫瘠而写的。通过"姑姑"所写的各种随笔、评论和短篇小说等涉及各种体裁的小作品,表明了作家越是认真地书写,就越是深陷**文学制度**的桎梏。正如巴特所说,**语言就是法西斯主义者**[①]。这不是因为它禁止我们说些什么,而是因为它迫使我们说些什么,即使我们不想说。

"姑姑"写的一篇随笔(《牙医杂记》)称得上是"作家的生活杂感",结尾处是这样的:

> 两三年后,那位年轻的牙医说是在家乡开了一家诊所,已经搬走了,因为当时周刊杂志和报纸上都在谈论牙科费用不可思议,所以我甚至想,如果太有良心的话,会做不下去吧。托他的福,我学会了如何正确使用牙刷,之后,就再也没有看过牙医。[②]

正如人们所期待的那样,故事一边散发着"百姓"的生活气息,一边运用因祸得福的反转,最后落脚于带有幽默和平淡生活启示的短篇小说,附上一个让人腻味的圆满结局。另一篇文化色彩稍浓,但比较柔和的随笔(《四年总统也更换》)的开篇是这样写的:

> 和关照了四年的情人分手时,人们会说些什么呢?在铃木清顺《鲁莽的将军》中,有这么一幕,主演和田浩治(高中

① "语言作为开展一切语言活动的形式,既不是反动的,也不是进步的。语言就是法西斯主义者。因为,所谓的法西斯主义,并不试图阻止人们说些什么,而是强制他们说些什么。"(罗兰·巴特:《文学的符号学》,花轮光译,美铃书房,1981年,第15页)

② 《小阳春》,第23—24页。

生的角色。总之这电影是 1961 年的作品）的母亲山冈久乃，被酒吧老板兼情人富田仲次郎解除了酒吧女老板的工作，并被赶下情妇的宝座。①

这篇文章似乎是为《月刊角川》写的。这也是迎合读者期待的服务行业的“职业写手”的产品。它在发挥文化杂学话题库功能的同时，选择“男性杂志”的客户最喜欢的话题，并以一种他们喜欢的立场，将其精彩地呈现了出来。

只能在商业化的前提下进行“作家活动”的当代，各种体裁的书面语言尤其是**文学语言的制度化**的普及，已经使作家只能以戏仿的方式来生产文本了。可以说，金井美惠子略带夸张的当代女大学生的语言，是对这种停滞不前的局面强行出击、拼死决斗的表现。

悲愿中的平淡日常性——藤野千夜

藤野千夜②没有像金井那样与制度做斗争。藤野的小说，毫不避讳地使用了“描写”、鸟瞰全局的说明等标准化的小说写法。但其为了不背叛日常的口语感而投注在小说语言创作上的认真程度，绝不亚于金井。藤野的文章中包含着看似无意义的冗余、生硬的断句，反之则是令人焦急的犹豫不决，但是她始终没有脱离这种

① 《小阳春》，第 149 页。

② 藤野千夜（1962— ），从事漫画编辑工作后，1995 年以《午后的时间表》（载于《少年和少女的波尔卡》）获得海燕新人文学奖，成为作家。1998 年，她以《喋喋不休的怪谈》获得野间文艺新人奖。2000 年，《夏日的约定》获得芥川奖。藤野有性别分裂症，其作品也经常描写性少数群体。

平易、散漫的日常文体。① 这与她对人生的肯定有直接关系。如果藤野真的能肯定自己毫无亮点的日常生活,一定会主动选择作家以外的生活方式。然而藤野在打捞并肯定脱离了理念规范(standard)但仍于当下存在的事物的过程中,找到了撰写小说的方式。

在藤野"平易"的文体背后,是尽管扭曲却让人珍惜的人生常态,一种令人眷恋的"温柔"。藤野的文体逐渐甩掉了早期略带的"文学性",正朝着更加平易、凡庸的方向发展。如今坚定地维持着的堂堂正正的凡庸,既不是怠惰的表现,也不是对读者的媚态。藤野具有出色的文学修养和感性,这促使她以越来越强烈的信念走向平凡。我认为朝向平凡的散文及其探索,在藤野那里,似乎发展成了一种真诚的对人的探索。今后,藤野将仍然不考虑纯文学的文辞洗练,而继续描绘日常无害的语言中潜藏的獠牙、只能用优柔寡断的话语来表达的巨大的苦闷,以及只能得到温柔附和的绝望的享受。

在她手中,淡淡的爱的喜悦,面对不可预知的人生的困惑,关爱他人的人性尊严,接纳自己的孤独的壮美——那些通常可能让人难以忍受的陈腐老套的情感变化和精神样貌——散发出了新的光彩,触动了我们的心灵。故意不作高深的藤野的文体,使那光芒更加强烈,读者的心不禁为之颤动。②

---

① "当料理减少到原来的三分之一时,冈野小姐像是真的填饱了肚子。说要暂时离开,一会儿加入中国粽子的行列。"(《夏日的约定》,讲谈社,2000年,第97页)藤野的作品中恰如其分地使用了我们在文学作品中还不常见,但在日常生活中经常使用的短语和句式。

② 特别是《少年少女的波尔卡》中描写的意识到自己是同性恋的俊彦和因为觉得自己是女生而穿着裙子上学的山田这两个高一男学生,还有《可爱的星球》中(选自《恋爱假期》)通过大学生桐子轻柔的目光展现的几年前开始以女人身份生活的哥哥(现在的"姐姐"),不论是面对扭曲的自我还是不可理解的他者,都轻松积极地生活着的这些人身上的光芒,令人感动。

在藤野的世界里,无需理由的正能量,丝丝善意,对他者无条件的(但是并没有伴着确信,而是局部的)理解,模糊、零散地呈现在对生活的持续肯定中。对于藤野来说,**散漫的日常**才是最珍贵的,即使在小说中也完全不需要“高潮”。所以,《夏日的约定》的情感高潮,莫过于影片结尾渐渐被揭开的关于夏令营的心酸事件,而不是在接受它的基础上面向希望的约定。感人的点被撒落在各处,正因为哪里都没有巅峰,所以藤野所描述的世界处处都是巅峰。藤野小说中的特别瞬间,都是以很不显眼的方式悄悄地播撒。以下段落即为一例。场景是主人公(视点人物)即肥胖的公司职员丸男和27岁的自由编辑光回公寓的路上。因为被从补习班回家的小学生们嘲笑“厉害啊”“胖基佬”,光变得歇斯底里,愤怒不已。丸男理智地安慰光说:“一对同性恋情侣牵手走在大街上,可不能每次都为这种程度的事情生气。”这里充满了令人痛心的悲伤、愤怒、骄傲、灰心,最重要的是,有恋爱中的人的不安和温暖的目光。

> “傻瓜,还不是初中落榜生。”
>
> 终于,在抛出除了“无聊”之外完全不像是成年人说的话之后,光开始向前走。“唉,太气人了吧。那样说。”
>
> “哪里,就那种程度,也太……”
>
> “哼。然后回家后,嗨,什么的,唉唉,什么的,多酷啊。”
>
> “我没说吧,那种话。”
>
> “和我分开后怎么样,谁知道呢。”
>
> 故意气呼呼地别过脸去的光,三步并成两步地快步向前走,丸男就那样让他走在前面。他似乎有些情绪激动,边走边奇怪地上下晃动着肩膀。像软体动物一样柔软地晃动着的肩膀在说“生气了”。可是,光自己,不也经常歧视别人,

看不起和嘲笑别人吗？丸男有点故意刁难地想着。当然，即使丸男，也做过同样的事情。①

我认为藤野的这种文字，实际是想肯定只有在我们的日常语言活动中才蕴含的——从不以总结的方式表达的——情感的变化和紧迫性，和金井相比，似乎藤野更严格地剔除了“**文学性语言**”。藤野的文字莫如说隐含着彻底否定与日常对立的“文学”的强烈意志。

摒弃脱离日常的“小说语言”的藤野的散文，也许正是通过不压抑语言本身所具有的**间接性和发散性**（这恰恰是20世纪所发现的语言的符号性和线性的另一种说法）的方式，创作了一种新的文学语言——已经不能称之为诗意的语言。（青柳）

藤野千夜的小说（《喋喋不休的怪谈》和《夏日的约定》均由讲谈社出版）采用了明快、通俗的封面设计

① 《夏日的约定》，第41—42页。

散文语言的定位

Status du langage prosaïque

对文学语言的考察，至今都主要集中在诗歌上。在西欧，相对于受重视的诗歌（vers）或者诗性语言（langage poétique）而言，散文（prose）的地位如何呢？让我们回过头来看看散文受到的不平等待遇吧。

■ 古希腊～中世纪

亚里士多德在《诗学》中，把文学分为三类：悲剧、喜剧和叙事诗。不论是戏剧还是叙事，文学体裁都是韵文体（诗歌）。散文被排除在文学形式之外。

■ 19世纪象征主义诗人马拉美（《诗的危机》）

日常语言（以及被视作与之相同的散文语言）里面有“人生的直接状态”，而诗歌里具有“本质的状态”，在这种语言的双重性中，马拉美寻找着诗人存在的理由。他认为，日常语言的流通方式只能和“钱”一样，虽然在写“普通的报道”时可以发挥作用，但其本质仍是充满缺陷的不完美的语言。诗人的使命是把这种粗糙的语言素材转化为一种完美的、至高无上的神圣语言。

■ 20世纪初近代诗学的杰出人物瓦雷里（《诗歌与抽象思维》《诗话》等）

一种崇拜诗歌和诗人的精英主义达到了最高境界。散文那种“普通的”“共同的”“民众的”日常语言，被鄙视为“满身传统污垢的不合理术语和规则的集合体”。诗歌则被理想化为“完整的关系系统”。相对于日常散文的多义性与模糊性，诗歌在意义和声音上是一对一的绝对关系。

■ 20 世纪上半叶的前卫理论——俄国形式主义

以“异化”理论著称的“**奥波亚兹**”（诗歌语言研究会）的成员们（什克洛夫斯基、艾亨鲍姆、雅各布森等人）首先把日常语言/散文单纯视为一种交际语言，并认为已经成为习惯的旧式——也就是失去审美特质的“透明”的形式占据了支配地位。相反，在“诗性语言”中，声音、节奏、句法结构等语言形式获得了“自主性价值”，并以“不透明”的方式显现，通过知觉被领悟。对于那些称赞诗歌的新语法的人来说，形式磨耗、已不再引人注意的日常语言也是“化石”。

■ 存在主义哲学家萨特(《文学是什么》)

宣称散文是“符号的帝国”（巴特利用这一表述进行了反击），也就是散文中的词语只具有单纯的“符号意义”（signification）。相反，诗歌中的词语，就像事物、声音、色彩一样，具有超越规则的“自然”的“意义”（sens）。散文的语言（符号）是一种工具，人们可以像玻璃一样横穿它来到达被表达的含义的疆域，另一方面，人们也可以将它本身看作一种对象。无论如何，散文的语言是被驯服的，是使用后便可以抛弃的语言。相反，诗人的语言，则被神秘化为“像草木一样自己生长”、具有自然生命的自律性存在。（青柳）

遐想的散步者孤独吗

一个人存在的不可能性

◎让-雅克·卢梭《孤独的散步者的遐想》

※ 文本中的他者性

※ 德里达与解构

※ 美国的解构批评

那时,K想到这样和他人的一切联系就被割断了。当然,自己也比以前更加自由,可以在这个平时不让进来的地方想等待多久就多久。而且,这个自由,是自己争取来的,他人应该很难做到,现在谁也不能碰自己、把自己从这里赶出去,不仅如此,甚至不能跟自己讲话吧。但与此同时,他也同样确信,这种自由,这种等待,还有什么比不受任何人干扰更无意义、更绝望的事情呢?

——弗朗茨·卡夫卡《城堡》

不平等的起源——语言或者分化

卢梭的《**语言起源论**》(*Essai sur l'origine des langues où il est parlé de la mélodie et de l'imitation musicale*, 1781),是作为第二论文《**论人类不平等的起源和基础**》(*Discours sur l'origine de l'inégalité parmi des hommes*, 1755)的所谓"补充"(supplément)发表的。借用让·**斯塔罗宾斯基**的说法,前者可以看作在语言史中读社会

史的尝试,而后者则相反,可以定义为是将语言史纳入社会史的尝试。[①] 换句话说,这两种相互补充的起源理论表明,“起源”前面的两个词“语言”和“不平等”几乎是等价的关系。卢梭把“自然(状态)”看作“文明社会”的对立物,而上述两点,正是造成他所一直追求的“自然(状态)”的堕落和崩溃的根源。但是,卢梭为什么选取了“语言”这个因素作为不平等社会形成的主要原因呢?也许这是因为——或者说在卢梭看来——“语言”成了揭示一切社会现象、具有高度特权的出色的模型概念。毋庸讳言,以语言学模型为出发点来阐明整个社会现象的想法,让人想起弗迪南·德·**索绪尔**所设想的“符号学”。或者说,索绪尔的“符号学”灵感,也许就来自十八世纪思想家们(尤其是卢梭)的语言学思想。乔纳森·卡勒的观点,似乎暗示了这样一种情况。

> 当索绪尔要和他直接的前辈对决时,他返回到了十八世纪的关注点,尽管巧妙程度不同,方式不同。[②]

卢梭一直试图用“**分化**”(séparation/division)这一关键概念来思考人类不平等的起源。再借用斯塔罗宾斯基的表述,“在唤起最初的抑扬的语言出现之后,《语言起源论》只是一部渐进的、不可逆转的分隔(séparation)的历史”[③]。不言而喻,“分化”就是在物(人)之间设置差异,并将那些物(人)置于某种关系之中。索绪尔把语言体系描述为“没有实体项的差异游戏”,但如果我

---

① Jean Starobinski, *Jean-Jacques Rousseau: La transparence et l'obstacle* suivi de *Sept essais sur Rousseau*, Gallimard, 1971, p.356.

② 乔纳森·卡勒:《索绪尔》(1976),川本茂雄译,岩波现代选书,1981年,第83页。

③ Starobinski, *op. cit.*, p.375.

们把卢梭的语言观叠加在这上面的话，就可以理解为语言是“没有来由的差异游戏”。这一点，可以说和认为给予“特定名称”(nom propre)是一种(原初)暴力的雅克·**德里达**的观点是一致的。德里达认为，给没有名字的物(人)起一个独特的名字，即命名，不过是暴力而已。因为命名行为就是把被命名的对象推入社会性的分类、关联和控制，抹杀其唯一性和独特性。① 换句话说，给予“特定名称”的做法，自相矛盾地剥夺了被给予“特定名称”的物(人)的“固有性质”(le propre)。也许卢梭在原始人类身上看到的理想，正是这种“固有性质”——一种没有陷入语言构成的关系网中的生存方式。因为所谓语言，可以认为就是从同质(未分化)的混沌状态中“分离/切割”出的一个个特定的部分，是一面鲜明地反映了差异化/差别化体系的最生动的镜子。

卢梭在《孤独的散步者的遐想》的草稿笔记中画的扑克牌之一
他是用这些牌来一个人享受孤独的算命呢，
还是和朋友们一起热闹地玩游戏呢……？

---

① Cf. Jacques Derrida, *Dela grammatologie*, Minuit, 1967, pp. 164–165. 日文译本为《超越源头——文字语言学》，足立和浩译，现代思潮社，1989年，第227页。德里达把这种差异化、阶级区分和称谓体系的暴力称为“原初-书写”(archiécriture)的暴力。

脱离性关系——寻找语言的消失点

如果说寻找“原点”就像寻找一个什么也没有的点(原点),那么,寻找语言的起源,就必然是一个通往“沉默状态”的旅程。可以说,这是一个寻找没有差异(歧视)性和关系性的乌托邦的旅程。芭芭拉·**约翰逊**分析了波德莱尔分别用韵文和散文写成的作品《旅行的邀请》,做出了如下论述:

> 我想说,这首诗把我们引向的地方,正是语言的“原点”。……抹去所有的差异——空间的、时间的和主体间的——之后,这个旅程似乎已经达到了未分化时的充盈状态,回归了不可动摇的本源性,先于运动、时间以及法律。……这种对所有差异、分割和距离的排除,最终导致的结果,就是不再有句法上同义反复的话语,也就是废弃了根据差异进行分化和扩展的语言。……意义作用的起源/原点,是隐喻和转喻的交会点,这个“原乡的语言”就标志着语言本身的消失点。①

约翰逊将波德莱尔的诗篇解读为寻找语言起源的旅程,换句话说,是一种类似《语言起源论》的诗歌。而这种探求,正如卢梭一样,最终都是希望达到语言分化之前的状态,也就是语言的消失(沉默)点。约翰逊所说的“隐喻和转喻的交会点”,正是罗曼·**雅各布森**想出的两种失语症——相似性(隐喻的)异常和毗

① 芭芭拉·约翰逊:《诗性语言的解构:波德莱尔的革命》(1979),土田知则译,水声社,1997年,第145—146页。

连性(转喻的)异常的交会点,即分化的零点(degré zéro),而那只能是绝对沉默的地点。顺便说一句,德里达分别用"狂欢前"和"狂欢后"描述分化前后的状态,并试图去解读卢梭式的自然与文化的对立关系。

> 替补、分化、符号和代理的时代。说起来,这种时代是禁止乱伦的时代。乱伦在狂欢前是不存在的,之所以这么说,是因为没有禁止乱伦,也就不会有社会。狂欢后也不存在乱伦,因为这是被禁止的。……社会、语言、历史、分化,一言以蔽之,替补性与乱伦的禁止同时产生……。它是自然与文化之间出现的一个裂口。①

"狂欢出现前"的状态、波德莱尔以及卢梭所追寻的语言的起源,应该就是一种原初的乌托邦里的东西。

没有邻居,也没有同类

卢梭的译著《**孤独的散步者的遐想**》(*Les réveries du promeneur solitaire*)开篇就突然这样写道:"后来我在这个世上成了孤独一人。我已经没有兄弟和邻居,也没有朋友和来往的人。"②再往下几页也有类似的说法。这些文字表明,卢梭的晚年境遇中确实渗透着某种忧愁和孤独。但是,这不一定只能理解为一种悲剧

---

① Derrida, *op. cit.*, pp. 372 – 375,日译本对应部分为下册,第231—235页。

② Jean-Jacques Rousseau, *Œuvres complètes* I, "Bibliothèque de la Pléiade" Gallimard, 1959, p. 995. 日译本对应部分是《孤独的散步者的遐想》,青柳瑞穗译,新潮文库,第7页。

性的述怀。因为他本人也确实期望这种状况。卢梭认为四十岁是决定自己生存方式的“最后阶段”,他这样写道:

> 从这一时期开始,我才得以彻底放弃这个世界。从此,对于孤独的强烈渴望,再也没有从我的内心消失。我要做的这个工作只有在绝对闲静的处所才有可能实现。而且,它需要一种社会喧嚣容不下的,长久而平静的内省。①

其实这些抒怀,与他在《语言起源论》中追求的那个“起源/原点”问题密切相关。这是因为,“已经没有邻居,也没有同类”这句话用修辞方式刻画了卢梭站在语言零点上的身姿。

> 我在这个世上,已经没有邻居,也没有同类了……②
>
> Je n'ai plus en ce monde ni prochain, ni semblables, ……

一方面,当卢梭说“已经没有邻居”时,他丧失了“prochain”,也就是**毗连性(转喻的)关系**;另一方面,当他说“也没有同类”时,他又丧失了“semblables”,也就是**相似性(隐喻的)关系**。换句话说,卢梭此时丧失了雅各布森所说的语言双轴关系的两方,置身于语言的零点(沉默点)。语言一经分化便不断堕落,语言历史的绝对起源——沉默的零点——指的是未分化的状态。对于卢梭来说的理想场所,不管幸或不幸,都被定位为与他晚年抵达的孤独状态同质的空间。

---

① *Ibid.*, p. 1015. 日译本对应部分为第 40 页。

② *Ibid.*, p. 999. 日译本对应部分为第 14 页。

让孤独在人群中得到满足

因此,将自己抛置于一个堪称失语的空间,断绝与他者的关系的卢梭,接受了这个不善交际、悲观厌世的思想家形象。"我成为孤独者。或者,就像他们所说,也许成了不善交际的厌世者"。[①] 这些形象最终成为描述卢梭时典型的陈词滥调。例如,编纂波德莱尔的《小散文诗集》(加尼埃版)的 H. 勒梅特尔将卢梭与波德莱尔进行对比后,这样论述道:

> 说到(波德莱尔)"让孤独在人群中得到满足"的表述,难免让人联想到让-雅克·卢梭。……尽管如此,让-雅克的厌世孤独与波德莱尔的孤独之间,仍有很大的不同。[②]

厌世孤独者,这个关于卢梭的相当刻板的画像,至今应该还有很强的生命力。但是,这样的人物形象真的会永远流传下去吗?我觉得答案显然是"不会"。因为似乎认定了自己"厌世"的卢梭的文本,仅仅在几行之后,就巧妙地颠覆了这种认定。

> 尽管我被迫忘记了人们,……但我根本无法专注于自己,因为,试图扩散的我的灵魂,即便我不愿意,也正将那种感情和存在扩散到其他存在(人们)之上。[③]

---

① *Ibid.*, p. 1066. 日译本对应部分为第 120 页。

② Charles Baudelaire, *Petits poèmes en prose* (*Le spleen de Paris*), Garnier, 1962, p. 59.

③ Rousseau, *op. cit.*, I, p. 1066. 日译本对应部分为第 120 页。

或者说,卢梭这个孤独的散步者,尽管理念上始终有意识地把厌世的孤独状态(失语症空间)作为自己最好的境界,事实上却可能徘徊于个人与社会那强大的二元对立的场域(topos——译者注)之间。

> 我最初的心动是,在我曾坚信我完全是孤身一人的人群中间,我再次欣喜地发现了自己。但是,这种心动比闪电还快,转眼间,就被更持久、更痛彻的感情取代了……①

换句话说,这证明了被说成是厌世的卢梭的心态,和在人群与孤独之间摇摆不定的波德莱尔的心态,意外地具有相似性。即使真如勒梅特尔所说②,波德莱尔对卢梭怀有厌恶之情是事实,但他们两人所面临的问题,也可以认为是由同一种精神波动引起的。即使他们都是怀有异质思想的人,但是从他们在个人(孤独)与社会(人群)所编织的微妙的关系网中摇摆不定的人性,以及他们在性质不同的诸作品中不断追求这样的主题来看,他们的文本始终应该从互文的视角去解读。下面引文中出现的"孤独的散步者"的表达,不仅可以单独理解为波德莱尔,更可以理解为卢梭和波德莱尔两人的文本相互关联的标志。

> 人群,孤独,在一个活跃而富有创造力的诗人手中,是平等的,是可以交换意义的两个词。自身的孤独在人群中得不到满足的人,已经不能留在匆忙的人群中一个人孤独。……孤独地思索的散步者,在这些普遍的灵魂纽带中找到了一种

① *Ibid.*, p. 1071. 日译本对应部分为第128页。

② Baudelaire, *op. cit.*, p. 59.

> 不可思议的陶醉感。容易和人群联系在一起的人，懂得狂热的享受。对于像盒子一样被封闭起来的利己主义者，或像软体动物一样被监禁起来的懒人来说，那是永远无缘的东西。①

于是，虽然卢梭的形象似乎被确立为一个“陈词滥调”的厌世的孤独者，但卢梭本人的话语却动摇或解构了这一形象。**列维-斯特劳斯**对卢梭的解读，是重新理解卢梭形象的重要工作②，中村雄二郎注意到这一解读，并做出了如下阐述：

> ……当卢梭坚持研究生活在世界各个角落的人时，他同时也把关心投向了最亲近的人，也就是他自己。列维-斯特劳斯强调在卢梭的整个著作中，“从未改变的是与他者同化的意志”，伴随着“对自我同化的执拗的拒绝”。换句话说，他认为卢梭本源体验的出发点，是通过“怜悯之情”与他者同化。尽管在从“自然状态”到“社会状态”的过渡中，产生了所有差别、歧视、不平等和冲突，但作为本源体验的“与他者的同化”并没有被这些遮蔽，反而延续了下来。③

这是一种矛盾的心理活动，它既朝向自我的内部，同时又执拗地试图“与他者同化”。可以说这就是造成卢梭矛盾的文本现象的原动力。这两种完全不同的志向保持着某种危险的平衡，

① *Ibid.*, pp. 58-60.

② Claude Lévi-Strauss, “Jean-Jacques Rousseau, fondateur des sciences de l'homme”, in *Jean-Jacques Rousseau*, La Baconnière, 1962.

③ 中村雄二郎：《语言学理论与社会理论的关联图——卢梭的反我思思想与“全部让渡”问题》，《思想》1972 年 1 月号，第 4 页。

又不完全侵占对方的势力范围，一旦交会，便形成了卢梭非连续的书写。[①] 换句话说，卢梭的文本是个人（孤独）与社会（人群）二元对立的思想图式无法完全运作的场域。

通往他者的路径——从“我”（je）到“我们”（nous）

《孤独的散步者的遐想》是卢梭以第一人称写成的自传式作品。叙述人把被看作与自我势不两立的“外部”拒之门外（“对我来说，外部的东西从此就成了与己无关的事”[②]），只顾沉浸于自我的“内部”之中（“因为我是一个只能在自我的内部找到慰藉、希望和安宁的人，所以，我应该独自度过余生，只关注自我，而且我也只想这样”[③]）。然而，试图维持这种“内部/外部”二元对立的书写，不知不觉被动摇了，最后被来自书写内部的力量颠覆。

看似统一于第一人称“je”（我）的卢梭内在的自传式书写，既包括自我，又允许与自我以外的实体相联动的人称形式——“nous”（我们）——介入。“我”的逻辑，不知何时不得不转向隐含了“我”以外的“他者”的“我们”的逻辑。这种现象的典型模式，是在叙述中否定“我”之外的存在之后，像是咬住不放一样，又放任“我+他者”的“我们”（nous）浮出文本表面。

> 我将把剩余的日子奉献给研究自己这件事。……让我们沉

---

① 筱原资明把这种“交会”称为“异交会”（筱原资明：《恍惚的审美——艺术的交会论》，岩波书店，1992年）。另外，对文学文本中“异交会”运动的解读尝试，可参见土田知则《普鲁斯特反转的场》（新耀社，1999年）。

② Rousseau, *op. cit.*, I, p. 999. 日译本对应部分为第14页。

③ *Ibid.*, p. 999. 日译本对应部分为第14页。

> 浸于和自己的灵魂对话的甜美之中（Livrons-nous……）。[①] 所以，让我们把自己交给众人和命运摆布吧（Laissons……）。让我们学会忍耐，不抱怨（apprenons……）。[②]

这里出现的对代词“nous”的命令形式，证实了叙述人的意识超越了其内部，触及了处于外部的他者。换句话说，坚持主张排斥他者的逻辑，依赖于与之完全相反的逻辑，也就是**与他者相互关联**，并以与之相互缠绕的形式发挥作用。芭芭拉·约翰逊在前文引用的对波德莱尔的讨论中，提到了代词“nous”，在这个代词的使用中，我们“乐园式的一体化”一览无遗（在被相同事物同化的对方内部，发现自己灵魂的最深处）。对于卢梭来说，“nous”同样如此，可以理解为与他者同化后连带的场域。[③] 正如列维-斯特劳斯敏锐洞察的那样，尽管卢梭将自我意识彻底指向了自己，然而他“从未改变与他者同化的意志”，伴随着“对自我同化的执拗拒绝”。

通往他者的路径——比较

我们发现《孤独的散步者的遐想》在文体中，频繁使用了比较的句型。当然，要进行比较，就需要有“比较对象”和“被比较对象”两个或两个以上的存在。换句话说，比较的行为绝不可能在单一事物的内部进行。进一步说，将 A 与其他事物进行比较，意味着将 A 与 A 以外的事物（B、C、D……）分离，并在它们之间

---

① *Ibid.*，p. 999. 日译本对应部分为第 14 页。

② *Ibid.*，p. 1010. 日译本对应部分为第 32 页。

③ 约翰逊，前引书，第 153 页。

设立某种区别。如果将其转换为语言问题的话,这恰恰相当于一种“分化”行为,而且还与“差别化”行为有关。当然,卢梭不可能忽视这种“**比较**”=“**歧视**”的等价关系。他在《论人类不平等的起源和基础》中,这样写道:

> 如果要在这里介入细节的话,我会很容易地说明以下几点。也就是说,当“每个人”聚集在同一个社会中,被迫相互比较(se comparer entre eux),不得不考虑在相互利用的关系中找出差别(différences)时,“每个人”在信任和权威方面的不平等(inégalité)很快就变得不可避免。①

并且,在生命最后的岁月里,当他写下《孤独的散步者的遐想》时,他也对“比较”行为保持着警惕,并努力让自身脱离“比较”(分化、差别化)的观念。

> 自尊心蛰伏在我的灵魂深处,通过切断勾起那欲求的外在关系,放弃比较(comparaisons)和优先顺序(préférences),我变得满足于只对自己善良。②

但是,这样说的卢梭,是否完全摆脱了他自己最厌恶的“比较”,即“分化”的观念呢?答案只能是否定的。因为,本应同“比较”观念进行不懈斗争的文本《孤独的散步者的遐想》,恰恰是通过其攻击对象“比较”的修辞编织而成,并由此保证了逻辑的通

---

① Rousseau, *op. cit.*, III, pp. 188-189. 日译本对应部分为《论人类不平等的起源和基础》,本田喜代治、平冈升译,岩波文库,第123页。

② Rousseau, *op. cit.*, I, p. 1079. 日译本对应部分为第140—141页。

畅。既然逃离了外部世界，纯粹停留在自我内部，叙述人（卢梭）究竟为何还要将自我与位于自我外部的他者进行比较呢？然而，卢梭的内部书写，就是一边不断意识到外部（他者），一边编织下去。让我在众多与他者比较的文句中，举几个典型的例子：

> 于是，我立下计划，描述在陷入所有境遇中算是最奇特的那种时我的灵魂状态……①
>
> ……当我发现自己整个委身于地球上任何一个人都没有经历过的最可怕的命运的时候。②
>
> 我，作为人类中最容易相信别人的人出生了。③
>
> 我确信，在众多欢快的面孔中，不可能有一颗心比我的心更欢快。④

“孤独”，或者“与他者结为一体”的散步者

试图让外在的他者远离内在的自己的逻辑执着而严密。但是，试图追求那种逻辑的文本，却盲目地呼唤着本应被排斥的他者，想要与外部世界紧密联系。如果说《孤独的散步者的遐想》是以第一人称“je”说话的文本，赞颂的是“自我”的意识的话，那么应该说在这类文本的典型例子——马塞尔·**普鲁斯特**的《**追忆似水年华**》中，也描述了与卢梭文本相同的精神活动。⑤

---

① *Ibid.*, p. 1002. 日译本对应部分为第 19 页。
② *Ibid.*, p. 1019. 日译本对应部分为第 46 页。
③ *Ibid.*, p. 1056. 日译本对应部分为第 104 页。
④ *Ibid.*, p. 1094. 日译本对应部分为第 162 页。
⑤ 详细分析，请参见土田的前引书。

让-雅克·卢梭(J.B.米歇尔的画作)

> 对人群的那种爱——因此也是恐惧——无论是试图取悦他人,还是试图让他人吃惊,抑或是对他人表示蔑视,都是所有人类最持久的动机之一。孤独的人甚至直到生命尽头还处于完全蛰居的状态。从根本上说,他对人群往往有一种超乎寻常的爱,这种爱超过了其他所有的情感。所以当他出门时,如果不被门卫、路人或被拦住的马夫瞩目,他就再也不想被他们看到,为此,他宁愿放弃任何需要出门的活动。①

"我什么都不是"②,这么说的卢梭,实际上在肯定自我的同时,也肯定了他者。他经常使用"谛念"一词,但这是在"谛念"(se résigner)的同时,执拗地坚持"书写自我存在"(se ré*signer*)的意思。而这种不懈地书写自我的行为,如果没有原本要排除的

① Marcel Proust, *A la recherche du temps perdu*, Bibliothèque de la Pléiade, Gallimard, 1954, vol. I, p. 789. 日译本对应部分是《追忆似水年华》,井上究一郎译,筑摩文库,1992年,第3卷,第172页。

② Rousseau, *op. cit.*, I, p. 1059. 日译本对应部分为第109页。

自我的外部存在(他者),是绝不可能成就的。[1] 卢梭的文本,雄辩地讲述了这位十八世纪思想家是一位试图逃避他者的“孤独”(solitaire)的散步者,同时也是一个不断试图将那个他者引向自我的“互为一体”(solidaire)的散步者。(土田)

① 关于“个人”和“他者”之间的这种相互渗透的关系,也请参考前面列举的土田写的书。

作为阅读策略的解构

Deconstruction as a reading strategy

被翻译成"解构"或"解体结构"的"deconstruction"一词，已经成为当下大家信手拈来的用语之一。这个词最初是法国哲学家雅克 · **德里达**在德国哲学家马丁 · **海德格尔**的"destruktion"(破坏)概念的启发下创造出来的。之后，这个用语不仅在哲学领域，而且在所有学术研究领域都成了一个必不可少的条目，特别是它对文学研究的影响更是令人刮目相看。

在20世纪七八十年代，这个词作为文学研究中的一个主导性关键词，被积极引入文学文本的解读中，并最后在美国形成了所谓"耶鲁学派"的解构派。核心人物保罗 · **德曼**、J. 希利斯 · 米勒、哈罗德 · 布鲁姆和杰弗里 · 哈特曼，统称"四大天王"。下面我就根据"耶鲁学派"第二代代表理论家之一芭芭拉 · **约翰逊**的论述[1]，简单总结一下"解构"作为一种阅读策略所试图做的工作。

约翰逊将解构批评的关注点总结为以下七点：

① **暧昧(矛盾)的话语**　比如，德里达关注的柏拉图文本中有"pharmakon"一词。这个希腊词既有"良药"的意思，也有"毒药"的意思。因此，每当读者在柏拉图的文本中遇到这个词时，就不得不在这两种含义中做出选择。更准确地说，这个词被悬浮在两个完全相反的意义之间。

② **无法确定的语法**　德曼经常谈到"反问"这样的句式结构。例如，爱尔兰诗人W. B. 叶芝的诗《在学童之间》有这么一句："我们怎么能从舞蹈中认识舞者呢?"这句话可以有两种完全相反的解释，就看你是否把它理解为一个反问句。如果作为反问

句来理解，这句话是在主张“舞者”和“舞蹈”是不分彼此的，如果是理解为一般意义的问句的话，那么就要认真考虑区分“舞者”和“舞蹈”的问题。同样，在这种情况下，读者也在两种相互冲突的解释之间摇摆不定。

③ **文本所讲和文本所做之间存在不相容性**　经常引出的一个例子是墙上自我言及涂鸦的例子：“不要在上面涂鸦！”约翰逊引用了美国诗人 A. 麦克利什的一首诗（《诗学》）中的一节——“诗不应该是意思，而应该是它本身”。诗人说诗应该是它“本身”而不是“意思”，那么读者到底应该如何理解诗人（所主张的“诗应该是它本身而不是意思”）要告诉他们的意思呢？这是因为既然这一节也是诗的一部分，那么它原本就不应该有什么意思。

④ **字面意思和象征性之间的不相容性**　约翰逊列举了法国浪漫主义诗人 A. 德·拉马丁的诗歌《孤独》中的一节。“人间与我没有什么共通的东西……而且，就像枯萎的叶子的我……”这首诗写的是诗人在爱人去世后，独自一人留在人间的孤独和悲哀。因此，“像枯萎的叶子”这种说法可以说是比喻性地表达了诗人受到严重打击后的心情。然而，如果按字面解释的话，这个表达与前面的诗句，在语义上立刻就有了分歧。因为诗人一边说“人间与我没有什么共通的东西”，一边又把“我”比作人间之物“枯萎的叶子”。

⑤ **以明确形式提出的主张与以证明该主张为目的而提出的例子之间不适配**　德里达批评了西方形而上学中潜在的语音中心主义，而这种批评也是针对语言学家索绪尔的。德里达的论点如下：索绪尔主张在进行语言学研究时，应该研究语音语言而不是书面语言，然而，他却违背自己的主张，反复提及的只是与书面语言相关的语言特征。换句话说，索绪尔是想利用他所否定的事物的力量，维持自己的理论。

⑥ **模糊性** 所谓解构批评，可以说本质上是就一种“阅读”的理论，这一点明确地反映在它对语言的模糊性的态度上。换句话说，该观点认为语言模糊性绝不是影响“阅读”的障碍。例如，像马拉美那样晦涩难懂的诗人的文本告诉我们，“意义”并非作为实体存在于文本内部或外部，而是在追求“意义”、苦读文本的行为中获取的。马拉美式的语言不是在“说”什么，而是在“做”什么，同时它也在试图让读者体验这个“什么”。

⑦ **作为虚构的自我解释** 解构强调的是，“解释”是一种形成虚构的行为。换言之，所谓解释是对解释过程本身的元评论，也就是德曼所说的“阅读的寓言”。美国作家纳撒尼尔·霍桑有一部作品叫《牧师的黑面纱》，无论是围绕在牧师身边的人，还是阅读这部作品的读者，都认为牧师在面纱下一定隐藏了某些秘密。但霍桑轻而易举地就颠覆了那些期待。换句话说，面纱下并没有潜藏着什么秘密。要说“谜”的话，反而是人们(以及读者)对牧师面纱的各种窥探性解读行为(阅读)才更具谜一般的色彩。问题不应该是：“面纱意味着什么?”而应该是：“探寻面纱意味着什么的行为意味着什么?”“读者在努力确定意义的时候，到底在做什么?”在这个意义上，可以说霍桑的作品确实是寓言式地反映了“阅读”的现实。

如上所述，解构并不是从超验(外部)的角度来分析和批评文本的，归根结底是试图从文本内部制造文本的裂缝，让文本恢复新的活力。(土田)

---

(1) Barbara Johnson, “Teaching Deconstructively” in *Writing and Reading differently; Deconstruction and the teaching of composition and literature*, edited and with an introduction by G. Douglas Atkins & Michael L. Johnson, University Press of Kansas, 1985.

模拟推理小说的诗学

作为元小说的推理

◎竹本健治《衔尾蛇的伪书》

※ 叙事学
※ 从作品到文本
※ 元小说

从根本上说，几乎所有的当代优秀小说在某种程度上，都是反侦探式的小说，是"粉碎"坡氏所定的诸规则的终极之物。

——斯特凡诺·坦尼《败北的侦探》

从推理小说到元推理小说

竹本健治以惊世骇俗的处女作《**匣中失乐**》在悬疑小说界崭露头角。该作曾被山口雅也誉为"年仅21岁的天才作家对'世界'强大的谜团感到畏惧，在混沌与宇宙之间摇摆不定，却又不断向'世界'发出挑战的激情而苦涩的青春期的序幕"①。作为一个推理小说作家，竹本从一开始就呈现出坚定的反推理、元推理小说的前卫作家的形象。一般的观点似乎认为，竹本属于从

---

① 引用于竹本健治《定本游戏杀人事件》(Pinpoint，1992年)里附录的山口雅也的评论(同书，第338页)。

梦野久作(《脑髓地狱》)、**小栗虫太郎**(《黑死馆杀人事件》)、**久生十兰**(《魔都》)到**中井英夫**(《给虚无的供物》)的流派。给予竹本这种定位或许有一定的说服力。然而,竹本的文本对"**元性**"①的实验既彻底,又激进到不可思议,因此蕴含的丰富性和爆发力远远超出这些前辈。就连被竹本尊为老师的中井英夫也说:"不,只有《匣中……》我省略掉了。反正我看也完全看不懂凶手和罪行。"②要说讽刺,这确实是一个具有讽刺性的评语。因为,这种说法也完全适用于竹本对《**给虚无的供物**》的认识。然而,正因如此,我们反而应该从中井的文字中读取竹本无可比拟的资质。换句话说,竹本的反推理,甚至让生出这个反推理概念的中井都惊叹不已。③

在《匣中失乐》之后,竹本发表了《腐蚀的星球》等带有科幻色彩的文本,也发表了元推理小说元素稀薄的《欢迎参加杀人现场演出》《樫鸟在樫鸟的森林》等比较正统的文本,但与此同时,他又连续创作了通向后来的巨作《衔尾蛇的伪书》的"元性"很强的"游戏三部曲"——《围棋杀人事件》《象棋杀人事件》《扑克杀人事件》。在这三部曲中,竹本逐渐加深了"元"要素。这里引用一下山口雅也为其中的第二部作品《**象棋杀人事件**》所写的解说文。山口指出该作品的特殊性在于它是"一个对'传闻'进行推理的故事"④,并做了如下评论:

---

① 这里所说的"元性",是指解释叙事本身的叙事手段,以及解构叙事的叙事实践。

② 出自注①书中所附的中井秀夫的解说(前引书,第160页)。

③ 1998年,笠井洁出版了似乎是以中井和竹本为原型的《天启的容器》(双叶社)。

④ 山口,前引解说文,第338页。

> 然而，探究"传闻"的情节，并非以直线的方式展开。以插叙的方式平行讲述的残棋谱剽窃案件，两具被发现的尸体，还有不知在惧怕什么的一对身份不明的男女的逸闻等，读者无法把握这些现象之间的因果关系，到最后的最后都任其摆布。像这样，直到终盘读者还看不清全貌的推理，难道不稀奇吗？……
>
> 如此，最后揭示的真相，却是非常扭曲的。了解到案件意外的全貌后，读者这才悟出：竹本健治自由自在地抽离了"世界"的因果关系，将"世界"的因素分解后逼真地摆在我们面前。①

"无法把握这些现象之间的因果关系，到最后的最后都任其摆布"的读者，让人联想到斯特凡诺·坦尼所说的"被无关紧要的线索蒙骗，在整个作品中都被牵着鼻子走"的解构式侦探小说的读者。② 然而，《象棋杀人事件》在团圆中揭示了唯一绝对的"真相"，并且将作品的"统一性"（山口所说的"全貌"）呈现给了读者，从这一点来看，应该并没有到达作为元小说的领域。

那么，三部曲中最为精彩的最后一部作品《**扑克杀人事件**》的情况如何呢？关于这部作品，山口说"《扑克杀人事件》是一部结构曲折、充满元小说色彩的作品"③，而准确地指出了这部作品作为元小说实现了数倍的进化/深化的是乾敦④的评论。让我来引用一下吧。

---

① 前引解说文，第339页。

② 斯特凡诺·坦尼：《败北的侦探：推理小说的后现代》(1984)，高山宏译，东京图书，1990年，第71页。

③ 山口，前引解说文，第338页。

④ 后来乾敦以实名出现在竹本的《衔尾蛇的伪书》中。

《扑克杀人事件》——在这次重读之前,三部作品中,我最喜欢《象棋杀人事件》,但重读之后,我觉得这个《扑克杀人事件》才是上乘之作。这是竹本健治所有作品中屈指可数的一部,也是可以载入推理小说史的杰作。主题是"疯癫",重点也是"疯癫"。虽然在《象棋杀人事件》中,在整个疯狂的氛围中智久们的逻辑大致形成了作品的硬核,但在这部作品中,连他们的逻辑看起来也只是"疯癫的逻辑"。本应维护现实的逻辑,却蚕食了现实与虚构之间的墙,使现实陷入危险之中。①

经典侦探小说绝对不可缺少的条件,是遵循合理逻辑的叙事流程,以及对真相的完整调查——这相当于范·达因的第十四条、第十五条规则和托多洛夫的第五条规则②。换句话说,追寻"谜团-凶手"的侦探,必须拥有"因果律"这一无懈可击的武器,并且能以一个唯一且合理的理由破案。然而,《扑克杀人事件》却毫不费力地将那应该是唯一且绝对的合理逻辑,换成了"疯癫的逻辑"。③ 这就会让人想起坦尼对托马斯·品钦的《拍卖第49批》中的奥迪帕·马斯的评价,"侦探,对于作为侦探必须解决和解释的外部事件,不能强行赋予一种意义和解释。现实像根茎一样向四面八方伸出触手,到处是线索,如果侦探试图解决这个问题,必然会危及自己的理智"④。因此,《扑克杀人事件》将事

① 引自前引书所附的乾敦的评论(前引书,第538—539页)。

② Tzvetan Todorov, "Typologie du roman policier" in *Poétique de laprose*, Seuil, 1971.

③ 关于指出竹本式的非合理性的文章,可参见新保博久的《世纪末日本推理小说的状况》(筑摩书房,1990年,第186页)等。

④ 坦尼,前引书,第120页。

件深化为一个永远无法解开谜团的侦探小说，也就是一个**反推理小说（元推理小说）**，一个预告了后来的巨作《衔尾蛇的伪书》的文本。

■ 范·达因的"侦探小说二十条规则"

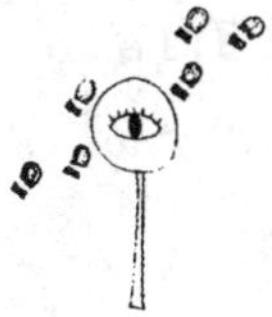

1. 清晰地呈现所有线索。
2. 不要故意误导读者。
3. 不可带入恋爱。
4. 侦探不可以是犯人。
5. 不可以利用巧合、暗号和无动机的告白解决事件。
6. 必须让一个恰当的侦探登场来解决问题。
7. 谋杀是必要的。其他犯罪行为，尤其不适合长篇。
8. 不要用水晶占卜、读心术、降灵符咒等方法来解决问题。
9. 只能有一个侦探。
10. 犯罪分子必须是主要人物。
11. 仆人不能成为罪魁祸首。
12. 主犯只能有一个（可以有共犯）。
13. 不要带入秘密社团、黑手党等组织。
14. 杀人方法和推理方法一定要合理、科学。
15. 真相总是要以某种形式披露的。
16. 不要进行脱离目标的饶舌、对气氛的陶醉和散漫的描述。
17. 职业犯罪者不可以是犯人。
18. 犯罪必须不是意外或自杀。
19. 不可以是国际阴谋和政治动机。只可以是个人动机。
20. 其他，不可以用无能的或非独创的方法。

（高桥哲雄：《推理的社会学：现代的"解闷"条件》，中公新书，1989年，第22页。）

■ 托多洛夫的"八大规则"（概要）

1. 一个侦探故事必须有一个侦探和一个罪犯，以及至少一个受害者（尸体）。
2. 犯人必须不是职业罪犯或侦探。必须是因为个人原因而杀人。
3. 侦探小说中没有涉及恋爱的余地。
4. 犯人必须是具有一定重要性的人物。
5. 凡事都要用合理的方式进行解释。不允许有任何幻想的事物。
6. 没有展开心理描述和分析的余地。
7. 必须投身于"作者：读者-罪犯：侦探"的对应关系之中。
8. 必须避免出现平凡的状况或解决方式。

虚实的反转——超越叙述学

《衔尾蛇的伪书》(以下简称《衔尾蛇》)似乎是一篇拒绝对叙事内容进行归纳的文本。然而,我们可以认为此作品的基本结构一般基于以下三个不同相位的世界。

① 现实生活中的作者竹本健治出版的《衔尾蛇》。

② ①《衔尾蛇》中正在连载的竹本的《衔尾蛇》。

③ ①和②中的登场人物之一——艺伎酉九[①]正在写(?)的《衔尾蛇》。

这种叙事中的叙事的嵌套结构和安德烈·纪德在其小说**《伪币制造者》**中的"戏中戏"(mise en abyme)有共同之处,正如帕特里夏·沃芙指出的那样,它是表现"无限迂回"[②]的元小说式的手法之一。除了竹本之外,筒井康隆(《早上的煤气珍珠》)、久间十义(《世纪末鲸鲵纪》)等都有效利用了这一手法。

接下来,让我们试着理解下面由三个不同相位的世界构成的三种叙事(它们互相属于不同的等级)。

① 以"咱"(吾辈)自称的化名杉田耕一(30岁,出生于德岛,单身,在金属废品处理厂工作,地址:埼玉县和光市白子Maison白子315)的杀人犯以第一人称写的杀人回忆录。

---

① "酉九"的日语读音和"trick"(计谋)的读音相近。

② 帕特里夏·沃芙:《元小说——自我意识的虚构原理和现实》(1984),结城英雄译,泰流社,1986年,第294页。

② 以"我"自称的小说家竹本健治(地址:埼玉县和光市白子 Maison 白子 314)以私小说的叙述方式展开的叙事。

③ 在一个以"志拉小屋"①为中心的艺伎院所展开的异想天开的花柳世界的叙事。

这些叙事原本属于不同的层次,界限严明。然而,在元小说中,这三个毫无例外本应属于不同层次的叙事,却逐渐浸润彼此的边界,最终相互交织在一起。让我们来仔细看看①和②之间的关系。①中进行叙事的"咱",从其住址可以看出,他是一个住在竹本隔壁的男人,他潜入竹本的房间(此时,他向竹本借走了《匣中失乐》《空》等 8 本书),并安装了窃听器等(然而,竹本从未与"咱"相遇)。另外,竹本不知道这一系列关于杀人恶魔的章节是自己写的,还是其他人写的(顺便说一下,"咱"声称那是"咱"自己用竹本的文字处理机写的)。此外,以"咱"的身份叙述的杀人恶魔,用令人厌恶的写实笔触描述了他的三次杀人变态行为。然而,本应发生在这个虚构内的虚构里面的血腥事件,却毫无障碍地渗透到了真实的(竹本的)世界里。换句话说,当这惨无人道的事件不断进入竹本和与他相关的人的话题中时,读者发现"咱"和"我"的世界之间已经很难相互维持异次元性。这还不是全部。叙事世界更加错综复杂。关于这个杀人恶魔,在"我"的那一章节的讲述中,他已经在三个月前被捕,坦白了所有的一切,并且已经确定了名叫杉田耕一,然而突然又出现了下面这个"咱"的否认声明:

具体来说,就是写着杀人恶魔早就被抓了。换句话说,

① "志拉小"与"白子"的日语发音相同。(译者注)

竹本写的是咱已经被警察逮捕了。

当然,咱没有被逮捕。在这里还是这样的自由之身。不,就是除了咱以外的其他人,也从未听闻那个事件的嫌疑人被逮捕的消息什么的。①

那么"咱"到底是什么人呢?这种关于"身份"的连绵不断的追问——所有的元小说的内在要素②——在《衔尾蛇》中,同样是一个贯穿文本的关键问题。接下来我们就来思考这个问题点。

竹本健治《衔尾蛇》(讲谈社,1991年)的封皮

画上是试图吞噬自己的两个不可思议的身体构成的莫比乌斯环

---

① 竹本健治:《衔尾蛇的伪书》,讲谈社,1991年,第293页。后面对同一本书的引用,只在引文末尾括号内注明页数。

② 请看下面由良君美提出的观点。"以前认为的中心,现在已经不一定是中心了。如果我们在另一个点上寻求中心,那么在我们的面前就会模糊地出现另一个完全不同的整体形象。……人格的自我认同,也只是一个神话,正是因为人格的多重性,我们才知道我们是'活生生'的人。"(由良君美:《元小说试论》,《英语青年》1985年4月—1986年3月。所引段落为1985年6月,第28页)。由良的论文1995编辑成册,收录在《元小说和解构》中(文游社)。

身份瓦解——侦探与凶手的暹罗双胞胎理论

当前往九州的“咱”意识到突然出现在面前的少女A（卡琳酱）就是“咱”（或者说是“志拉小屋”的猪口奴[①]）创作的人物时，他惊慌失措[②]地想：“在这里的咱是谁？应该是别人制造的幻影吧。”当他听到自己被逮捕的消息时，体会到了一种类似于身份瓦解的恐惧感。并且，他觉得自己是“一个漂浮着的没有实体的存在”（第295页）。“咱到底是什么人？那篇小说向咱提出了那样的问题”（第294页），如此反省的杀人恶魔痛心的危机感，到了这个杀人恶魔被名叫佐伯千寻的女人杀死时，达到了高潮。这一幕充满了挑战性和荒诞性，是一个十足的悖论，因为它写的是自己永远无法叙述或书写自己的死亡。

> 这样我死了。……
> 但是，这样的话，现在正在写这个的咱是谁？
> 是的，这篇文章到底是谁在写？
> 但是，我已经不能确认那个了。（第313页）

正如坦尼巧妙地告诉我们的那样，在元小说式的侦探小说中互相对峙的，不再是侦探与杀手。换句话说，**侦探/罪犯的二元对立关系**不再有效。在《衔尾蛇》中也是这样，侦探（角色），也就

---

① 至于是谁创造了“卡琳酱”这个登场人物，我们永远无法确定。也就是说，如果相信“咱”说的话，那么她就是这个杀人恶魔创造的人物（第317页），如果遵从猪口奴的说法，那么她则是艺伎创作的人物（第330页）。

② 查明（?）了“卡琳酱”其实就是②世界里的艮野里美，而且是猪口奴本人。

是②中的竹本和凶手之间的相同性，在很早的阶段就被暗示出来了——“说来，竹本这个男人是不是和咱比较像？他是不是和咱有同样的感觉？……忍不住有这种感觉”（第54页）——最终，导出了侦探与罪犯的“**暹罗双胞胎**”理论。

> 是啊，我只能说，侦探和凶手原本就是同质的存在。两者都只不过是被分配的角色而已。从黄昏的居民这一点来看，根子都是一样的，就像暹罗双胞胎一样。所以说，只要遇到一点偶然的机会，就能轻松地交换身份。[①]（第397页）

侦探（角色），也陷入了和凶手一样的身份危机。断定《衔尾蛇》中的“我”是纯粹的侦探，是很危险的。[②] 和“咱”一样，作品四处暗示着“我”的人格瓦解。特别是“连载第五回”，也就是和第十章对应的部分，可能是对这种主体的瓦解感的最准确的描述。

《衔尾蛇》中“我”和“咱”的对立结构似乎表明，①和②属于相互不同的叙事级别。的确，乍一看似乎是这样。然而，作为“梦境”插入的相关章节，却轻易地破坏了这种二元对立的图示。该章以第一人称“我”来叙述。内容是“我”和妹妹年轻时的悲伤回忆。读者自然而然地认定这个“我”就是竹本，并继续阅读文本。但这个“我”也没有任何解释，就突然换成了“咱”。更加不可思议的是，作品到了后小半部分又暗示，这个“妹妹”与酉九

---

① 比如，可以参考笠井洁的“‘游民’的本质，是可以在犯人和侦探之间相互转换角色”的观点（竹本《定本游戏杀人事件》里附录的解说文，第510页）。

② 因为，作品中，对“我”即竹本进行周边调查的女人坤笑子，同时也受到了名叫木户真冬的人物的调查。总之，甚至也许可以说，这部作品中的所有人物都是侦探（角色），同时也是犯人（角色）。

(本名杉田朋江)是同一个人,而"咱"(杉田耕一)是在酉九高中时,为了救她而被杀害的(第489页)。换句话说,"我"与应该已经死去的"咱"毫无阻碍地交换了身份,最终暴露了自己的自我同一性即存在的缺失。

模拟推理小说——关于空无的叙事

身份问题,必然导致对"体裁"的质疑。《衔尾蛇》被构思为一个追寻自我身份(体裁式的规定)的文本,因此,解构式的批评实践和元小说创作所共有的"自我言说性"的问题意识在《衔尾蛇》中得到了突显。

究竟什么是推理小说(侦探小说)？竹本将其定义为"以先提出谜团,而后合理解决为形式的小说"(第416页)。不用说,这一点符合范·达因的"第十四条规则"和托多洛夫的"第五条规则"。然而,竹本明确地拒绝了这种最大公分母式的定义。他把"'解谜'作为推理小说的最大弱点"(第416页)之后,提出了消除这个不满的三种方法:(1)不解谜,或者暂缓解决;(2)让读者的视点偏离解决;(3)在作品中装入不让谜团的链锁断裂的结构(或者,将其抛到作品外)。换句话说,被艺伎舞鹤指出"或者说……竹本先生……讨厌事件被解决？"(第412页)的竹本丝毫没有感到意外,他一开始就打算写**不解决谜团的"谜小说"**(roman à énigme)。

> 的确,在我的内心有回避事件被解决的愿望。被抛入这样的状况之中,你们也许会认为岂有此理,但事实就是这样,没有办法。也许,我是一个不可救药的扭曲的人,或者我的脑回路和其他人合理的脑回路不同。或者是我讨厌事件被

解决的嗜好,像自动装置一样在自行运作。

想来,讨厌解谜的嗜好,就是我关于推理的嗜好。这种嗜好根深蒂固,几乎是执迷不悟一般持续不断。(第416页)

也许大家会反对说"这不是现实中的竹本,这只是投身于第②等级中的竹本"。但是,这一点在这里不是什么重要的问题。因为,《衔尾蛇》中加入了一页可以被认为是作家竹本"致读者的忠告信":

致读者的忠告信

那么,作者在这里谨慎地忠告读者:这部作品是模拟推理小说,因此不能在这里寻求意外真相、恍然大悟的揭秘、令人惊叹的大计谋等所有推理小说式的情绪满足。对于违背这一忠告的读者,等待他们的必将是期待落空的结果。

期待好运。(第351页)

登场人物的自我同一性,特别是侦探(角色)/犯人(角色)的自我同一性停留在永远未知的空虚状态。模拟推理小说在没有统一的中心也就是谜团未解决的情况下,就像衔尾蛇一样,永远和自己的谜团做游戏。所谓作为元小说的推理小说(模拟推理小说),只能是不断寻求"无"的中心(借用由良君美的说法,就是不断追求"去中心化"①)的叙事。对于自己书写实践中的"去中心化"倾向,竹本本人②也展开了如下讨论——所谓"衔尾蛇",正

① 由良,前引论文,1986年3月,第35页。

② 准确地说,应该不是竹本本人。因为,这个用竹本的名字所写的"后记"讲述的是从叙事内部的不同等级中逃出来的艺伎猪口奴。

是不让中心打结的**块茎式文本**。

> 我想说的是,小说中并没有那样明快的规则啊。既不存在规则,也不存在风格呢。尽管如此,有不少人一开始就认为存在一种大家期待的中心式的风格。那种思考方式产生了无聊的主义和党派,反而使事态混乱呢。我,把它称作“中心愿望的圈套”。(第497页)

关于“边界”的分裂性文本

值得注意的是,当大家的话题集中在本格推理小说上时,作品中的竹本把自己向往的推理小说和SF——甚至是“**边缘型**”的精神分裂症置于同一比较层面(第70页)。所谓“边缘性”,可以看作逃离了所有二元对立图式的去中心化的(ex-centrique)的推理小说形式——模拟推理小说——的修饰词。换句话说,竹本的自言自语,全部集中在“边缘”一词里面。“噩梦是从什么时候开始的?哪里是现实和虚构的边界呢?”(第324页)同样,对于酉九,以及她执笔的另一部《衔尾蛇》抱有强烈怀疑态度的猪口奴,发出了这样的感慨:

> ……我以一种无可名状的不安的心情,注视着她的小说逐渐和现实缠绕在一起。……
>
> 特别是我的兴趣,在它们二者的边界上。世界的面貌,在决定和非决定之间摇曳的场所。……真与伪、善与恶、美与丑等无法区别的……场所……我的的确确,身居其中。现实和虚构之间,我注视着,烦恼着,玩耍着。……他(竹本)

的作品有某种类似夹缝的意味，而且我也很喜欢。（第329—330页）

这样说来，这是被**海森堡**没有统一理念（中心）的“**不确定性原理**”[①]支配的世界。帕特里夏·沃芙说，“元小说在某种意义上，正是以海森堡的不确定性原理为基础”[②]。耐人寻味的是，在竹本的《衔尾蛇》里，除了各种关于悖论的争论外，也展开了关于夸克、“薛定谔的猫”“超弦理论”“哥德尔的恶魔”“沃尔普吉斯的疯狂宴会”，以及不折不扣的“海森堡的不确定性原理”——竹本把它戏称为“关于职业摔跤的不确定性原理”——的连绵不断的讨论。

……最初不确定性原理出现的契机，是海森堡提出在“原子的内部完全观测不到电子的轨道，它不能作为物理学的对象”的想法。……但因为当时其他学者“不应抛弃电子轨道运动的概念”的想法很强烈，海森堡为了推进自己的观点，最终找到了“不确定性原理”。（第126页）

如此，接触到《衔尾蛇》这本“扭曲的小说”（第501页）的人，包括读者、登场人物，甚至作者，都没有被引向最终的结论，就像咬着自己的尾巴的衔尾蛇一样，在没有明确分界的世界（“些微”的世界）徘徊。在那里，现实和虚构的异相性完全消失。

---

① 该原理认为在观测物质的最小构成要素时，由于各观测过程会搅乱观测对象，所以观测者不能正确记录观测对象。

② 沃芙，前引书，第15页。

所有的一切，只能在近似于“疯癫”的混沌中自由地游戏。①

“开放的”/“封闭的”文本——向着无限可能性

推理小说(应该说是“模拟推理小说”吧)中已经不存在什么可以解决的计谋之“谜”。借用笠井洁的巧妙说法，“推理小说，本来是比喻作为不解之谜的诡计在叙事中被合理识破，反而使原来的谜变得越发具有谜的色彩，而使之突显出来的叙事”②。也就是说，所谓模拟推理小说的创作，也许就像用无限的珠链连接起来的珠子一样，在一个“元性”的基础上，无限制地追加新的“元性”。然而，颇为矛盾的是，这种加法既像对无限空间“开放”，又像咬住自己尾巴兜圈子的衔尾蛇一样，始终通过自我言说性的机制“封闭”在自身内部。而且，正如作品中的艺伎所坚持的那样，这部作品已经不存在任何终极目标。

> ……接触到这本小说的人，不管喜欢与否都不得不意识到各种不同的“元”和层次。一旦你登上了两三级台阶，后面就没有尽头了，你会情不自禁地不断向上攀登。但是，没有人能登上最终的台阶。(第496页)

---

① 展开关于当代推理小说的讨论的作品中的人物，一边把新的推理概念和“疯癫”的形象叠加在一起，一边主张说，“所以现在的情况是，也许可以说疯癫重新恢复了过去所有的多姿多彩”(第71页)。这一段不禁让我们想到同一页提到的《疯癫与文明》的作者米歇尔·福柯的论著，不仅如此，还让我们想起提倡语言的创造性活动是“符号态”和“象征态”相互角力的茱莉亚·克里斯蒂娃的符义分析。这一点请参考《当代文学理论》第148—155页。

② 笠井，前引解说文，第510页。

只能不停地、无限地吞噬(解构)自己——“叙事必须被解构”(第502页)——也可以称之为去中心化的书写实践或曰实验的竹本的《衔尾蛇》[①],既可以看作通过加入“自我分解”的终极自爆装置来揭示“叙事”中存在的多种可能性契机的文本,也可以看作一个崭新且激进的元小说实践案例,它告发了分类、定义、分化以及决定性(单一性)解决的提示等几乎所有类型里的“中心愿望圈套”。(土田)

① 竹本将《衔尾蛇》称为“生活在驴子星系的驴子地球上的驴子人的驴子之谜”。(第501页)

元小说
Metafiction

“元”(meta-)一词源于希腊语,是一个具有“后续、中间、变化、转换、过渡、超越、包容”等很多意思的前缀。在日常言语中经常使用的“形而上学”(*metaphysics*)、“隐喻”(*metaphor*)等词上,也添加了“meta-”这个前缀。就前者而言,“meta-”与“后续”的意思比较接近,而后者的“meta-”则可以取“变化、转换”的意思。

那么,以美国批评家、小说家威廉·加斯 1970 年首次使用的“**元小说**”(1)一词为例,“虚构”一词所附的前缀“元”是什么意思?虽然有很多不同的解释,但“元小说”中的“元”,原本就被认为和我们说的“**元语言**”(metalanguage)中的“元”有类似的意思。如果按照词典的解释,“元语言”也被称为“描述性语言”,是“用来描述和分析自然语言或目标语言的语言”。为了得到对“元语言”更具体的印象,我们可以考虑翻阅字典。当你翻开字典查一个单词(措辞)——目标语言——的意思时,这个单词(措辞)又是通过与之不同的另一个单词(措辞)——元语言——来解释的。换句话说,“元语言”是一种“解释语言的语言”,是一种“超越又包含”目标语言的语言。如果我们扩展这个逻辑,我们几乎可以在历史学、政治学、批评等几乎所有的事物中预见它的元形态。事实上,海登·**怀特**有一本著名的书叫《元史学》(1973),1981 年,一个叫苏雷什·拉瓦尔的人写了一本书叫《元批评》。

当然,这种逻辑也适用于文学。如果说元语言是一种解释语言的语言,那么元小说一开始就可以被定义为“关于小说的小说”。用琳达·**哈切恩**的巧妙说法,元小说正是具有“自我陶醉式叙事”(2)结构的小说。但解释文学文本的文学文本形式并不是最近才出现的。例如,法国17世纪的诗人尼古拉·布瓦洛用诗句写成了诗歌理论《诗的艺术》(1674),英国小说家劳伦斯·斯特恩在18世纪中叶出版了可以说是元小说先驱的《项狄传》。

这里原本人们要问元小说的出处起源,但实际上无法确定哪部作品是第一部元小说。然而,有一部作品一直是元小说的重要基石——法国小说家安德烈·纪德于1925年发表的小说《伪币制造者》。在这篇小说中,有一位正在撰写与《**伪币制造者**》同名的小说的小说家登场,小说中的这位小说家爱德华发表的小说理论成为叙事的核心内容之一。这就是纪德称之为"纹心"(mise en abyme)的技巧。说白了,就是我们所说的"戏中戏"的结构。换句话说,就是在作品中嵌入反映了那个作品的微观形态的作品。这到底意味着什么?

在作品中置入另一部作品来说明和照亮自身——有时候进行批判——的形式,一般被称为"自我参照"(self-referring)或者"自我表象"(autorepresentational),这种形式产生的背后,潜藏着时代对现实主义艺术观、再现和表象美学的怀疑。如果我们遵循哈切恩的意见,可以说元小说所有的自觉性(self-conscious)都完全符合让·弗朗索瓦·**利奥塔**所称的"后现代"文化形式的典范。换句话说,小说已经不再是外部现实的忠实再现。小说割裂了与"指示对象"的关系,重新确认了"通过语言创造出的fiction(虚构)"的自身立场。并且,小说把自恋的目光重新聚焦在其生成和接受的过程中。借用元小说代表作家之一约翰·班维尔的一句话,元小说不是一种"关于世界"的小说,而是一种书写和思考"其自身"的小说形式(3)。

这就意味着,前面提出的元小说定义("关于小说的小说")必须以更灵活的方式扩展。元小说是对那些探讨"再现和表象"的可能性,不,准确地说应该是"不可能性"的小说的一种统称。

1984 年写了《元小说——自我意识的虚构原理和现实》的帕特里夏·沃芙，关于这个问题这样总结道："为什么我们能够'叙述'事物呢？元小说作家都很清楚一个基本的困境。如果我们着手'再现'世界，那么我们很快就会意识到这个世界本身是无法'被再现'的。文学虚构实际上能够再现的只是世界的话语。即使这样，如果把语言的相互关系作为工具去分析这个关系本身的话，语言马上就会变成'牢狱'，没有从中逃脱的希望。元小说试图考察的就是这个困境。"(4)

这一主张也说明，所谓元小说，是从某一时期开始质疑写实主义的叙述方式和描写方法，并试图彻底解构它们的小说形式。因此出现了以往的小说无法预想的各种各样的事情。比如，小说内部的登场人物和作者或读者本人进行对话，现实中存在的人物被拉进小说，结果被叙述人或者作者杀掉，如此这般，现实与虚构的二元对立关系被完全打乱。班维尔把这些作品反映的世界称作"后海森堡式的现实"，所谓"海森堡"，不用说，就是以那个"不确定性原理"闻名于世的德国物理学家的名字。顺便说一下，元小说旗手**竹本健治**也将自己的作品和海森堡的不确定性原理联系在一起。推理(侦探)小说首先必须表明谜团最终被解决。但是，竹本的元推理小说(模拟推理小说)并没有以终极形式交出谜底。作为元小说的推理(侦探)小说，因为接受事物的不确定性，而被迫对自身的体裁进行了存在论式的自我反省。(土田)

---

(1) William H. Gass, *Fiction and the Figures of Life*, Alfred A. Knopf, 1970.

(2) Linda Hutcheon, *Narcissistic Narrative: the Metafictional Paradox*, Methuen, 1980.

(3) John Banville, *Doctor Copernicus*, Norton, 1976.

(4) P. 沃芙：《元小说》，结城英雄译，泰流社，1986 年，第 15 页。

反记忆机制的小说

一个散漫的散文宇宙

◎史蒂夫·埃里克森：《X的拱门》《流浪的日子》《鲁比肯海滩》

※ 文本和符号
※ 虚构语言行为论
※ 读者的诞生
※ 从作品到文本

散漫的散文作家——史蒂夫·埃里克森

人身上被看作是短处的东西，是否比他拥有的长处，更让他具有特点？史蒂夫·**埃里克森**正是这样一位在其缺点中潜藏着不可替代的素质的作家。①

埃里克森的小说没有统一性。无论是他的处女作《**流浪的日子**》，还是代表作《**X的拱门**》，都是由头绪繁多的逸事交错构成，而与巴尔加斯·略萨的《绿房子》等经过周密考虑的紧密结构无缘。② 每一个插曲都像突然被扔掉一样中途消失，另一个插

---

① 史蒂夫·埃里克森(1950—)，出生于洛杉矶。他创造了一个强烈诉诸人的想象力的、充满幻想的作品世界，被认为是"北美魔幻现实主义"的代表作家。

② 埃里克森的作品缺乏结构性，就像《鲁比肯海滩》中酒馆(酒吧)里的老人，每天都在喃喃自语地讲着一个老故事。它就像"一部章节不连贯的历史"，"从一开始就前后关系混乱"，很快变得"支离破碎"。(参见《鲁比肯海滩》，岛田雅彦译，筑摩书房，1992年，第38页)

曲又随随便便地开始了。主要故事之间虽然相互重叠,却在没有很好的衔接的情况下被放置不管,也没有给出令人信服的、有启发性的相关提示。特别是作品的结尾,拙劣到令人吃惊。尽管作者努力使整部小说向一个聚合点发展,但是作品看不到结局,在几乎没有什么内在的必然性的情况下,就那样迎来了结束。作品的末尾,总是给人一种在无法收拾的情况下,作者强行让作品结束的印象。

描写的笨拙表现在什么地方呢?埃里克森基本不善于说明情况。比如《流浪的日子》中埋在沙地里的人妻劳伦和失忆症患者米歇尔相亲相爱的场景,尽管文本已经尽了最大的努力去说明,但他们是什么姿势,最终也没有说清楚。那么,有没有什么让读者刻骨铭心的象征性的句子呢?在埃里克森的作品中,找不到任何可以摘出来存入名句集的,引人注目的诗意的结晶。他的第二部作品《**鲁比肯海滩**》的译者岛田雅彦,将埃里克森的文字形容为"精神分裂的文字洪流",并坦言自己受够了那种糟糕的文字,冗长乏味的重复、强行的跳跃和遍布作品的语义不明的表达让他有种类似"晕船的感觉"①。如果没有洗练的文体,至少应该有一些哲学上的思考吧?但埃里克森使用的概念术语几乎都让人怀疑,比如《X 的拱门》中构成主题的"爱"与"自由"之间的冲突,或者对"奴隶制"的回避与选择之类的思考,因为不着边际,让人觉得没有意义。他似乎想幻化出美利坚合众国在创造新的神话的暗示(或者说通过它来批判当下的美国),但就算这是支撑作家本人进行小说创作的原动力,对于文本,好像也只是最不必要的点缀。

这些扭曲的作品集有一半背负着庞大且丑陋的剩余物(有

① 参见《鲁比肯海滩》"译者后记"。

时完全无用，而且常常带有明显的失败），然而，或许正因如此，它们成功地为我们打开了一个异常迷人的维度。读者在这里确实获得了文学带来的难以形容的幸福感。

散文语言变化的可能性

20世纪初各种卓越的文学理论纷纷涌现，法国的保尔·**瓦雷里**作为拥立"批评世纪"的功臣之一，将"诗的感动"描述为一种"区别于人类其他一切感动"的"本质的感动状态"，并将其起源归结为"诗性宇宙"的感觉的产生。① 这位Modern（现代）的统帅大声宣告："诗意状态或诗意的感动……是在感知一个世界、一个完整的关系体系的倾向中达成的。"诗篇就是成就**一个完整的形式**。诗篇构建了形式与内容、声音与意义的一对一的绝对关系。这就是瓦雷里所提倡的著名理论——"和谐"的音意交感。由此我们可以推导出**诗性语言的恒常性**，或者说诗性语言的**不可改变性**的论题。② 诗句一字一句都不能修改，"诗篇显然是从自己死亡的灰烬中复活的"，永远在自己的形式中重生。

这种极端的"绝对诗"（poésie absolue）的观念③，继承了斯特

---

① 保尔·瓦雷里：《诗话》，佐藤正彰译，载于《瓦雷里全集6 关于诗》，筑摩书房，1967年。

② 现代文学语言观的支柱之一，即这种对"不可改变性"的信奉，作为"拟态主义"（通俗地说，就是"言语模仿事物"，即语言的形式与意义相符）的一个变体，19世纪末，随着象征主义诗歌的诞生，被高调倡导。到了20世纪，各种文学理论，特别是瓦雷里、雅各布森和萨特的理论都坚持这种观念。热拉尔·热奈特在他的《模仿论》（花轮光监译，水声社，1991年）第12章中，对上述过程进行了极其详细的考证。

③ 请参照本书第四章"日常语言的复权"。

凡·**马拉美**的象征主义诗性语言观,(一般)可以说构成了20世纪文学作品的规范概念——“**作品**”就是具有“完成”形态的神圣“不可侵犯”的存在体。

但是,正如瓦雷里所承认的,散文文本,原本就是建立在与这些诗性特征相悖的规则之上。所谓**散文**,是在形式(文本)和意义之间只有松散的关系的语言形式。比如,小说中有一句“当房子的碎片被扔进灶火中时,房间一个个消失了”①,改成“几天来,埃彻在房子上挥动斧头,然后将其扔进灶火中,房间一个个消失了”,也没有太大的区别。一般来说,散文是可以翻译的。**可以翻译**真是一种不可思议的性质。一部作品被翻译成另一种语言,归根结底怎么可能还是同一部作品?把背负着不同文化背景的词汇,装进不同语法构建的语言的模子里进行再现,为什么没有成为别的文章?散文的身份好像原本就是畅通无阻的。

在这个意义上,美国现代作家史蒂夫·埃里克森,可以说是一位把**散文性**推向极致的作家。说到埃里克森,即使把他的原著字句做一些更改,埃里克森的世界可能也不会发生太大的变化。

应该说对于散文,**形式的非确定性**才是与生俱来的。因此,假设散文有某种实体的话,那么它一定是以不停摇摆、颤动、不稳定为其本质的东西。如果形式模糊了,那么意义自然也就处在不确定的摇摆中了。热爱**意义颤动**的罗兰·**巴特**的美学,正是散文的美学。这是一种类似果冻的魔力。它不安分地颤动着,不规则地反射光泽,不管你从哪里切入,怎么挖取,都可以。它软软地失去轮廓,接触舌头后,慢慢没有了原来的面目,融化

① 埃里克森:《X的拱门》,柴田元幸译,集英社,1996年,第209页。

掉了。永远不停的颤抖式的低吟浅唱让我们的内心迷乱。埃里克森为我们提供了这种果冻般的文本享受。

小说的非整体性和不可把握性

“普鲁斯特的幸福在于,任何人,每次阅读,都不会跳过同一个部分。”[①]我们从来没有听过比罗兰·巴特的这些话——而且这些话是被放入括号里悄悄地泄露出来的——更能完美表达书籍的神秘魅力的了。

这里所说的文本快乐的来源,首先是把文本作为一种“喷薄而出”的东西。我们(在阅读所谓普通的经典叙事的情况下)不可能用相同的力度来阅读整部作品。也就是说,通常被称为小说的散文文本,在阅读时,不仅被允许,而且被推荐——不尊重其“完整性”(intégrité),以“漫不经心”(désinvolte)的节奏,也就是以散漫、无序、自娱自乐的节奏阅读。[②] 正如巴特提醒我们的那样,如果我们读者觉得一段话“无聊”,通常会“**快速浏览**,或者跳过去不读”“**囫囵半片**”。而且,散文类文本的读者也绝不会因此受到惩罚。作为读者,我们理所当然地被授予了随意浏览的权利。散文文本并不束缚读者,读者可以自由行动。

---

① 罗兰·巴特:《文之悦》,泽崎浩平译,美铃书房,1977年,第21页。下面将摘取包括这段话在内的整个段落。巴特的著作聚集了一系列挑衅性和矛盾性的论点,向我们展示了散文文本的特征和阅读的快乐。我想请你们花时间阅读巴特的迷人文章。

另外,“散文的两个边缘”,可以大致总结为散文文本中的“可理解的极致”和“难理解的极致”。

② cf. Roland Barthes, *Plaisir du texte*〔1974〕, repris dans *Œuvres complètes*, *Tome II 1966 - 1973*, Seuil, 1994, p. 1499. 日文版请参考上一页引用。

但是,最经典的叙事(左拉、巴尔扎克、狄更斯和托尔斯泰的小说)都有我们所说的被淡化了的插词法*。我们在阅读的时候,不会以同样的紧张度来阅读整个内容。我们不太重视文本的完整性,而是用漫不经心的节奏去阅读。在求知欲的驱使下,我们试图尽快进入叙事的高潮部分(这部分经常是故事的关键点,是推动谜底和命运揭晓的部分),对于(看起来“无聊”的)某些部分,要么草草阅读,要么就是跳过去不读。你不会因为跳过描写、解释、考察和对话而受到惩罚(因为没有人在看你)。那一刻,我们就像一个歌舞厅的客人,跳上舞台,迅速脱掉舞女的衣服,让她快些进行下面的脱衣舞。尽管急急忙忙,却依然依照程序进行。也就是说,一方面,尊重仪式上的小故事,另一方面又想加快仪式的进程(就像做弥撒时匆匆了事的神父)。插词法既是快乐的源泉,也是技巧,它让散文的两个边缘互相面对,让对了解秘密有用的内容和对了解秘密没用的内容对立起来。这仅仅是因功能性原理产生的断层,而不是直接从语言活动的结构中产生的,它只有在语言活动被消费时才会发生,作者无法预见。换句话说,作者不会试图写一些不被人阅读的东西。但是,伟大的叙事给我们带来的快乐,正是读与不读所编织的旋律。谁曾逐字逐句地读过普鲁斯特或者巴尔扎克或者《战争与和平》?(普鲁斯特的幸福在于,任何人,每次阅读,都不会跳过同一个部分。)

(罗兰·巴特《文之悦》,泽崎浩平译,美铃书房,1977年,第20—21页)

*插词法:在复合词的两个元素之间插入其他词语,使两者分开(Madame → ma chère dame; Lorsque → Lors même que; Puisque → Puis donc que, etc.)(泽崎浩平注)

下面我想就巴特在前面引文中试图揭示的散文文本的宝贵特质，再作一些深入思考。巴特从一开始就肯定："没有人会一字不拉地、完整地阅读《**追忆似水年华**》。"至少对于现实生活中的读者来说，《追忆似水年华》是让所谓的整体（具有强烈意义）不具有意义的作品。巴特已经证明，其实对于其他一般小说——比如巴尔扎克或者托尔斯泰等——实际上也是如此。

我们在这里可以看到诗歌和散文的一个重要区别。**诗篇为了被记忆而存在**，任何细节都不应损害其整体认识。所以，诗词作品最标准和最理想的欣赏方式就是背诵。[1] 诗篇必须是一字不改的整篇再现（正如瓦雷里所说，"它在自己的形式中复活"）。让我们也来关注一下读者此时的精神活动。一个背诵的人，是要把自己掏空的。他要停止思考活动，让那诗篇占据自己的大脑。背诵只能是无心状态下的行为。

相反，小说不是一个必须完整记忆的对象。的确，我们有时也会记住某些文句（"没有上进心的人是愚蠢的""那就像一个幻影似的"），特别是开头（"煤炭早就装上了船""幸福的家庭都是相似的，不幸的家庭各有各的不幸"），或者是结尾（"……天河似乎'哗'的一声在岛村的身体里一泻而下""我在哪儿都不是的世界的正中央，不停地呼唤绿"）。但是，无论多么短的短篇，如果

---

① 当然，将诗歌与逐字背诵联系起来，只是近代以后的常识性判断，比如十四行诗就被视为诗歌的代表形式。像叙事诗（比如但丁的《神曲》或者弥尔顿的《失乐园》等），尽管是诗，但它是以叙事，而不是以完整的记忆来让人享受的。而像马拉美的《骰子一掷》和阿波利奈尔的图画诗（calligrammes），则是以视觉而不是声音为媒介的享受。

然而，一般来说，"诗歌"（vers）本质上与记忆有着高度亲和性。在我看来，如果一首诗歌能够被原封不动地回忆起来，被反复吟诵，就可以认为它是诗歌中的一首典型诗歌。请参照日本的和歌和俳句传统。

有人要把它整个背下来，我们都会不由自主地觉得这有些反常。比如，“陇西的李征，博学多才，天宝末年，年少金榜题名……”，记住开头部分就可以了，但如果把《山月记》全文背诵出来，这种行为就会被认为是曲艺表演了。

散文文本的乐趣是以遗忘为前提的。即使读完后再想回忆，也会留下很多漏洞，很多模棱两可的部分，只剩下模糊的印象，而这正是小说真正的乐趣。你本该熟悉的这部作品，重读时，发现随处有意外的细节，无论你读多少遍，它都会在这里和那里**继续给你惊喜**，这正是散文文本的神奇之处。巴特更进一步谈到，一次次遭遇不同的“无聊”（所以你每次都会有不同的跳读法）是多么迷人的事情。巴特认为，“**无聊**”使我们从文本中分心，这是文本所具有的奇妙又令人愉悦的力量，而这一论断源于他坚信散文文本的本质就在于其**不可把握性**。

曲折的阅读

巴特在谈到文本的快乐时，想到的是普鲁斯特，这对我们思考散文文本的性质非常有启发意义。《追忆似水年华》是一个如此庞大的文本，任何人——除了受研究义务驱使的读者之外——可能从未完整地读过它。[①] 完整地（含糊地）读过的人，也很少有按顺序通读的吧。即便从第一部的《在斯万家那边》开始读，也会还没等读完，就跳到第二本的第二部分《鲜花盛开的少女》，或者先看几眼最后一章《重现的时光》。正如阅读普鲁斯特时出现

① 正如文本生成研究所表明的那样，普鲁斯特的文本本身就包含着不确定的分歧，并且不遵循线性发展的形式。详见以下著作——吉田城：《追忆似水年华 草稿研究》，平凡社，1993年。

的典型反应那样，散文文本的阅读，本质上可以是非直线性的。谁没有因为厌恶普鲁斯特连绵不绝的文字，而把书扔掉呢？过了一段时间——有时是几天，有时是几年，忽然又随意地从喜欢的部分重新开始阅读；或者已经读到后面去了，却又把略过的部分捡起来读；或者中途停下来，拿起另外一卷。普鲁斯特的文本本身也要求这种有悖常理的曲线运动。

普鲁斯特的文本还强行要求我们进行另一种**曲线运动**。即使在翻着《追忆似水年华》的书页持续阅读的日子里，我们也不停地重复着曲线运动。我们扔掉这个让人昏昏欲睡、没有间隔的、连绵不断的文本，通常是在一篇的中间。第二天继续阅读时，我们至少会回到那篇文字的开头，或者那个段落的开头开始阅读。对于像普鲁斯特这样说不上是有故事还是没有故事的文本，有时我们可能要把前一天读过的部分全部重读一遍，而且我们甚至可能没读到前一天读到的位置就把书放下了。这不是一种前进，反而是一种**倒退的阅读**。难道不正是为了把这些曲线运动编成不可避免的程序，才需要普鲁斯特文本中的那种巨大篇幅和脉络缺失吗？

埃里克森的长篇小说《X 的拱门》即使不像普鲁斯特那样卷帙浩繁，也不可能一口气读完。在第二天晚上再次打开书，开始阅读昨晚中断的地方时，读者一定都会做出类似读普鲁斯特时的那种曲折运动。埃里克森特有的暧昧模糊的文本，没有给我们留下明确的印象。可能几乎所有的读者，每次打开书的时候，都忘了自己读到哪里了——即便知道自己读到哪一页哪一行，还是会把书页翻回前面一点，更前面一点，重新阅读。次日晚上开始阅读的时候，我们会有一种不安的感觉，总觉得之前读的内容比较模糊。这并不是因为阅读中断而导致的失望或作为读者的无能，而是由文本本身的特性造成的。

无论读者如何仔细阅读，都得不到确定的印象，对于埃里克森来说，这并不是缺陷。我们不可避免地在埃里克森的文字面前徘徊。当然，我们有时不免为此感到焦躁不安，但这正是文本的力量。马拉美在《诗的危机》中断言："诗书之秩序，先决定而后书写，排除了任何偶然性。"①而埃里克森的书却与此截然相反。偶然与意外的因素到处喷发，任何地方都没有形成秩序。在写之前，唯一能确定的就是，这是一种类似昏迷的书。或者换一种说法，把徘徊本身变成作品，这是散文家埃里克森意外达成的壮举。

目光在空中游离——读书的快乐

与背诵诗歌时精神高度集中、持续紧张的状态相反，在散文阅读中，**注意力不集中、散漫、思想的放松**被程式化了。小说等文本的阅读所要求的这种散漫，反而使人实现了最有生命力的、自发的、生动的精神活动。当我接触的不是诗篇，而是一本小说，并且不是一本能让我兴奋地一口气读完的书，而是一篇让我分心、散漫的文本时，我更能以强大、积极的心态去生活。巴特多次谈到一件事，就是"**仰起脸阅读**"的乐趣。

> 你是否有过这样的经历，不是因为对一本书不感兴趣，而是因为灵感、刺激、联想的波浪涌向我们，读到一半就不得

① 摘自马拉美《诗的危机》(Stéphane Mallarmé, "Crise de vers", *Œuvres complètes*, Bibliothèque de la Pléiade, Gallimard, 1945, p. 366)。在翻译这篇文章时，我参考了以下文章：南条彰宏译《诗歌的危机》，收录于《马拉美、魏尔伦、兰波》，世界文学体系，筑摩书房，1974年。

不停下来？如果用一句话表达的话，你是否有过仰起脸阅读的经历？[1]

巴特说，“当我没有‘被俘虏’（成为文本的俘虏和囚徒），而是文本以一种非直接的方式传入我的耳朵时，当我一边阅读，一边侧耳倾听其他事物时，当我以一种几乎是心不在焉的蒙眬方式阅读时——只有在那样的时候，文本才会使我产生最大的快乐”[2]。这种快乐可以比作“和心爱的人在一起时想着其他事情”时的那种无与伦比的喜悦，而让读者无法沉浸其中的埃里克森的散漫的文本，以其他作家不可比拟的力度向我们承诺了这种快乐。

读书是一个放飞自我的过程。是什么占据了他的脑袋？
描绘12世纪佛罗伦萨学校的浮雕局部
（摘自阿尔维托·曼古埃尔：《从书籍史到阅读史》，原田范行译，柏书坊，1999年，第74页）

---

① 罗兰·巴特：《阅读的书写》，载《语言的絮语》，花轮光译，美铃书房，1987年，第36页。

② 参照罗兰·巴特《文之悦》第46页。

我们的目光，本应该阅读埃里克森的文字，但大部分时间却在空中徘徊。哪怕是人物隐隐约约的重现，或者是类似某种轮回的照应，都会让我们的目光从现在阅读的段落转移到暧昧的记忆的远方。即使是那些能为解谜提供乐趣的伏笔、明显的暗示性描述，也会让我们仰起脸来，陷入遐想，而不是急于赶在文本前面。《鲁比肯海滩》里莫名其妙地提到“美国 1 号”“美国 2 号”“索诺兰酒”就是代表性的例子。这也是《X 的拱门》对主要舞台永恒之城的描述刻意采取谜一样的方式的原因，比如以“祭坛时间”和“祭坛管理员”制度、“屈辱”和“矛盾情绪”命名的“区域”，“17 环”和“30 环”的地区名称，以及似乎是一个强大的权力中心的“中央教会”。种种谜一样的现象紧紧抓住了我们，打乱了我们的阅读过程，让我们停顿下来。“放了两只蓝眼睛的小坛子”，还有一块一面光滑一面粗糙的扁平“石头”，出现在了多个作品中，具有炫目的象征性，这些都是让我们从文本的线性流动中逃逸出来，放任意识漫无目的地遨游的非常显而易见的道具。阅读埃里克森的大部分时间里，目光不是在文本上奔跑，而

香港真实存在的贫民居住区，迷宫般的九龙城内部，下面是外观图

（摘自《大比例图解九龙城》，岩波书店，1997 年。图片由九龙城探险队拍摄）

是在记忆和想象的云霭中游走。自行车赛车手在雾气弥漫的威尼斯无休止地徘徊,去向不明(《流浪的日子》),迷宫一样的"植物园"①里,作为"雾中旅人"之一的黑人警官韦德赤身裸体融入黑暗中后,徘徊了十六年(《X 的拱门》)。

九龙城外观

---

① 植物园是一个由无数的小房间、洞穴和地下岩屋组成,由数百条向四面八方延伸的走廊和通道连接起来的巨大无比的区域,这正是埃里克森的文本世界。没有地图,没有人完全掌握何处有何物。一个没有任何标识,阻挠了我们的记忆,让我们分不清前进和后退的危险的迷宫——这就是埃里克森的文学世界。

对“理解”的解构

“明白”指的是什么样的情况？

在人类的一般现象中，特别是在文学作品中，“明白”是一种非常特殊的行为。在文学作品中，“明白”与“不明白”不是对立的。“不明白”却也可能是一种“明白”。

“我明白了！”并不是找到了唯一的绝对答案。一个人可以用不同的方式多次“明白”。这是因为，在文学作品中，“明白”并不意味着一次性捕捉到“整体”的思考对象。

“对作品的理解”很多时候只是意味着有了新的发现。当人们意识到初读时没有把握的人物心理机制，或者意识到事件展开的背后有一个最初没有看出来的隐蔽结构时，就会说“我明白了”。在批判的层面，当一种从未出现过的学说出现时，不管它是不是永恒的真理，新的观点总是在“这次总算明白了”的印象中流传。

这种“我明白了”一般在精神分裂症患者身上表现得很典型。许多精神分裂症患有被害妄想症，拼命地向精神科医生诉说“我终于明白了。那些人绝对在背着我说我的坏话”，“之前没有意识到。那些人一直在向我传送攻击的电波。但那天我终于明白了”①。我们每天都体验着这种妄想式的“我明白了”，处于惊异和感动之中。我们今天“终于明白了”的东西，明天可能会以不同的方式再次“终

---

① 还有一些更确切的患者的话语——“我知道有人在我身后”；“上周五晚上，我顿悟了”；“我发现这段时间以来，公司里的人看我的眼神很奇怪，在背后说我的闲话”；“（我丈夫和）我前夫的女儿也很可疑，我看到他们的眼神，一下子就明白了”。（摘自宫本忠雄：《精神分裂症的世界》，纪伊国屋书店，1977年）

于明白”。想到自己以前没有想到的事情，这本身成了揭示真理的充分条件。因此，**人类的真理是可以更新的**。

同样，对于文学作品的“理解”，“我明白了”并不意味着把握到了作品的方方面面，也不意味着能一下子提出最终的解释。

对于人类事物的一般现象，只存在**局部、暂时的理解**。“明白”正因为可以随时改写，才得以成立。事实上，如果它不能不断地改写，“我明白了”便无法维持。这次明白了的事情，又可以再一次“真的明白了”，这也正是出于这种“明白”所带有的**逐步更新的必要性**。

被称为“爱”的“人的理解”并不意味着对对方的全面和绝对的理解，埃里克森似乎是想通过他在作品中描绘的所有人物关系形象地体现这一点。我们来看看《X 的拱门》。无论是托马斯·杰斐逊对他的女奴莎莉强烈的欲望和痴迷，还是莎莉对托马斯难以割舍的感情，我们都不得不称之为“爱”。然而，这与尊重和理解对方，进行充分的心灵对话显然不同。托马斯对莎莉的感情与他的支配欲和蔑视重叠在一起，而莎莉对托马斯的感情主要是憎恶。此外，对于两人来说，对方的存在从一开始就是以不可知、不可解为前提的。他们彼此都认为从根本上说两人没有缘分，没有共同点。那么，爱情从何而生？爱情本质上并不是建立在完全的交流或完美的相互理解之上的。

局部和暂时的理解体现了爱情宿命般的存在。关于艾彻对（他在永恒之城中遇到的）莎莉的爱的描写有一种令人揪心的美。他们的相遇完全是巧合（莎莉带着女儿波莉参观档案馆）。他们最浓密的精神对话和官能陶醉，是在他们几乎完全不认识对方的时候展开的。虽然两人都将抛弃自己的同伴，但是他们事先并没有在对方身上发现什么相应的价值。艾彻对莎莉到底了解多少呢？事实上，他甚至没有试图“理解”莎莉。至少，他没有试图去了解她是什么样的人,也就是探求她的全貌。埃里克森总是试图描写人和永远未知的对象的关系。

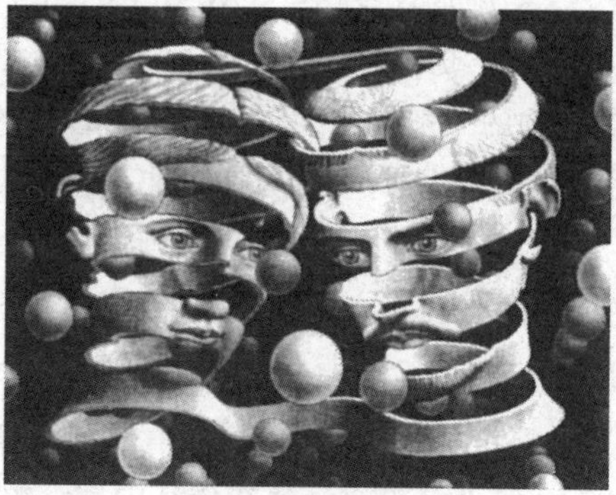

M. C. 埃舍尔《结合的纽带》

结合在一起的两个人充满了空隙,相互避开对方的视线,在空中依偎在一起

埃里克森似乎是想提出一种理解方式:**对不理解就那样去理解**。莎莉两次被"不明原因"的疾病缠身。第一次生病,尽管医生不知道治疗方法,认为没有生命希望了,但是莎莉在艾彻的照顾下治好了病。然而艾彻也不知道治疗莎莉的方法。艾彻只是把发烧的莎莉抱在怀里,帮她换床单。在第六天的晚上,他坚信有一只白色小海鸥从莎莉的身体里飞走了。他"知道",必须找到那只鸟的尸体,那是莎莉身体恢复的证明。① 他在镇上转悠了一夜,拼命寻找鸟的尸体这一不存在②之物。鸟没有找到。黎

① 雷内·玛格利特的那幅著名的《大家庭》(见下一页)描绘出了把不存在的鸟儿的飞翔想象为希望的标志,这之中有一种不可否认的感性。

② 可以说,埃里克森的小说是试图让虚空变得真实。《植物园》中的脱衣舞娘莫娜把自己房间的地板画成看上去没有地板,天花板画成看上去没有天花板,墙壁画成仿佛没有墙壁。这样一来,这个房间本身就成了一个虚空。(参见《X 的拱门》,第 99 页、第 104 页)

明时分当艾彻回到莎莉身边时，她已经退烧了，并且终于陷入了安稳的睡眠。在这里，“不明白”和“明白”完美地结合在一起，也让我们读者深深地体会到自己和真正的“明白”与“理解”无缘。我们完全不明白莎莉生病的原因和康复的理由。特别是，我们的理性确信，艾彻找不到鸟和莎莉的康复无关。即使那只鸟——当然连它的存在也只是一种幻觉——活着飞走意味着莎莉的康复，但实际上它是否真的飞走了，在破窗而出的时候就已经确定了，与艾彻是否在小镇上游荡，特别是他是否找到那只鸟的尸体无关。[①] 尽管如此，我们却清楚地“明白”，艾彻治好了莎莉，总之是因为艾彻没找到那只鸟，这才救了莎莉。这个“明白”，并没有让我们知道什么。“明白”，因为没有根据，没有效力，所以才珍贵。

雷内・玛格利特《大家庭》

① 因此，这个插曲，就如同语言分析哲学家迈克尔・达米特所关注的“回溯性的祈祷”（即使在行动似乎已经完成的时候，他仍然在不停地祈祷，希望年轻人勇敢地表现）一样，而大森庄藏所主张的“过去的制作”（比如在看到飞机事故的报道后，祈求家人不要上飞机）这种看似无意义、无理性的人类特有行为也是很好的例子之一。（参见大森庄藏：《时间不流动》，青土社，1996 年）

需要指出的是,通过“明白”的方式被拯救的是小说体裁本身。当“明白”(真实把握)与客观绝对的事实分离时,我们这些在小说这一**虚构文本中追求某种“真实”(“真相”)**的人所从事的看似荒唐的文学活动,就从根本上得到了肯定。

请注意,埃里克森的小说反复将探求幻想的真伪这一奇妙的行为作为问题。读者想方设法地去探究、验证事先设定为幻想的梦想内容的真实性。就我前面提到的关于莎莉第一次生病的段落来说,我们不禁要问,“鸟”和莎莉的病有什么关系?尽管我们明白,鸟栖居在莎莉的身体里这件事(或许)只是艾彻的幻想而已。或者,我们读者还会想象,韦德经历了植物园16年的流浪,在生命即将结束前产生的三个幻想中,在第二个幻想里出现的女性不是韦德自己所想的莎莉·海姆明斯,而是她的女儿波莉。这种执着于寻找事实的做法,实在荒谬。但是,阅读小说的行为,是否和约翰·塞尔等人建立的**言语行动理论**的定义——所谓虚构的文本就是指其内容的真实性不受质疑的陈述①——相反,正是一种认真质疑小说内容的真实性或事实性的行为呢?

在将抒情诗置于诗歌核心地位的近代文学观②中,只有被认为是表达了作家真实情感(真实)的诗,才被评定为探求人类真

---

① 虚构的陈述的真实价值是罗素以后的经典问题。(伯特兰·罗素:《意义与真伪性》,毛利可信译,文化评论出版,1973年)关于这个问题,塞尔将虚构的陈述定义为对原本“严肃的”事实做“假装”陈述,即无法探究真伪的陈述。(John R. Searle, *Expression and meaning*, Cambridge University Press, 1979, pp. 58-75.)

但是探究幻觉和虚构内容的真伪的操作(比如梦中的人物A到底是不是真的A?或者星星王子是在撒哈拉沙漠的什么地方登陆的?等等),事实上,对我们来说难道不是理所当然的活动吗?

② 参见热拉尔·热奈特:《广义文本导论》,和泉凉一译,水声社,1986年。

理的文学的崇高承担者。相反,小说作为虚构式的散文①,因为写的都是虚构的事情,所以一直被人们鄙视为与真实无关的文学体裁。但是,埃里克森的文本**基于虚构(或者幻想)所做的真理探索**,把一直在我们内心驱动着我们的想法鲜明地表现了出来。

被改写的世界

比如在《X的拱门》中,永恒之城的莎莉的"档案"上写着"出生日期——空白。出生地——空白。父母——空白。种族——空白"②;又比如《流浪的日子》中的米歇尔是一个失忆症患者("与其说他是记忆消失,不如说是自我意识的消失"③);还有《鲁比肯海滩》的三个故事中出现的神秘女人们。在埃里克森看来,人类,对于他人也好,对于本人也好,都是**不可知的存在**。

拿《X的拱门》来说,一边主张解放奴隶,一边继续凌辱自己拥有的女奴的托马斯·杰斐逊,不知道自己是什么人;而身处巴黎,应该已经不是奴隶了,在兰杰酒店被主人强奸时,却既没有反抗,也没有逃跑的莎莉,也不知道自己是什么人。永恒之城的莎莉当然不知道自己的来历,也不知道自己的历史,所以她去艾彻所在的档案馆查询自己是谁。

简单地说,人人都生存在一种失去固有**身份**的状态中。埃里克森喜欢描写复杂的亲属关系链(特别是《流浪的日子》中米歇尔和他的祖父阿德里安的重叠,两人又各自有双胞胎兄弟),以及感觉像是轮回的相同特质的回归(如《X的拱门》中的两个美

---

① 散文和虚构,在非中心化方面,有着本质的亲和力。

② 《X的拱门》,第57页。

③ 《流浪的日子》,第20页。

丽的黑人女子莎莉，两个蓝眼睛红头发的女孩波莉，或者是跨越整个作品的大个子黑人警官韦德，或者是薄情寡义的中年女子劳伦），并不是描写性格强烈的个体的转世。人物的生命被相互嫁接，独立的自我定义被剥夺了。在埃里克森那里，人物描写只是通过一些附带的特征（厚厚的眼镜、乌黑的头发、鸟头女人的文身、光头、混合着火的颜色的头发或名字）来完成。人物形象——将内面规定为主体的人格形象——永远无法实现。每个人都没有形体，他们就像自然中的水一样连在一起，没有分别地混在一起。

语言也失去了清晰的轮廓。最动听的"话语"莫过于口吃的米歇尔呼唤人妻劳伦时发出的无休止的"LLLLLL……"①。不管怎样，被解体的语言初次获得了自由的颤动，可以不被固定在一个单词上，而在多重的晃动中生存。

正如我们已经看到的，爱和理解也不具有明确的形式。对于注定要流浪的我们人类来说，不明真相的爱，也许才是唯一可能的形式。

在埃里克森的世界里，没有什么是最终的，也没有什么是完整的。在我和他者没有明确区分的世界里，埃里克森唯一能做的事情就是"写出除了我的梦以外的，其他所有人的梦"②。埃里克森通过"**幻想**"的方式，去触及那些永远无法"明白"的对象。当然，我们坚信的一切都只是暂时的，随时可能被改写。③ 所以，埃里克森的作品没有结束，同一个故事可以用不同的方式反复重写。马上，"另一个梦就会出现"，"另一个诅咒就会到来"吧。

---

① 《流浪的日子》，第57—58页。

② 《X的拱门》，第112页。

③ 也请参照本书的"倾听-叙述"专栏。

但是在那之前,“这是我最后一本书”。也许埃里克森并不是自愿承担的,但在这种**非决定性的临时状态**的觉悟中,我们可以懂得散文作家的素质是什么。※(青柳)

※ 本章在“从‘诗性语言’主义中突围——巴特和埃里克森的散文原理”(《外国语教育论集》,《筑波大学外国语中心》第23号,2001年3月)的基础上进行了若干修改。

何谓“文学理论”

Qu’est-ce que“la théorie littéraire”?

你有没有觉得“**文学理论**”这个词很奇怪?

“文学理论”这个词,不准确且具有欺骗性,是造成误解的根源,也是造成失望的根源,如果你在所谓的文学理论中寻找“文学理论”,你将毫无收获。相反,如果你从头到尾掌握了“文学理论”,那么你就会以根本性错误的姿态去面对文学研究。

在这里,我们来简单确认一下“文学理论”这个危险的用语诞生的经过。

自20世纪50年代末以来,法国出现了一个引人注目的运动,即从一般的角度研究文学,而不是研究个别作家及其作品的特点。对这一研究所使用的称呼,首先是“**新批评**”(Nouvelle-Critique),而作为这一研究的先锋的巴特、托多洛夫等人常常把它称为文学的“科学”研究。与之对应且经常使用的说法,是文学的“一般性”研究或“理论性”研究。需要指出的是,理论最初是一个形容词,即“理论性的”,用来描述研究风格和方向。然而,“文学理论”(théorie littéraire)的说法变得越来越普遍。例如,杂志《诗意》在其副标题(“revue de théorie et d’analyse littéraires”)中明确倡导“文学理论”。如此,“文学理论”的存在被确立了,但是没想到的是,“文学理论”表达的是文学研究的姿态,而不是研究对象,更不要说作为研究的成果需要提炼的一些文学理论了。顺便提一下,在法国,直至今日,对文学理论倾向的研究通常还被称为“**文学批评**”(critique littéraire)。

在美国,情况发生了巨大的变化。以巴特和克里斯蒂娃为明星人物的各种文学通识、理念和理论性研究,被大张旗鼓地介绍到新大陆。这为专业研究人员提供了富有挑战性的知识的源泉，而最具决定性的是，它们在大众化的大学教育中作为一般通识教育课程的教育内容受到了追捧。对于了解原文的人来说，文体重铸后那些清晰简明的概念简直要令他们发出悲鸣——有时是刮目相看，其中很多内容都是以英文摘要的方式呈现（想想那些作为大学生教科书的“读本”，它们通常是带有解释说明的选集，比如《克里斯蒂娃读本》《巴特读本》，等等）。就这样，各种文学的理论性研究，变成了任何人都可以方便应用的概念工具 Literary Theory。不仅如此，“理论”（不再是形容文学研究的修饰词，而且已被实体化）从“文学”的限定中独立出来，首先成为“批评理论”（Critical Theory），最终成为“学说”，跨越体裁，成为非常可靠的知识工具的综合体(1)。20 世纪六七十年代法国人在文学研究、语言学理论、现代思想、精神分析、社会学等领域冒险从事的知识追求（事实上，这些知识追求彼此之间密切相关），以一套通过整理的命题/理论（学说）的形式，被提供给了有知识的大众消费层。

在日本，所谓的文学理论也主要是基于这种 U. S. A 式的理解。当然，从前沿研究人员的探索中提取出让更多的人可以共享的知识财富，是一种富有“成效”的活动。我们的《Word Book 现代文学理论》一书，作为提供了各种有用工具的概念手册，在一定程度上满足了读者对文学理论手册的需求。

但是我们想再明确一下。“文学理论”是探究活动本身的名称，而不是探究的对象。

这里我介绍一下被视为“文学理论”代表人物的热拉尔·热奈特本人的回忆。1980 年秋，热奈特作为法国科学院教授职位的候选人（最终他未被选上），不得不经常向这所著名学术机构的众多（理科的）“科学家”解释他的研究和教学计划。于是某日，这个最高学术机构教授团的一员——诺贝尔物理学奖获得者(也是热奈特的老熟人)皮埃尔-吉勒·德热纳问了一个问题,对问话人来说,只是随便一问,但是这个问题让热奈特后来反复琢磨了很久。

> 说来,我提出的课题题目是《文学诸形式理论》。这个题目(在我看来),比起它的同义词"诗学",在离这个专门领域——如果我们能称之为一个专门领域的话——较远的人们看来,减少了暧昧不清。然而,在天真无邪的我没有想到的地方,出现了暧昧性。德热纳作为一个优秀的科学家,突然要求尽量简短地解释"我"关于文学的理论。我一直把文学理论(*la* théorie littéraire)视为中立的学术范畴(对文学诸形式的一般研究),而不是作为个人负责说明的假设,我几乎说不出话来,也没有再给他说话的机会。我一边思考两个领域内"理论"意义(和作用)的差异,一边暗自责备对方毫无思索的概念转移,最终,我不得不承认,我其实没有某种(单独的)文学理论(*une* théorie littéraire),我甚至不知道那种理论会是什么样的[2]。

所谓文学理论,根本不是"学说",即科学的假设或定律。当然,作为文学研究的结果,它提出了许多可以检验并应用的关于客观真理的假设或命题。然而,"文学理论"本身,原本就不是像某某理论那样可以用占有式的形容词来描述的东西吧。的确,有些理论建构了一个特殊的体系,如雅各布森的对等原则(诗性语言理论)和克里斯蒂娃的"符义分析"。即使在这种情况下,我们也应该注意不要把它们简单地称作雅各布森的理论或者克里斯蒂娃的理论,更不要说巴特、巴赫金、德勒兹这些不断在体系化思考背后进行挖掘的人。我们必须特别注意，当我们不得不谈论他们的"理论"时，我们绝不是指任何一种"学说"。

我们要铭记，"文学理论家"（这种说法可能是日语特有的）进行了"理论性的操作"（Theoretical works），但他们并没有提出文学的"理论"（Theories）。（青柳）

(1) 20世纪下半叶，美国不仅出现了文学研究，还有哲学、语言学、社会学、精神分析等多种学科的"理论"新部类。我们可以在乔纳森·卡勒《解构》（两卷本，富山太佳夫、折岛正司译，岩波书店，1985年）的前言中，看到最明快的宣言。

(2) Gérard Genette, *Figures IV*, Seuil, 1999, p. 26.

对荒园的爱

俄狄浦斯式的欲望

◎村上春树《斯普特尼克恋人》/桐野夏生《月下的乐园》

※ 欲望·货币·文本
※ 文本的精神分析

而现在,这种味道又一次献给了人与大地的婚礼,并在我们心中激起了世界上唯一真正的英雄之爱。这是一种易逝但高贵的爱。

——阿尔贝·加缪《婚礼》

"一见钟情"是一种浪漫的欲望吗

当我们对一个对象产生欲望时,在我们和欲望对象之间,一定存在让我们发生关联的某个媒介者(或者媒介物)。换句话说,我们的欲望只有在欲望主体、欲望客体以及连接两者的欲望媒介这三者共同登上舞台的时候,才会出现。**勒内·吉拉尔的欲望理论**可以简单地概括为上述内容。[①] 因此,根据吉拉尔的论

① 吉拉尔把这种欲望生成的真正机制称为"三角欲望"(désir triangulaire)。详见勒内·吉拉尔:《欲望的现象学》(1961),古田幸男译,法政大学出版局,1971年。关于吉拉尔的论点的简明解释,也可参见《现代文学理论》中的"欲望、货币和文本"一节。

点,媒介者若是缺席,则不能正确理解欲望的生成机制,这被称为“浪漫的假象”。[①] 但是,我们的欲望,无一例外总是受制于吉拉尔所说的三角形的表现形式吗?提出这种疑问的人往往会举出诸如“一见钟情”的现象来反对吉拉尔。**“一见钟情”**在法语里被表达为“coup de foudre”(闪电的一击),他们认为,这种突如其来的瞬间心动,并不需要一个媒介物来诱发。换句话说,“一见钟情”可以直接发生在欲望主体和欲望对象之间,是纯双边性质的(或借用吉拉尔讽刺性的表述,即“单性生殖”)。

吉拉尔是如何回应这些问题的?我们或许可以从1909年出版的有关莎士比亚的重要论著《羡慕之火——莎士比亚与欲望的戏剧》[②]的开篇《爱是渴望赞美的事情》一文中找到答案。文本是对《维罗纳二绅士》的分析,其中心主题确实是“一见钟情”。最后,吉拉尔有力地论证了“一见钟情”也符合欲望的三角图式。换句话说,从他的观点来看,欲望的拟态性和媒介性永远不可能有例外。吉拉尔在谈到普罗迪斯对西尔维娅的一见钟情时说:“拟态欲望以闪电的速度击中一个人。它不取决于对象的冲击力。它只是看起来那样。普罗迪斯找上西尔维娅,并不是因为他们短暂的相遇给他留下了决定性的印象,而是因为他已经形成了一种倾向:瓦伦丁追求什么人,他就会对谁产生好感。”[③]换句话说,普罗迪斯(欲望主体)对西尔维娅(欲望客体)的一见钟

---

① 吉拉尔的《欲望现象学》一书的原名是 *Mensonge romantique et Vérité romanesque*(《浪漫的谎言与小说的真实》)。

② 该书原版是英文版本(1991),法文版本是贝尔纳·文森特(1909)翻译的(由于出版原因,法文版本提前1年出版)。日文译本由小林昌夫、田口孝夫翻译,1999年出版于法政大学出版局。

③ 吉拉尔:《羡慕之火》,日译本,第12页。

情,显然是因为有瓦伦丁这个与普罗迪斯相似的欲望媒介的存在。①

因此,“一见钟情”式的心动并不具有(吉拉尔意义上的)“浪漫”的性质。假设一见钟情不存在引发它的媒介物,那么我们被贴上“浪漫的假象”的标签也在所难免。

撇开**村上春树**这样的小说家是浪漫主义作家还是传奇小说作家的争论不谈,以他的小说《斯普特尼克恋人》(1999)为例,有个叫堇的女人对敏产生了同性之爱。开篇一句“在22岁的春天,堇生平第一次坠入爱河”②,这显然指的是堇与敏“一见钟情”。因为再往后翻几页,堇的感情是用下面的话来描述的:“被敏触到头发的那一刻,堇几乎是条件反射般地猛然坠入了爱河。就像她走过一片空旷的原野时,突然被程度适中的闪电击中一般。”③堇突然被一道闪电(coup de foudre)击中,速度之快,几乎可以说是一种反射。换句话说,堇的“一见钟情”被描述为仿佛是在没有任何媒介介入的情况下,在与敏的两人关系中产生的。堇关于欲望起源的故事,仍然要归于“浪漫的假象”。然而,这些事实未必能证明村上是一个局限于“浪漫的假象”的作家。这位用心周到的小说家,面对想在没有媒介的情况下接受自己的一

---

① 吉拉尔强调欲望主体与欲望媒介之间的相似性或同一性,他说:“当两个年轻人一起成长时,他们会学习一样的知识,读一样的书,玩一样的游戏,对一切都有一样的看法。”(前引书,第13页)欲望的强度,会随着主体和媒介的相似度的增加而增加。在一见钟情的情况下,本来应该是与主体相对的他者的媒介可能与主体重叠。也就是说,在一见钟情中,与媒介无限相似(认同)的另一个主体,发挥着激活主体自身欲望的媒介功能。

② 村上春树:《斯普特尼克恋人》,讲谈社,1999年,第5页。

③ 同上,第13页。

见钟情的堇,并没有忘记写下“她是一个不可救药的浪漫主义者”①。

对花园一见钟情的男人的故事

吉拉尔所倡导的“拟态欲望”理论,批判性地强化了任何试图从科学或社会制度的角度看待欲望产生的讨论,不用说,他的批判对象也包括精神分析的解释原则。对于那些忽略欲望生成机制背后的拟态性的人们,吉拉尔发表了这样的言论:“他们(矛盾的研究者)寻找可能被嵌入我们人类基因中的进攻性原理,并调查我们的荷尔蒙;提倡战神马尔斯、俄狄浦斯的潜意识的力量。他们还诅咒家族和其他社会制度的压迫性。尽管如此,他们从来没有提出过拟态的对抗意识。”②

如此,吉拉尔明确批评将矛盾欲望的表达完全交给精神分析式的机制(“俄狄浦斯”“潜意识的力量”“家庭……的压抑性格”)去处理。但是,由亲子(父亲、母亲、儿子三方)交织的俄狄浦斯的“**家庭·罗曼史**”与吉拉尔的拟态欲望理论并非毫无关系。相反,它可以称作吉拉尔理论中最基本的模式。因为如果母与子两者之间没有一个强大的障碍,即作为媒介者介入的父亲,那么孩子对母亲的乱伦欲望是永远无法讨论的。在这里,我们列举一篇精神分析的欲望理论与吉拉尔的拟态欲望理论交织其中的小说文本。

---

① 《斯普特尼克恋人》,第6页。

② 吉拉尔。前引书,第30—31页。

短篇小说集《长锈的心》[1]中收录的桐野夏生的《**月下的乐园**》,讲述了主人公宫田(一个单身男人)被一座荒废的花园莫名其妙地吸引住了。小说中是这样描述宫田对花园的欲望和热爱的:"宫田不由得激动得身体颤动。他被这个荒芜的花园吸引住了。这不应该只是一个维护不善的花园,而是一个曾经精心设计的花园,随着时间的推移,已经变得破败不堪。这就是宫田热爱的花园,他的理想花园。"[2]于是,主人公在寻找理想花园的过程中,看见了位于东京附近的S县郊区的神崎家的花园,并决定承租其一角。故事的开端是和神崎家花园的幸运邂逅,作者这样写道:"他从来没有对女人一见钟情过,但当他从外面看到神崎家的花园时,宫田过于激动,浑身颤抖,说着,'就是这里了'。他有一种前所未有的强烈预感,脸上甚至还泛起了红潮。"[3]有趣的是,被神崎家花园吸引的宫田的心,是和对女人的"一见钟情"放在一起进行比较的。主人公对花园的向往,为什么会被论述为对女人的"一见钟情"呢?按照吉拉尔的欲望理论,"一见钟情"是拟态的,或三角的欲望表现,那么主人公宫田对花园的欲望是通过什么媒介产生的呢?我想对这样的追问提出一种解释——只作为一种可能性。

---

① 第一版由文艺春秋出版。之后,该书由文春文库出版(2000年)。本文引用均出自文春文库版。

② 《长锈的心》,第122页。

③ 同上,第115页。

弗洛伊德和他的母亲阿玛莉

弗洛伊德是否对这位母亲有过乱伦的愿望呢?

作为母亲的花园

宫田的花园不过是“女人”的化身,这一点在文中随处都有暗示。例如,他对花园的渴望是这样描述的,“就像终于遇到了自己心仪的女人的男人,想马上看看她的脸、身体,听听她的声音,他急切地想看到园子”①。这个“心仪的女人”是谁,在作品的后面会以明确的形式揭晓。然而,在宫田的内心,从观念上和荒芜的花园联系在一起的女人是他的“母亲”,这一点已经巧妙地隐含在宫田被吸引的神崎家的结构(家的构造)中。这位主人公一直期待可以自由地踏入神崎家的花园,尽情地观赏,当他发现他所租的楼房和花园里的某个宅子被一堵高墙挡住时,他非常震惊。围墙不仅高大,而且粉碎的啤酒瓶被小心翼翼地嵌在

① 《长锈的心》,第116页。

上面。“神崎夫人的主宅（日语称作母屋——译者注）和花园之间用高高的围墙隔开了”①。神崎夫人对于宫田来说，是疑似母亲的存在②，她所住的房子，也确实是用“母”（“母屋”）这个词表达的。再进一步说，本来位于同一院内的建筑（“前面的用地当然应该是连在一起的……”③），也就是宫田要住的那个建筑，被称作“附属建筑”。原本连在一起的房屋和花园，却以“主宅”和“附属建筑”的形式用隔墙严格分开。即使我们在这里瞥见了弗洛伊德“家庭罗曼史”的结构，也不能说是毫无根据。神崎家的（房屋）结构，像一张图一样，向我们呈现了母子一体的乱伦关系，以及以“不”（non）字介入其中的父亲，也就是俄狄浦斯式的剧情。④

宫田最终因一次偶然的机会，发现了一个战时防空洞，可以自由地进入主宅的院子。换句话说，他能够通过这条好比“产道”的隧道，到达花园里子宫般的世界，沉浸在现实中所不允许的母子合一的幻想之中。⑤“花园甚至是感性的。……我希望我能成为这个花园的一部分。”⑥主人公的这种性爱愿望，当然如我

---

① 《长锈的心》，第118页。

② 这一点在下面的一段话中被明确地表达出来了。“我要是生为神崎夫人的儿子多好。不，现在也不晚，她的亲儿子已经死了。难道我不能被收养吗？”（《长锈的心》，第137页）

③ 同上，第119页。

④ 附属建筑、主宅以及围墙不仅分别象征着宫田、宫田的亡母和亡父，也是象征着神崎夫人的亡子、神崎夫人和神崎夫人的亡夫的符号。顺带一提，这栋附属建筑是为神崎夫妇已故的儿子建造的。

⑤ 作者不忘在描写园林的各种形容词中，加上“梦幻般的”一词，他说：“月亮使雪景显得苍白，看上去有种梦幻般的不真实。”（《长锈的心》，第149页）

⑥ 同上，同页。抱着回归子宫的愿望的主人公叫“宫田”，这难道只是巧合吗？

们所预想的那样,伴随着反面的"死亡欲动"(类似塔纳托斯的愿望)。宫田之死的结局蕴含着丰富的意味,当他躺在母亲的花园里时,可以说是委身于死亡的愿望。他说:"在这块石头上,我可以就这么死去。"①

对于宫田来说,成为花园的一部分的愿望,表达了一种潜意识的愿望,即通过自己的死亡,与已经死去的母亲再次结合。而这一点,从宫田对荒园的真切感情与母亲的"死"被放在同一层面上就可以看出。父母去世后,宫田"与母亲一起生活"②,母亲去世时,他"他躺在母亲的尸体旁边"③,想把母亲的尸体"永远放着"④。"母亲沉默的身躯披着冰冷的毛巾,瞬间,宫田感到一种从未有过的爱"⑤。不久之后,他对已故母亲的情感,和他对荒园的爱联系在一起,并被视作是相同的。"当我走过一个荒芜的花园时,我感到自己好像卸掉了盔甲,有一种被解放的感觉。就像我从母亲的尸体上感受到了新的爱的瞬间一样。"⑥

但我们不要忘记,他对亡母的感情,不只是爱,还有引发憎恶的成分("这次我感到的恨比爱更多"⑦)。茱莉亚·**克里斯蒂娃**

---

① 《长锈的心》,第149—150页。

② 同上,第135页。

③ 同上,同页。

④ 同上,同页。

⑤ 同上,同页。

⑥ 同上,第136页。

⑦ 同上,同页。对母亲爱恨交织的感情,反复投射在对宫田来说疑似母亲的神崎夫人身上。宫田甚至想成为夫人的儿子(养子),并说她"以前(一定)很美"(同上,第136、138页),与此同时,他又渴望夫人死去。"现在相反,他觉得神崎夫人在干扰他的享受。……不,他甚至想,神崎夫人突然死去就好了。这样一来,就像对死去的母亲那样,或许他心中会涌出新的爱。不知从何时起,宫田开始喜欢想象神崎夫人死去的样子。"(同上,第142页)

把爱的对象，同时又是应该抛弃的“可怕”对象——母亲[1]，称为“**可怕**”（abjet）或“**卑贱**”（abject）的存在，对宫田来说，（已故）母亲和神崎夫人也可被视为“可怕/卑贱”[2]的存在。母亲不仅是不可替代的爱的对象，也是最终必须割舍的障碍。进一步说，母亲对于孩子来说，既是原初融为一体的愉悦所在，也是与作为法律（Loi）的父亲结合在一起，阻止母子融合状态的存在。因此，如果说花园对于宫田来说是母性的存在，那么当他无法抛弃它时，最后等待他的就是死亡，这一点也就不足为奇了。

横溢的月光和水的形象

如果说花园指向母亲，或者更严密地说，是指向作为起源地的“子宫”，那么“水”的形象就不可避免地伴随着它。神崎家的花园里，当然充满了水的形象。然而，这并不是主人公宫田现在看到的花园。宫田眼前幻化出一个失落的乐园，水流横溢。小说通过“没有生气的池塘”[3]“过去一定是水流不断的小溪”[4]等表达方式，将它形象化了。宫田现在看到的荒芜的花园，是当他在“死亡欲望”得以满足后，可以再度与之融为一体的死去母亲的身体，而他所幻想的花园，是让他汲取生命之水（羊水）的母亲的子宫。“往昔，这个花园很美，水源充沛，石头黑湿，上面布满了羊齿和苔藓。神崎夫人一定既年轻，又美丽。但是，她竟变成

---

① 茱莉亚·克里斯蒂娃：《恐怖的权力：试论“卑贱”》（1980），枝川昌雄译，法政大学出版局，1984 年。

② 关于可怕和卑贱的详细解释，请参见西川直子《克丽斯蒂娃：互文性》（讲谈社，1999 年），特别是第三章“关于‘母亲’的事情”。

③ 《长锈的心》，第 121 页。

④ 同上，第 134 页。

了这般模样。宫田变得多愁善感,在月光下流下了眼泪。它们是快乐的眼泪。"①

对于这一节使用的"水源"一词,我们应该特别留意。顺便提一下,本·斯托茨弗斯曾用精神分析学的方法分析了法国作家阿尔贝·加缪的小说《局外人》(1942),他强调主人公默尔索在生活中渴求的"泉"(la source),除了泉、水源等字面意义之外,还有作为生命之源(la source)的"母亲"的意思。② "我想到了岩影里一泓清凉的泉水。我想听流水淙淙,想躲避阳光、辛劳、女人的眼泪,想在那里寻找影子和休憩"③,这样述说的默尔索找到的是"大石头后面,经沙地流向大海的细泉"④。大海不仅仅是自古以来孕育生命的源头(源泉,la source),用拉康的文字游戏来说,"海"(la mer)无疑指向"母亲"(la mère)。

对了,我们不应该忘记衬托神崎家花园的另一个象征性的道具。不用说,是"月亮"或"月光"。在这篇不到40页的短篇小说中,多次出现了"月亮""月光""满月""满月的光""满月的夜"等表达方式。神崎家的花园总是笼罩着月光,仿佛没有月光就不能存在,这雄辩地说明园子和月亮具有同质的象征意义。换句话说,月亮在与园子的关联中,隐含着对母亲的指涉。桐野给这个短篇小说起的题目《月下的乐园》的内涵,从这个角度看,也

① 《长锈的心》,第136—137页。同样在这里,神崎夫人作为虚拟母亲,扮演着他亲生母亲的角色,神崎夫人对于宫田,"是另一位母亲",有"她竟变成了这般模样"这句话为证。在描写园子即神崎夫人的一段文字中,加入这句用假名(也是表音文字——译者注)写的喃喃自语,与宫田抚摸着已经变成尸体的母亲的冰冷脸颊时发出的喃喃自语如出一辙。

② Ben Stoltzfus, *Lacan & Literature; Purloined Pretexts*, State University of New York Press, 1996, p. 126.

③ 阿尔贝·加缪:《局外人》,漥田启作译,新潮文库,1987年,第62页。

④ 同上,第60页。

就不言自明了。对于宫田来说,月光照耀下的花园一定是被母亲拥抱的幸福之地,是一个让他幻想失落乐园的地方。“不知不觉,雪停了,满月出现了。月亮让雪景显得如此苍白,看上去梦幻到不真实。光秃秃的树上的积雪,在月光的照耀下,又改变了花园的面貌,甚至为其增添了一分性感。宫田完全忘记了寒冷,祈愿能成为这个花园的一部分。”①

众所周知,月亮象征着女性(“月事”“月经”),但也被认为与“面容”或“镜子”有着密切的类比关系。**谷川渥**对这一点有过如下描述:

> 夜空中的圆月,似乎确实不分东西方都被看成了一张脸。在法国17世纪的《拉·封丹寓言》之一“月亮里的动物”里,有一段表达感觉失误的段落,就引用了这么一句话“月亮的身体上有一张女人的脸”。尤尔吉斯·巴尔特鲁沙蒂斯《镜子》(1973年)也引用过波斯诗人、彩色细密画画家的作品,及西方中世纪的民间版画等,其中也有把月亮作为人脸,特别是女人脸的例子。不过,巴尔特鲁沙蒂斯的争议点在于将月亮视为“天镜”。
>
> 此时,脸就成了月亮镜子里反射的影像。无论形状是球形还是凸形,材料是锡还是抛光金属、铅覆盖的玻璃,抑或是水,不管怎样,长期以来月亮一直被认为是一种镜子。②

如果像**巴尔特鲁沙蒂斯**和谷川说的那样,面孔是月之镜中反

---

① 《长锈的心》,第149页。

② 谷川渥:《幻想的地志学——空想旅行文学涉猎》,筑摩学艺文库,2000年,第89页。

射的影像,那么我们可以说,人是通过月亮,也就是女人(母亲)之镜像,来确认自己的面孔和身份的。婴儿在6至18个月大时,会在镜子(母亲)的前面,把握自己的身体形象,雅克·拉康把这一阶段称作“**镜像阶段**”①。在花园这个梦幻乐园里,被月光笼罩着的宫田,正是返回到了“镜像阶段”。他希望自己像个小孩子一样,再次被母亲抱在怀里。而神崎家的花园叫作“月下乐园”的理由,大概就隐藏在主人公宫田这个潜意识的愿望之中。

俄狄浦斯或哈姆雷特

宫田对母亲(爱洛斯)的爱被理解为想要回归子宫,背后却隐藏着“死亡欲望”(塔纳托斯),这个简单的故事正如我们预想的那样,随着主人公的“死”而落下帷幕。逼死宫田的不是毒药,也不是武器,而是幽灵。我们这里可以思考一下,据说弗洛伊德在发现俄狄浦斯情结时关注的文学文本,不用说,就是莎士比亚的悲剧《**哈姆雷特**》。哈姆雷特的叔叔克劳迪斯杀死了先王哈姆雷特的父亲,并与乔特鲁德王后(哈姆雷特的母亲)再婚,但先王的“亡灵(幽灵)”出现了,并向儿子哈姆雷特揭露了克劳迪斯的阴谋。惨烈的复仇悲剧就这样开始了,接下来这幕剧的主角等

---

① “镜像阶段”理论是1936年拉康在马里安巴举行的第14届国际精神分析协会上提出来的。后来经过多次推敲和修改,以《助成我的功能形成的镜子阶段》(撰写于1949年)为题,收录在1966年出版的《著作集》中。关于“镜像阶段”这个用语,福原泰平的总结或许对大家有所帮助。“所谓镜像阶段,是指婴儿不会说话,没有控制自己动作的能力,只受本原欲望的无秩序状态的驱使,在镜子前,手舞足蹈地将镜子里映出的成熟自我的整体形象当作自己本身的阶段。”(福原泰平:《拉康:镜像阶段》,讲谈社《当代思想的冒险家》,1996年,第56页)

人物相继死去，最终落下帷幕。乍一看，该剧的发展并没有太多"家庭罗曼史"的味道。事实上，弗洛伊德也清楚地意识到了这一点。在1897年10月给威廉·弗里斯的信中，弗洛伊德指出，如何解释"他（哈姆雷特）无法下定决心杀死叔叔来为父亲报仇"[①]这个问题？换句话说，这里弗洛伊德思考的不是哈姆雷特对乔特鲁德（母亲）的感情，而是他对先王（父亲）潜意识的憎恶。那么父亲的"亡灵（幽灵）"到底意味着什么呢？当然这里可以有很多种解释，比如玛乔丽·嘉伯在谈到这个问题时说："幽灵不仅是一个蒙着面纱的阳物，而且阳物也是一个幽灵。"[②]接着她又做了下面的陈述："我们也许可以认为，弗洛伊德的'超我'和拉康的'父之名'，都是《哈姆雷特》中'幽灵'的名字。"[③]换句话说，"幽灵"可以被认为是一种父性的"法与戒律"（Loi），它威慑着主人公无限制的贪欲（本我，Es/Id），并强行实施禁止和压制。让我们回到宫田的故事，出现在哈姆雷特面前的"幽灵"，应该也可以认为是父亲的"亡灵"。这个"幽灵"切断了宫田想要侵犯母亲花园的俄狄浦斯式的欲望，并实施了决定性的"阉割"（处死）行为。[④]

不过，这类剧中准备的不是悲剧，而是喜剧性的"噱头"。在莎士比亚的世界里就不用说了，神崎夫人儿子的幽灵不可能出

① 玛乔丽·嘉伯：《莎士比亚或后现代的幽灵》（1987），佐复秀树译，平凡社，1994年，第259页。

② 同上，第270页。

③ 同上，第271页。然而，据作者说，拉康一直拒绝这样的解释。

④ 宫田与亡母的关系，正是以颠倒的形象，反复在神崎夫人与亡子的关系中重现。这两种关系都代表了母子乱伦的欲望，而且这种欲望由于母子中的一方（或双方）的死亡而无法实现。神崎夫人最后走进宫田丧命的场所，也就是去世儿子的房间，喃喃自语道："我的儿子很像我。我亲爱的儿子。他回不来了，但他会和我一起变老。这不是也很好吗？"（《长锈的心》，第152页）

现在现实生活中。其实,被宫田误以为是幽灵的,是穿着儿子最喜欢的西装的神崎夫人本人。然而,即使是这样,也丝毫不能动摇我们认为神崎夫人这个女人对于宫田来说是父亲式的亡灵("父之名")的想法。在这里不必继续像克里斯蒂娃那样把"可怕(卑贱)"的母亲看作"石祖般的母亲"(mère phallique)再做一番深奥的论述,因为宫田的目光已经把神崎夫人看作"男人"("我在月光下看到的身影是个男人"①)。

最后要提一下索福克勒斯的戏剧《**俄狄浦斯王**》,"**俄狄浦斯情结**"一词就来源于这部戏剧②。我们已经看到,如果把宫田被荒园吸引的故事叠加在俄狄浦斯的故事上,那么,宫田也是某种罪犯。当然,宫田自己很清楚地意识到了这一点。某天傍晚宫田偷偷溜进花园时,他觉得自己分明是个"罪犯"("我的第一反应就是,这是犯罪。如果有人报警,宫田会以非法入侵加上毁坏财物罪被当场逮捕。他的处境和身败名裂只有一纸之隔"③)。而且,首先,神崎夫人会明确地将其定义为"罪犯"("这样的犯罪分子潜入了我儿子的家,太可怕了"④)。

当人们在山中发现俄狄浦斯时,他的两只脚被金属扣刺穿,脚踝已经完全肿胀了。他的名字"俄狄浦斯",正是"肿脚"的意思,就来自这样的境况。对了,如果把宫田当作现代版的俄狄浦斯的话,他会像俄狄浦斯那样肿脚吗?我们看到,右腿的小腿肚子被神崎家的狗咬伤,逃回家后的宫田的脚的状况,被如此清楚地描写:"从膝盖到脚踝都已经肿了。"⑤(土田)

---

① 《长锈的心》,第 150 页。
② 见本书专栏"俄狄浦斯情结"(第 13 页)。
③ 《长锈的心》,第 144 页。
④ 同上,第 152 页。
⑤ 同上,第 145 页。

“鸟”与“色彩”的主题思想

文本的内在力学

◎马塞尔·普鲁斯特《追忆似水年华》

※ 主题批评

※ 计算机和文学研究

所谓杰作，是指不论向着何处吹来的风，无论如何偶然，都会敞开心扉、向着任何方向奔跑的作品。

——让-皮埃尔·里夏尔《诗歌与深度》

习惯上被称为“**主题批评**”的文学文本分析方法，主要兴盛于20世纪60年代的法国，但其辐射范围却远远超出了20世纪60年代的法国这个有限的时代和场所，而广泛地发展至今。无论是过去还是现在，批评家、研究者所写的评论、论文，大多是围绕着某个“主题”，每年向大学提交的论文也一定是涉及某个“主题”。想象一下，没有主题的论文也不是不可能，但这应该属于特例。不管是在写作前就确定了“主题”，在写作过程中逐渐发现了“主题”，还是在写作后确认了“主题”的存在，写论文时“主题”一词像是执念一样总缠着我们。或许可以说，如果论文围绕某一“主题”而写的观点没有提出积极的质疑，那么论文必然会采用“主题批评或研究”的形式。现在，“主题”这个用语在文学研究领域已经根深蒂固。雅克·**德里达**将“主题”概念视为一种痼疾,他的这种拒斥并没有错,如果可以的话,也许我们也应该这样做。[1] 不过,在这里,我想硬性接受这个痼疾,参与到寻找文学文本中的“主题”的行动中去。

回归的形象与力量的转移——《鸟》中的主题思想

准确定义“主题”很难[2],凡是可以代入“关于……”的叙述形式的事物,不论是什么,都能发挥“主题”的功能。在某些情况下,可以选择“时间”“空间”“记忆”等宽泛的哲学问题作为“主题”。有时候,一些更加日常、具体的事物,比如“大海”“母亲”“树木”“眼睛(目光)”等事物都可能成为“主题”。换句话说,人类周围的事物和现象几乎都可以作为“主题”,成为分析的对象。在这里,举一个具体的“主题”的例子,让我们来看看马塞尔·普鲁斯特的长篇小说《**追忆似水年华**》中的“鸟”的形象。

普鲁斯特是一个巧妙驾驭“鸟”的形象的作家[3],其中一些鸟的形象似乎脱离了单纯描写鸟的层面,起到了像微观世界一样反映整个作品结构的作用。负责将少年时代的主人公从贡布雷那个封闭的世界中引出,诱使他去往各种欲望蠢蠢欲动的外部世界的最大的人物,非常奇特,名字里藏着“鸟”的形象——斯万(Swann——让人联想到英语 swan,天鹅)。就像主人公自己说的那样,斯万不仅是《追忆似水年华》这部大型小说中的一个登场人物,也是反映这部小说的一个缩影。

---

① 参见《现代文学理论》,第 217 页,以及本书专栏“德里达对主题批评的批判”(第 166 页)。

② 《现代文学理论》,第 98 页。

③ 比如,参见土田知则:《普鲁斯特 反转的场》,新曜社,1999 年,第 74—84 页。

总之,回过头来看,我的体验的内涵,也就是我的书的素材都来自斯万。这不仅仅是因为斯万本人和吉尔贝特相关的一切,而且正是他从贡布雷时期就激发了我去巴尔贝克的欲望。如果不是他,我的父母绝不会想到把我送到巴尔贝克去,如果不是他,我也不会认识阿尔贝蒂娜。不,甚至不会和盖尔芒特家相识,那样的话,我的祖母就不会再见到维尔巴里西斯夫人,我也不会认识圣卢和夏吕斯先生。而现在,我结识了盖尔芒特公爵夫人,并通过她认识了她的表姐。就在这里,刚刚我作品的设想突然出现了(从这个意义上说,不仅我的作品素材,包括我的决心都要归功于斯万)。如此说来,我现在在这里,本身也同样因为斯万。……从这个意义上说,"在盖尔芒特家那边"全部是从"在斯万家那边"发展出来的。①

勒内·吉拉尔在《欲望现象学》(1961)中指出,《追忆似水年华》是一个逃亡的力量与回归的力量互相冲突的文本,并将作品的整体结构概述如下。值得注意的是,吉拉尔还试图借助一只鸟的形象来把握这篇宏大文本的动向。

……这种曲折的超越性,通过题为"在少女花影下""在盖尔芒特家那边""索多姆与戈摩尔""女囚""逃走的女人"等一系列同心圆领域,拖着叙述人和他的空想世界逐渐远离钟楼,去往远方。而越是远离神秘的中心点,心灵震荡就越

① Marcel Proust, *A la recherche du temps perdu*, "Bibliothèque de la Pléiade", Gallimard, 1964, III. p. 915. 日译本相关段落选自《追忆似水年华》,井上究一郎译,筑摩文库,1993年,第10卷,第401页。

是痛苦、越是狂热，甚至逐渐变得空虚，直至运动逆转，“时光重现”。通过傍晚的追逐，圣西里尔的乌鸦们所预示的，正是这种逃亡与回归的双重运动。①

在吉拉尔的观点中，我们可以看到，乌鸦的形象巧妙地代替斯万表达了《追忆似水年华》这部作品，或者更具体地说，表达了主人公最终写出这样一部作品的心灵震荡。换句话说，正如莎士比亚的《哈姆雷特》中的戏中戏反映了那部戏剧的精髓一样②，普鲁斯特的鸟儿们作为构成其文本生成和波动的形象化存在，也发挥着重要作用。鸟儿的轨迹可以理解为作品（或主角）的轨迹。

主人公将自己叠加在某种鸟类或者类似的形象（比如飞机）上，以暗示自己精神内部的力学，除了吉拉尔指出的例子之外，还有其他一些例子。主人公在散步去盖尔芒特家的途中看到了一只鸟的情景就是其中一个。

我刚进入的这个忧伤地带，与稍早一些还在快乐地奋力向前的地带，被明显地区别开来，就像某片天空中的玫瑰色带子被一种由绿色或黑色带子组成的线隔开一样明显。可以看到一只鸟儿从玫瑰色的带子中间飞过，很快它就会到达尽头，几乎触及黑色带子，然后没入其中。现在的我已经摆脱了之前萦绕心中的那些欲望：去盖尔芒特城堡的欲望、想

① René Girard, *Mensonge romantique et Vérité romanesque*, Grasset, 1961, p. 218. 日译本相关段落选自《欲望现象学》，古田幸男译，法政大学出版社，1971 年，第 238 页。

② Cf. Lucien Dällenbach, *Le récit spéculaire, essai sur la mise en abyme*, Seuil, 1977. 日译本为《镜之物语》，野村英夫、松泽和宏译，有奈书房，1996 年。

要旅行、想要幸福的欲望。即使实现了那些欲望，我应该也感觉不到丝毫的快乐。如果能在母亲的怀抱里彻夜哭泣，那些欲望，我都可以抛弃。①

在这里，除了鸟的形象，还出现了我后面要讨论的“色彩”的主题。不管怎样，可以肯定的是，从玫瑰色的带子飞向黑色的带子的一只鸟，生动地表达了吉拉尔所说的（向欲望的）逃亡和（向内心世界的）回归。即使在这里，鸟儿的动作也像一幅画，表现了主人公的心灵震荡，以及作品生成的力学。下面一节，据说普鲁斯特借用了儒勒·马斯奈（1842—1912）的歌剧《曼侬》（1884）②中的一段，可以说是这种意象被运用得最浓密、结构最紧凑的例子。

啊，从它认为的束缚中逃走的鸟儿
常常出现在夜晚
那飞翔携带着绝望，飞回来敲打窗棂。③

“色彩”中的主题思想——定量分析主题的尝试

作为利用个人电脑进行定量分析的例子，我们已经介绍了相

① Proust, *ibid.*, I. p. 183. 日文版对应段落选自井上译本，第 10 卷，第 305—306 页。

② Cf. Jacques Nathan, *Citations, Références et Allusions de Marcel Proust dans A la recherche du temps perdu*, Nizet, 1969, p. 196.

③ Proust, *ibid.*, III. p. 452. 日译本相关段落选自井上译本，第 9 卷，第 65 页。

野毅的成果(利尔·亚当《残酷的故事》中的色彩分析)①,而这种分析方法理论上可以应用于任何文本。普鲁斯特的文本也不例外。即便不用计算机数据分析,我们也可以证明普鲁斯特的色彩感觉与某些概念密切相关。其中最常被提及的例子就是“玫瑰色”与欲望概念之间的联系。引发了主人公强烈性欲的人物被称为“玫瑰色的夫人”(奥黛特),雄辩地说明了“玫瑰色”与欲望之间的相关性。② 米歇尔·莱蒙评价普鲁斯特的“玫瑰色”的主题思想时说,“玫瑰色”与笑声各自以不同的方式,成为表达欲望和官能最强烈的符号。③ 阿兰·H. 帕斯科重点研究了普鲁斯特文本中的“紫罗兰色”和“淡紫色”这两种颜色,并指出这些颜色与欲望的概念密切相关。④ 帕斯科在指出盖尔芒特公爵夫人、在布洛涅森林(Bois de Boulogne)漫步的奥黛特——都是与欲望相关的人物——被“紫罗兰色”和“淡紫色”等颜色包围之后,进一步展开论述,称随着《追忆似水年华》各卷的展开,作者对这些色彩的运用有减少的趋势。这里,笔者通过确认艾蒂安·布鲁内《普鲁斯特词语》(1983)计算得出的表达这两种色彩的词汇的使用频率,绘制了下一页的表格。

色彩形容词的这种减少趋势,表明了各卷中欲望主题思想的强度和变化。不过,这样的减少趋势并不限于“紫罗兰色”和“淡紫色”。例如,对于“绿色”,也可以有同样的看法。

---

① 《现代文学理论》,第 247—250 页。

② 参见土田,前引书,第 202—222 页。

③ Michel Raimond, *Proust romancier*, Sedes, 1984, pp. 75 - 76.

④ Allan H. Pasco, *The Color-Keys to A la recherche du temps perdu*, Droz, 1976, chap. IV.

普鲁斯特的色彩使用频率Ⅰ

	在斯万家那边	在少女花影下	在盖尔芒特家那边	索多姆与戈摩尔	女囚	逃走的女人	重现时光
紫罗兰色	17	7	6	1	5	1	3
浅紫色	18	7	9	5	1	0	3
绿色	16	15	13	13	3	0	5

普鲁斯特的色彩使用频率Ⅱ

	在斯万家那边	在少女花影下	在盖尔芒特家那边	索多姆与戈摩尔	女囚	逃走的女人	重现时光
黑色	43	50	44	33	33	11	30
白色	56	63	50	39	28	4	43
灰色	13	8	7	10	5	10	10

如果从这样的分析结果中拉出一条普鲁斯特色彩的主题线索，大体如下——在《追忆似水年华》中，随着各卷的推进，亮色系列的色彩呈减少趋势。反过来说，我们可以得出这样的结论：随着各卷的推进，文字逐渐被“黑”“白”“灰”等暗色覆盖。虽然这三种颜色一直频繁出现，但与其他亮色相比，它们在作品的最后部分出现的频率特别高。

叠加在逃亡运动与回归运动上的亮色与暗色之间的色彩关系，也体现在普鲁斯特喜欢提及的“光”与“影”交织的形象之中。一个秋日的星期天，因为早晨的浓雾而滞留在床上的主人公，被逃亡（离心）的自己，拉回到了遗忘许久的回归（倒退）的自己。晴天的太阳“光”本身就是绚丽耀眼的亮色。相反，雾气弥漫的清晨，不用说是一个灰黑色（暗色）的昏暗世界。此外，我们看到不同日子里“光”(亮色)与“影”(暗色)的交替,也起到了反映主人公心理动摇的强有力的晴雨表的作用。

> 因为人们会调和欲望以适应事物的新样态,所以所有自然景观的变化,都会给我们的内部带来类似的转变。睡醒之后,浓雾使我不再像晴朗秋日里那样总想着出门,而是只愿意退居室内。①

“鸟”与“色彩”——融合的主题思想

尽管主题批评的目的是在文本中找到单一的主题②,并呈现出统一的、首尾一致的解读,然而一个文本中可能有无数的主题,这些主题有时会以融合的方式交织在一起。在普鲁斯特身上,我们发现“鸟”和“色彩”这两个独立的主题体系之间,也存在相互融合的现象。在我上面引用的那段话中(第160页),“鸟”和“色彩”的形象就同时包含其中。进一步说,我们还可以不把这两个形象看作两个不同的主题,而是把它们放在(欲望的)逃亡和回归的同一主题视角下进行解读。当然,这两个主题体系之间的联系绝对不是排他的。另外,不用说,这种解读方法并不是唯一的定论。确定主题,讨论多个主题之间的融合关系等做法,并没有一个特定的原则,这只是每个读者从各自的想法和视角阅读和解读文本的结果。换句话说,主题并不是一开始就实

---

① Proust, *ibid.*, II. p346. 日译本相关段落选自井上译本,第五卷,第63—64页。

② 可以回想一下里夏尔分析的在马拉美的文本中感受到的“闪烁”,以及福楼拜文本中的“黏稠”,等等。(参见《现代文学理论》,第101页)

质性地存在于文本中,而是在阅读的过程中才开始浮现出来。

那么,可以说,试图对某个作者的文本主题做首尾连贯的解读,不过是创造了一个虚构叙事,所有的解读和诠释应该都是这样。正如德里达批判让-皮埃尔·里夏尔的主题批评一样,说到底,在主题概念中期求不可动摇的意义的一致性也许就是幻想。那么,作为一种尝试提出来的普鲁斯特文本中的"鸟"和"色彩"的主题思想,又如何呢?

总之,我们在阅读一篇文本时,心中往往会描绘某种主题,并急于抽取它。这未必是一种错误的态度。最重要的是尽可能在不同主题的交错中解读文本,在关注主题的一贯性的同时,也去关注主题概念中总是带有的**非连贯性**的姿态。(土田)

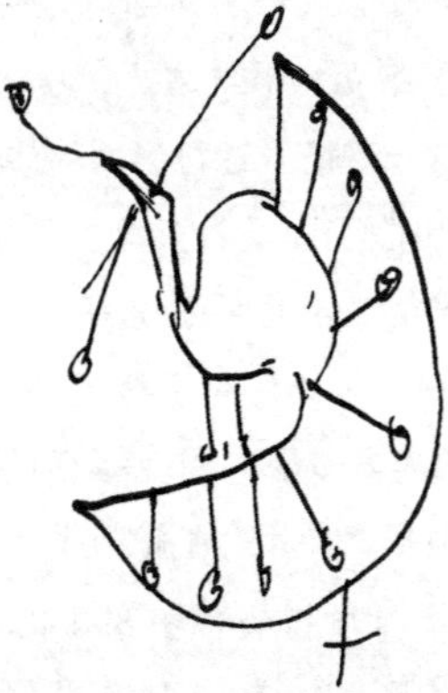

普鲁斯特在"在少女花影下"的笔记草稿中描绘的一幅孔雀图

据说这只爱炫耀、色彩绚丽的鸟,让人联想到一群没有定形的迷人少女

德里达对主题批评的批判

Critique derridienne de la critique thématique

据说“主题批评”作为一种分析文学文本的方法论大体成形，是20世纪三四十年代的事情。科学哲学家加斯东·巴什拉根据水、火、大地、空气四种元素对文学文本进行了分析。此后，巴什拉的研究，以60年代为中心，被乔治·普莱和让·卢塞等“日内瓦学派”继承，最终在让-皮埃尔·**里夏尔**这里集其大成。自处女作《诗歌与深度》(1955)以来，里夏尔写下了大量的优秀作品，但他在1961年出版的巨著《马拉美的想象宇宙》却意外地受到了众多批评。勇敢地攻击了这部可以被称为里夏尔主要著作的是“解构”哲学家雅克·**德里达**。让我参照皮埃尔·V. 齐马的优秀著作(1)来总结一下德里达批评的精华所在。

后来，德里达又出版了以马拉美为主要分析对象的著作《播撒》(1972)。他对里夏尔的批评，正是围绕着这位哲学家的关键词之一“**播撒**”(dissémination)的解释展开的。“播撒”一词，是马拉美本人在为英国作家威廉·贝克福德的作品《瓦提克》写的“导言”中使用的。马拉美使用“播撒”，作为与“语言的澄清”相对立的词，提出了“在黑暗和渺茫中播撒的文章”这样的说法。针对马拉美的话，里夏尔认为，“对抗意义的播撒，幸福的文字……能生动地讲述真实”。换句话说，里夏尔明显是用否定的意思，使用了“播撒”这个词。

里夏尔本质上是一位黑格尔主义者，他试图在马拉美身上找到“总体归一的”(totalitaire)诗人形象。对里夏尔来说，马拉美必须是一个在两种对立的元素之间彻底寻求理想平衡的诗人。并且，只有“隐喻”才有可能实现这种平衡。我们应该可以认为里夏尔所想的马拉美的“隐喻”思想,相当于黑格尔辩证法式的“扬弃”。

那么,在里夏尔眼中,马拉美的文本所具有的意义(论)的“总体性”(totalité)是如何建立起来的呢?他回答说,“正是中心题材的反复(itération)保证了主题发展的严密性”。这种想法类似于A. J. 格雷马斯所说的“同位素”(isotopie),以及J. L. 奥斯汀和约翰·R. 塞尔提出的“语言行为理论”中关于反复的观点。

对于里夏尔这样的“总体性辩证法”,德里达不会默不作声。在如题所示的《播撒》一书中,德里达讥讽里夏尔的主题分析是“柏拉图式的逻各斯中心主义”“心理主义、象征主义、新黑格尔式的情绪”,并严厉指责里夏尔“为了实现自己的统一企图,阻止和压制意义的播撒”。

与蔑视马拉美的“播撒”一词,坚持意义与主题的统一和一贯性的里夏尔不同,德里达强调意义作用的延异性功能,并在“播撒”一词中解读出积极的意义。换句话说,德里达在《播撒》中的工作就是将“播撒”一词从柏拉图—黑格尔—里夏尔的桎梏与束缚中解放出来。这样说并非言过其实。马拉美的文本没有一个最终确定的意义内容(signifié),也没有确定的指示对象(référent)。马拉美的文本是一个以模糊性和多义性为主导的宇宙,绝不可以将其还原和收敛为一个辩证法的“一”(l'Un)。因此,理所当然,对于德里达来说,里夏尔所拘泥的主题统一性根本不可能存在。

德里达轻易便否定了奥斯汀、塞尔和里夏尔之流的论点,即相同要素和中心题材的“反复”保证了主题的统一性,并起到了强化的作用。按照德里达的说法,情况正好相反。因为语言(符号)在各种意义上都是不均质的,反复反而会不断地降低其同一性。有一种游戏,将某个信息依次传给旁边的人,参与者比拼最后一个接收者收到信息的准确度,而这种游戏的灾难性结果表明了语言的散佚和混乱。语言之所以地位牢固,并不是因为其反复出现，而是由于反复修改、扭曲和无休止的错位。因此，不得不说，强行遏制这种语言的散佚（播撒）化运动，在统一和一贯性的美名下剥夺语言本身所具有的可能性的做法，是一种暴力行为。

然而，不应误解的是，德里达从未否认里夏尔所说的"主题"的存在。正如许多学者指出的，马拉美的文本中散布着"褶皱"（pli）、"白色"（blanc）、"蓝天"（azur）等无数的主题。当然，德里达也不否认这一点。所谓的主题的确存在。不过，把某个"主题"封闭在以"真理"为形式的概念化的"统一性"或"整体性"中，就有问题了。

例如，来看看里夏尔和德里达关于**"褶皱"这一主题**的观念的差异。为了使马拉美文本中反复出现的"褶皱"一词具有语义论上的统一性，里夏尔试图用"亲密性"（intimité）的概念将其进行概括——也就是将它们主题化。这样马拉美所使用的"褶皱"一词，无一例外地都与"亲密性"的概念联系在一起。

相反，德里达试图尊重"褶皱"这个词潜在的难解的正反两义性。正如柏拉图使用的"pharmakon"一词同时表示"良药"和"毒药"一样，"褶皱"一词也同时表示"处女性"和"夺走处女性的东西"。有时候，还有两者的意思都没有的情况。换句话说，"褶皱"这个词里不仅同居着不相容的、完全相反的含义，而且存在永远不能只选择其中一方的情况。这与结构主义语言学家格雷马斯和约瑟夫·库尔特斯所说的"**语义学的多义性**"的问题又有微妙的不同。格雷马斯所说的多义性，或称"多同位素"（pluri-isotopie），最终只是两个或两个以上不同意义（同位素）的共存。与此相对，德里达的"播撒"必须理解为两种意义之间不能共存、又不能背离的悬而未决的状态，换言之，这是语言内在永恒的困境。（土田）

（1）Pierre V. Zima, *La déconstruction*; *Une critique*, PUF, 1994.

似有若无

氛围与触觉的多维世界

◎川上弘美《踩蛇》《物语，将要开始》《神》《沉溺》等

※ 雅各布森的诗学
※ 话语的语言学和文学
※ 文本中的他者性

超越"沟通"

20世纪是"沟通"的世纪。各种交通、通信系统取得了巨大的进步,跨越了以往认为不可逾越的距离,人与人之间可以更加方便、频繁地接触,沟通想法,交流信息。但现在,人们发现这种"沟通"方式[①]已经达到扩张、细化、复杂化的顶点,开始意识到其局限性,并质疑其有效性。

肖沙娜·**费尔曼**的《言说身体的丑闻》[②]一书,以重读莫里哀的《唐璜》为形式,提出了一种以沟通的破绽为出发点的人类生存方式,是一部极富刺激的作品。正如她在这里作为理

---

① 在文学理论和语言学理论中,"沟通"构成了基础概念。一直以来,它都是依据"发送者"向"接收者"发送"信息"的模式。见《现代文学理论》第34页图。

② 立川健二译,劲草书房,1991年。译者立川健二在《诱惑论》(新曜社,1991年)等著作中,也探讨了反沟通的沟通如何成立。

论依据援引并明确指出的那样，精神分析理论家雅克·**拉康**的整个思想都是建立在“没有达到预期效果”的事情上的，J. L. **奥斯汀**的语言行为理论无非是通过明确施为句(performatives)的成立条件，反过来透视人们是如何被沟通失败的情况包围的。

川上弘美①的作品中所描写的，姑且可以说都是**反沟通**的情境。人物生活在与他者无法相容的状态中。所有的人在某种程度上都不可理解，彼此之间(“像隔了一层膜似的”)总有本质上的疏离和异质性。恋人之间都是打破平衡的关系②，他们的对话经常不合拍，有时语言完全不通③。一切都既“不清晰”，也不明白，完全无法理解。

然而，川上弘美所描绘的并不是与他者的隔绝。当然，川上不相信会有顺畅的“沟通”存在，不仅如此，她甚至没有把沟通失败和破绽意义上的“反沟通”作为问题。

如果说交流是传递(传送)某一内容的传达行为，或者说是

---

① 川上弘美(1956—)，毕业于御茶水女子大学理学院。做过一段时间的初高中教师，1994年发表《神》，获得帕斯卡文学奖，崭露头角。1996年，以《踩蛇》获得芥川奖。1998年以《神》获得紫式部文学奖、Bunkamura双偶文学奖。1999年以《沉溺》获得伊藤整文学奖。

② 比如恋人们的称呼几乎都是不平衡的。短篇小说《沉溺》中，(我)一般都是称呼对方男士的名字，而对方要么称呼姓或名(目崎小姐/樱小姐、毛利小姐/小卷小姐、桥场小姐/时子小姐)，要么完全不用任何名字[内田先生/你、榊先生/你(施压)、兜太先生/你(亲切)、由纪夫/君]，或者根本不称呼[(中泽先生/( ))]。

③ 举一个例子，“当我低声说着爱的话语时，这些话语在本城先生的耳朵里似乎被变换成了‘我在澳大利亚感到内疚哦’‘吞下夫妇套杯怎么样?’等句子”。(《物语，将要开始》)

双方沿着某种回路进行的交流①,那么,我认为在川上弘美的作品世界中所呈现的似乎是一种与“沟通”概念根本不相容的关系形式,它取消了人类在主体和客体上的二分法存在方式。

“裂缝”的出现——存在的事后性

在川上弘美的作品中,诡异的事物频繁登场。正如她本人称自己的作品是“谎话”那样,她的很多作品都是在非现实的设定下展开的。然而,川上弘美的作品,不同于描写奇异世界的幻想文学所特有的恐怖和内外合一的蛊惑,也不同于具有逃避现实或治愈的效果等空想童话,当然也与荒诞无稽的恶搞、以超自然现象为素材的神秘娱乐或科学探索等有某种不同的方向性。

在川上弘美的作品中出现了一个和我们有着不同生存基础的东西,它切断了和我们连接的回路,使我们不知道如何与其打交道,也不知道它在想什么,这里面的典型例子,我们可以列举《踩蛇》中的蛇。故事的主人公是个年轻女子,她叙述说,自己身边从某天开始,住下了一条蛇。故事以这个女人和蛇之间的奇妙交往为主轴展开,特别的是,蛇的言论和行为总是让人出乎意料。蛇烹饪主人公喜欢的食物,等她回来,当主人公打听它的真面目时,蛇装糊涂地回答说:“哦,我是希和子的母

① 英语动词“communicate”首先用作他动词(类似及物动词——译者注),表示“传递、传达”某事。此外,还有像“communicate with……”(与……沟通)这样作为自动词(类似不及物动词——译者注)的用法。这种用法在“The living room communicates with the dining room”(客厅通往餐厅)的说法中,也清楚地表明有某种“连接”的用法,或者说有“通道、电路”畅通的意思。这是大前提,包含了两个地方分别独立存在的意思。

亲啊。”（母亲还健在，在静冈。）之后主人公不断受到这种突然性的冲击。①

这部作品以这样一句话开始：“我在去绿荫公园的途中，在草丛中踩到了一条蛇。”隔了几行文字后，开头部分继续这样写道：

> 踩到之后，才注意到这是一条蛇。因为是秋蛇，所以行动缓慢吗？一般情况下，不可能踩到。
>
> 蛇是软软的，怎么踩，都感觉踩不到底。
>
> “被踩到了，就玩完了吧。”蛇说着，黏糊糊地融化了，失去了形状。如烟如云霭的暧昧之物缭绕了一会儿，蛇的声音再次响起：“玩完了吧”，接着现出人的形状。
>
> “被踩到了，没办法。”
>
> 这次它用人的声音说，然后快步向我住的房间的方向走去。变成了人形的蛇，看上去是五十岁左右的女人。②

并不是有意识地去踩蛇。不知不觉中“踩到了”蛇。“踩到之后”，才意识到蛇的存在，才意识到踩到了蛇。川上弘美的人物一般不会自己主动采取行动，注意到时，事情总是已经发生了。比如《消失》③中，哥哥从一开始就已经消失了。在作品的开头，哥哥已经消失两个星期了。爱情也总是在不知不觉中开始，意识到时，主人公已经不知为何私奔了。主人公们连自己说的

---

① 还需要指出的是，川上弘美的怪物们，总是在意想不到的时候，让主人公期待落空，却又常常带着某种幽默。这些异界之物的到来，造成了错位的互动——不同于男女恋爱中令人伤心的错位关系——总是让主人公和我们心生警惕，却在不知不觉之间，又缓解了紧张，解除了武装。

② 《踩蛇》，文春文库，第910页。

③ 同书收录。

话,往往都是在说了之后才意识到自己说出来了。“说出来后,就想‘糟糕’,‘说蠢话了’。但是已经说出来了。”(《老妇人》[①])主人公在这种事后性中第一次发现了自己。在《物语,将要开始》里,主人公捡到“雏形”(男人的——译者注)后,在回家的途中也是如此。

> 起初抱着他走,途中,我想到了什么,问他:“走吗?”“嗯。”他回答说,然后开始快步走起来。因为没想到他有智力,瞬间感到“糟了”,类似后悔的感觉涌上心头,但从自己转而又想“训练他排便和吃饭可能会轻松些”来看,一定是已经有了养他的打算。[②]

主体总是活在**对于自己的延迟**中。想要弥补这个延迟的反应是下意识的,但延迟是无法弥补的。一旦发生,就“完了”。一旦发生了,就“没有办法了”。这种**被动性**并不能消解不适感,而是作为一种决定性的东西放在那里。这也是为什么蛇说“没办法”时具有威胁性。这并不是蛇的认命,而是将无法处理的事态作为无法挽回的事情强加于人。

在川上弘美的世界里,日常生活呈现着无法消解的错位和裂缝[③],于是人们总是处于自身的错位中,被放置于自身出现裂痕的状态。川上弘美的神秘主义只是将这种**存在的事后性**暴露出来,成为主体接纳的契机。因此,怪异的事物并不是因为它的不

---

① 收录于《物语,将要开始》,中央文库。

② 《物语,将要开始》,第10页。

③ 尤其是《暑假》(收录于《神》)的主人公“我”,经常会被明显的“错位感”袭击。

正常,反而是以——近乎异常的——理所当然的样子依附于主人公。

前人称式的主体

川上弘美的所有作品①,都是以所谓的"第一人称"来写的,但在文中却几乎没有出现第一人称主语。

例如,《踩蛇》中写到"我住的房间的方向""我坐的地方"或"科斯加先生抬起头来,看着我"。作为修饰语或作为别人的动作对象,需要指明"我"时,也会出现"我"这个词,但是,作为主句主语的"我",却被小心翼翼地仔细避开了。

"踩到蛇"的是"谁"?"踩到之后,才注意到"的是怎样的人物?推测"因为是秋蛇,所以行动缓慢吗?"并左思右想"一般情况下,是踩不到它们的",又是何等人物?文本并没有说明。只有事态、行动、意识、推测和思考,通常应该事先设定的作为上述动作源头的"主体",在这里并没有以前提的形式出现。换句话说,仿佛没有"我",只有行为和思忖。事态的到访和随之而来的反应、意识和思忖,只是朦胧地——好像"如烟如云霭的暧昧之物"——隐约暗示和描绘了(应该被设定为"我"的)某个人的存在。在事件和想法出现的过程中,一种非显性的状态,部分地、暂时地"存在"着。硬要说明的话,在川上弘

① 除了一篇收录在小说集《祝贺》里的短篇《糊涂》,这里似乎在尝试用客观的第三人称来表现主人公——但这真的有效吗?此外,《神》中收录的《立春》(香奈枝小姐的故事)和长篇小说《恋慕》的部分内容(绿子的故事和姐姐的故事)大致也可以说是第三人称叙事,但都是在所谓"目击者类型"的第一人称故事框架中展开的。倒不如说,在这些例子中,故事大框架下的叙述人(我)和小故事本身的叙述人之间不可分割的融合,更耐人寻味。另见本书专栏"倾听-叙述"。

美的作品中,不能成为存在者的存在方式是由不被提及的"我"来表示的。

本维尼斯特极力主张,人的主体性只有通过进行语言活动才能产生[①]。当我在某对象面前说 je("我……")的瞬间,"我"就形成了。如果是这样的话,那么川上弘美的无主语文章,就显示了这种**人称化的主体形成之前**的存在方式。**前人称式的主体**,并不是本维尼斯特所设想的从正面与他者面对面的关系——向对象传放语言,认识和感知对象。"我"(下面我将这样写川上弘美的前人称式的主体)处于没有将对象放在正面视野内的旁侧[②]的位置,是一种以整个身体(通过触觉或整体氛围)横向感知(Latetal)关系。

《那年夏天,宁静的海》(导演:北野武)只能分享氛围的两个"横向"的人
本片通过一对聋哑恋人,温情而又忧伤地描绘了和"沟通"不同的关系方式

① 法国语言学家埃米尔·本维尼斯特(1902—1976),参见《现代文学理论》中的"话语的语言学和文学"一节。

② 与"熊"并肩行走、散步,特别是在河岸上共进午餐,完美地展现了川上弘美作品中人际关系的基本位置(《神》和《草地上的午餐》,都收录于小说集《神》)。在川上弘美的作品中,人与人几乎都不处于面对面的位置关系。情侣们经常是在被子里,躺在对方的侧边,凝视着空中。

“氛围”的关系——主体和对象的“相互包含”

川上弘美这种对人的把握方式，惊人地呼应了**梅洛–庞蒂**[1]的思想。

莫里斯·梅洛–庞蒂通过其全部思想活动试图阐明主体与对象之间相互关联的方式，如果说日语中有对应的表达，那就是极其暧昧的“感到、感知”之类的词语。遗憾的是，这把法语的sentir（感到，感受）一词，归结为了通过sens（五感，感觉器官）来捕捉对象（percevoir，感知，抓住对象）的行为。这种感知的代表就是视觉。感知主体超验性地把身体放在与世界不同的次元，通过将一般用箭头表示的光线一样的视线投放在间隔一段距离的对象上，来捕捉回应这个感觉器官的信息信号。这就是我们通常以西方思维感知、感觉到的（面对世界的）意识模型。

但是，梅洛–庞蒂试图弄清楚我们（作为具有身体的存在）存在于这个世界的所有的意义归结。主体（我）对对象（世界）的感知不可能是一种“客观”的感知，主体的感知行为（只能是一种活着的“体验”，而不是获取抽象信息的活动），就是“扑通把锚抛入”对象，把“身体沉入”对象中。[2] 我们永远无法成为相对于世界的超验的主体。在感知的接触行为中，主体不可能在与对象相互隔绝的地方独立存在。并且，在感知事件时，主体会不由自主地被感知对象改造，对象也同样如此，因此，主体与对象，是一

① **莫里斯·梅洛–庞蒂**（1908—1961），法国思想家，在身体论、知觉论、时间论和主体间性等理论方面开辟了新的领域，将现象学推向了一个新的维度。主要著作有《知觉现象学》《符号》《眼与心》以及遗稿《可见的与不可见的》等。

② 参见《知觉现象学》，1、2两部，竹内芳郎、小木贞孝译，美玲书房，1967年（另外还有中岛盛夫译，法政大学出版社，1984年），第一部。

种相互“**包含**(implication)”(**互相嵌入**)的关系。

那些深入思考这种主体与世界的混合的人,认为世界的感知是整合了各种感觉的、更加包容的活动,尤其和对“意义”的感受不可分割。① 对世界的全部感知——将五感和超越了五感的各种感知能力结合在一起,说到底,不过是本人用某种意义模糊的接收方式与世界接触。主体和对象并非独立存在,而是作为主体与对象同时存在于对事件的感知行为中,也就是梅洛-庞蒂所探究的那种自我与他者之间的接触。在川上弘美的世界里,这被她用文学关键词“**氛围**”表达出来。主人公不是通过视觉把握对象,而是通过感知轮廓全失的对象延伸出来的“氛围”来接触对象。②

如果在川上弘美的文本中寻找“氛围”,是没有尽头的。即使没有使用“氛围”,主人公们也是以感知——特别是感知氛围——的方式,与他者接触并生活着。在《寻坟》③的开头,“我”从留言电话的两段没有说话声的录音中,听到了姐姐的呼吸声,尽管想到了恋人,却不是通过他在电话里的声音(因为事实上他

---

① 如下面的引文所讲,梅洛-庞蒂把这称为“**相貌知觉**”。一般来说,相貌知觉是指给无生命的自然物赋予人的面孔的现象,如感觉到月亮在微笑。这被认为是智力还发育不全的儿童和原始人所特有的。然而,梅洛-庞蒂认为,这种感受方式显示了人类存在的根本方式。在他看来,对于人类,世界不可避免地具有“意义”和“化身”(s' incarner),因此,世界具有“相貌与表情”(physionomie)。在体验这种世界的相貌的显现之前,其实并没有所谓主体的存在。

② 梅洛-庞蒂说我们的视觉(或感觉)能力比我们能看到的更多。我们通常会看到物体的深度、质感、柔软度、硬度,甚至气味(《意义与无意义》,泷浦静雄等译,美玲书房,1983年)。本节我将重点讨论川上弘美作品中的“氛围的感知”,它并不是凭借特殊的灵感或者感受性才成为可能,而是一种整合了所有感觉能力的非常平常的活动,就像梅洛-庞蒂所说的“视线的触觉”。

③ 收录于《物语,将要开始》。

是个不爱说话的人)，而是通过自己和对方之间的沉默(《老妇人》)感觉到的，在对“氛围”的感知中，注入自己这边的推测，从而建立与对方的关系。可以说，在《神》的诸短篇中与未知事物们的互动，在《沉溺》的各篇里与难以捉摸的恋人们“不明确”的黏黏糊糊的关系，体现的都是通过氛围感受到对方的存在和意义。对方的存在，只有通过句尾和态度引发的无休止的反复思量——而不是一下子把对方的全貌放入视野，抓住核心——才能勉强在碎片中摸索得到。不，相反，正是这种不确定的感受和主观推测，才强烈地构成了相对于主体“我”的对象的存在；无法得到客观证实的来回推测，或许才证明了关系的建立。①

换句话说，对**氛围的感知**，是主体和对象之间相互强烈塑就的。让我们想想梅洛-庞蒂的话：

> 换句话说，通过这种主体与对象之间的对话，主体重新捕捉对象中散乱的意义，对象一方也反过来重新捕捉主体的意图。这就是相貌知觉，也就是在主体周围创造了一个世界，这个世界向主体诉说着他自己，主体自身的各种思考也被安置在这个世界中。②

氛围，如果没有感知它的人，就不能说它是存在的，在感知氛

① 举一个典型的段落。“本城先生说，‘差不多了吧’。差不多了吧，是什么意思？我想是差不多该挂电话了，但也可能意味着我们的关系差不多该涨潮了吧。虽然在本城先生的语气中一点也听不出‘涨潮’的味道，但我还是忍不住思前想后。我既不是怕涨潮，也不是期待涨潮，我只是在思前想后。而本城先生敏感地察觉到我在思前想后。”

② 参见《知觉现象学》1，第223页。译自 Maurice Merleau-Ponty, *Phénoménologie de la perception*, Gallimard, 1972, p. 154.

围时，主体——如果是另一个人，应该会有不同的感知——被定义为只是感知特定氛围存在的人。氛围的感知，**是主体和对象成为互补性存在的契机**，是不可替代的交互主体性在每一次实现时的必要事件。

内属关系——向肉体内部的参与

梅洛-庞蒂为了表达主体和对象交织在一起的存在模式，打破常规，把动词 habiter（居住）作为他动词（类似于英语中的及物动词——译者注）使用，而不是自动词（类似于英语中的不及物动词——译者注），并且指出 Le corps *habite* l'espace et le temps（身体居住在时间和空间中，居住的同时自身也作住处）。[1] 这并不意味着自律的身体居住在独立存在的时间或空间的“里面”，而是通过住的方式，空间和时间与主体一起被编织，主体与对象、主体与世界实现了真正的“**共存**”（coexistence）。

川上弘美的文学之所以别具特色，正是因为这个“共存”总是以主体**被某物入住**的形式表现出来。主人公们就是被入住的处所，他们只有被某种东西造访，而且只有在与这种身份不明的东西的关系中，才会形成**作为现象的自我**。被蛇入住的《踩蛇》中的“我”自不必说，捡回“雏形”的《物语，将要开始》中的“我”，从梨地带回来三只叫不出名字的像是小动物的东西，并让它们住在房间里的《暑假》中的“我”，《不会放手》[2]中的从住在楼上的榎本先生那里得到一条美人鱼的“我”，全部都是被居住者。

---

① 参照《知觉现象学》1，日译本第 235 页。不过，句子的主语是接受 le corps 的代词 Il。

② 收录于《神》。

《寻坟》中的被各种祖先和亲族附体的姐姐,也表明了被他者入住的主体。①

被入住的"我",与那个住进来的东西相互"**融入**","融为一体了"——这就是川上弘美的世界中人与人之间的关系的基本形式。"我"不去质疑到来之物的特征和本质(这也是一般的志怪类小说与川上弘美作品的最大区别)。在自己的场所,造访的他者和自己共同居住,唯一重要的是融合的事态。② 而这已经是官能性的了。即使蛇没有在"我"脸上蹭来蹭去,与"我"缠绕在一起,引诱"我"进入陶醉的心境,即使"我"没有和雏形的三郎拥抱,陷入不正常的、扭曲的恋爱关系,但彼此融入,相互嵌入对方的肉体后,依然能实现**情欲的交融**。

因此,川上弘美的主人公们,往往会把他们依恋的对象——它们不知何时已经成为"融入"的对象,与主体陷入如胶似漆的关系中——名副其实地**带到自己的肉体里面**。川上弘美描写的许多超自然场面(**他者都成为自身的一部分**),无不呈现出这种强烈的"内属"(inhérente)情感。他者入住自己肉体的同时,自己也对他者形成了归属,通过与他者共享自己的本质,反而实现了自己强烈的独特性,这也是对自身的一种融解。

在《踩蛇》里,当"我"无法再从与蛇的关系中解脱出来的时候,就体验到了这种融合。无数的小蛇从房间的各个角落爬出

---

① 和我们住在一起的不只是人。在《惜夜记》(收录于《踩蛇》)的开头,我们读到:"感到背上发痒,原来夜色浸入了一点点。"与这个"夜"一样,川上的人物也都处于被"因为没有实体而到处游荡,难以把握、令人困惑"的不可理喻的东西蚕食、占据身体的一部分的状态。主人公没有揭掉它们的方法——"越抓,黑暗越浸入背部,越浸入,越痒"。

② 梅洛-庞蒂认为,所谓"习惯",就是"身体被一个新的意义浸透","所谓习惯的获得,是身体图式的重新组合和更新"。(《知觉现象学》1,第239页)

史云梅耶,原物体艺术品《恋人们》
(1996 年,《炼金术系列》,摄影合作:切斯基·凯)

来,顺着我的身体,从耳朵进入"我"体内。蛇变成了液体,从外耳道向里流,黏稠性不断增加,不断向内耳流去。化为水的蛇(其感觉、声音、形象)充满了"我"的脑袋,蔓延到全身。"我不会变成蛇类",虽然如此抗拒着,但蛇在"我"伸展的身体的"每一个部位上毫无遗漏地四散着游走"①。

《惜夜记》是以"我"和"女孩"之间的**相互变身**为主线的片段集。当我亲吻这个在深夜遇到的身份不明的少女时,少女开始萎缩,变成了直径一厘米左右的东西,最后变成了一个珍珠球。在珍珠的里面映着少女的脸庞,那眼睛里面又映出少女,"我"不由自主地把这颗出现了无数的少女的珍珠球装入体内。

> 把珍珠含在嘴里,放在舌头上片刻,然后吞了下去。
>
> 无数的少女从喉咙降到腹部,通过血管传遍全身。行将爆裂的快感在身体里汩汩涌动,此时头发突然生长起来,停

① 《踩蛇》,第 50 页。

> 止的时间开始流动。
>
> 时间不断流动,直到少女的残片到达了身体的各个部分。少女被碾成了比颗粒还要细微的东西,在体内流转。随着每一个巡回,少女被均匀化,相互掺和,最后,已经分不清少女是自己,还是自己是少女。分不清楚的时候,才开始对少女产生爱意。感觉自己好像在爱着①一个分不清是少女还是自己的人。②

融入,就是委身于自己与他者的融合,在保持双方异质性的同时,陷入一种界限不明的混合状态。活着就是一边发生关系,一边活着,所谓关系,既是沉浸在他者之中,也是自己被**更新**,成为自己也无法确认的存在。③

触觉文学

正如我们已经明确的那样,川上弘美的文学作品极富触觉感。视觉信息极度贫乏,身体知觉和体内感觉覆盖了文本。对事物和人物的描述不是用视觉语言,而是用触觉或身体感觉的

---

① 此处的"爱"标注了发音,意思是"为……心痛"。(译者注)

② 《踩蛇》,第118页。

③ 然而,在这种习惯性下,身体将不得不再次接受新的更新。特别是像《神》中的各短篇小说那样,川上弘美的所有故事都是无情的分离(连记忆都消失了)。另一个次元的异类物质到来后,无论如何渗透主体的肉体,都会不断地显现出作为异类物质的龃龉,最终不得不被剥离掉。就像细胞里被编入了死亡程序一样,在川上弘美的世界里,分离作为人际关系的本质,即一种"内在的"(inhérente)东西,事先就已注定。所有的相遇和执着之所以一开始就呈现出一种悲哀的色彩,一定是因为这种毫不留情地被预先写入的**细胞凋亡**。

语言。蛇“黏糊糊地”融化了。与我深交的男人们，必定给“我”留下蛇一样的“全身起鸡皮疙瘩”的感觉。主人公们总是被各种物或人摸来摸去，或是互相抚摸、摩擦。“我”的身体膨胀后，被仅仅是“氛围”的哥哥激烈地亲吻，摩挲手腕，就像一个装满水的袋子一样“鼓鼓地、愉快地摇摆”。恋人很快就变得“黏黏糊糊”。在房地产中介面前将手放在“我”“湿漉漉”的手上的榊先生，是“我”的殉情对象，一直执着用“黏黏糊糊”的语气挑逗我。中泽先生是一个让“我”“痛苦”的人，顺着手腕淌下的枇杷汁，在他的命令下，“我”舔舐了，“黏性”却没有消失。香奈枝迷上了能把自己“咕噜咕噜”“卷到”“再不能卷下去”的男人。雷雨之下的熊，用熊体的“温暖和湿气”将“我”紧紧包裹。一个颤颤巍巍地长了白毛①的梨的精灵，被“我”裹在掌心带回来，一直触摸着“我”的身体。“我”的舅舅变成幽灵出现，一边慢慢咀嚼生前最爱的带皮蚕豆，一边赞赏，应该不是因为蚕豆的味道，而是因为它的触感。②

试图用语言符号这个本质上空无的工具让“世界”显现的文学，一直向往绘画，也一直试图成为绘画。把事物或人活灵活现、绘声绘色地描绘出来，是文学作品过去一直背负的课题。

但是我们必须将文学**去视觉化**，将文学转向触觉的阵营。不，整个艺术现在需要开拓触觉的新次元。这里介绍一位激进

---

① 这种“白毛”也是一种比较有触觉感的表达。见本章 P177 注①。

② 近期的作品也是如此。通过触碰对方的身体才知道自己的身体是冷还是热，“我”怕是离不开章子了。(《我喜欢冷》) 多年以前，和竹雄还未分别，浑身散发着“滑溜溜”的味道的竹雄用柔软的手掌握住“我”的右手，左手掌心在口袋里攥着发出微弱声音的草莓牛奶包装纸。比赛结束后，“我”在棒球场的看台上——和竹雄并排——不知所措地坐着。(《夜的孩子》) 这两篇都收录在《祝贺》中。

地主张开发“**触觉想象力**”的捷克电影人扬·**史云梅耶**①,他成功将电影这一高度视觉化的艺术媒介转化成了最强烈的触觉表达场所。通过引用他的触觉思想,应该可以阐明川上弘美文本中无处不在的触觉意义。对于为什么必须探讨在艺术史上一直被排挤的触觉(身体感觉)问题,史云梅耶做了如下的论述:

> 身体感觉,在所谓的高层次感觉中占有特殊的地位。视觉和听觉是完全客观的感觉,而味觉和嗅觉则是主观的感觉。触觉某种程度上介于两者之间。换句话说,它一部分是客观化,一部分是主观化。当我们触摸某样东西时,我们会把这种印象投射到外面,投射到自己的外部,但同时我们也会感知到自身的触感,自己皮肤的触感。这意味着,触觉可能在克服“主观与客观”的冲突中发挥重要作用。也许正是因为触觉长期以来在所有感官中最被实际功能束缚,不能仅仅因为实用的原因而“美化”自身,所以它与世界保持着某种原初的“原始”联系。当然,除此之外,身体的感觉也是在性爱中发挥作用的最重要的功能之一。这一事实也可以算在里面。这种尚未被审美规范干扰的“原始状态”,以及触觉性知觉体验的本能状态,总会在我们进行联想时,将我们引向潜意识的最深处。在所有感觉中,触觉可以说是最适合于现代艺术功能的感觉了。②

---

① **杨·史云梅耶**(1934—),捷克创作艺术家。因发挥捷克动画传统做出了众多独特的视觉作品,成为当今最受瞩目的影像作家之一。而他从早期开始就参与了戏剧、造型美术、诗歌创作等诸多领域的前卫探索,是捷克超现实主义派的主要成员。

② 《论触觉》,杨·史云梅耶《史云梅耶的世界》,赤塚若树编译,国书刊行会,2000年收录,第182页。

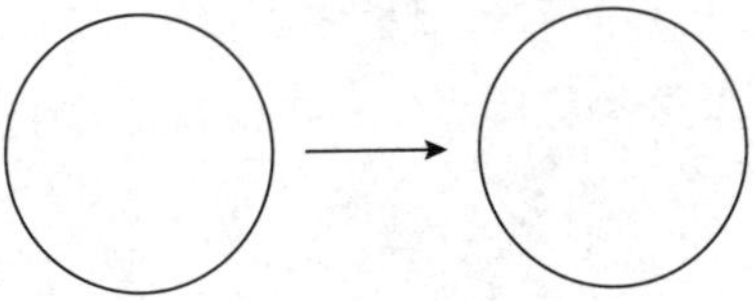

视觉以及“沟通”的图示

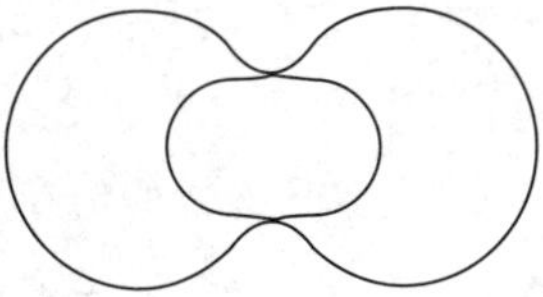

触觉以及“氛围”和“融入”的图示

人与世界之间的某种“原始、原初的”连接状态，长期以来一直隐藏在我们视线的背后，只有通过字面意义的“触知”才可能出现。梅洛-庞蒂始终坚持认为，触觉向我们揭示了一种既非主观也非客观、处于中间的存在方式。史云梅耶一直在推动一场以触觉为活动中心的艺术革命。作为活动之一，他创作了一件新的艺术作品“触觉的对象”，让“感知者”（已经不再是“观众”）将手伸进一个盖着黑色袋子的盒子，去触摸里面的东西。当然，这种“触觉艺术”的本质的重要性，是通过它与视觉和听觉艺术的对立[①]来说明的。换句话说，绘画或乐曲，不会因为聆听和欣赏的活动而发生任何变化，也不会增加任何东西。作品被接受后，仍是其本身。

> 触觉物的情况则不同。物体在每一次触摸中都发生了变化，由所有触摸它的人的情感注入而变得丰富。换句话说，不仅是手指最终在对象或物体的某些部位上留下肉眼可见的痕迹（污垢、脂肪、变光滑的表面等）这种明显的外观变化，在情感的层面也会发生变化，并逐渐丰富。这是因为，无

---

① 想增强触觉以及身体感觉，隔绝视觉是有效的。史云梅耶在报告中介绍了为测试自己的触觉能力，光着身子、蒙着眼睛，在家里走来走去的冒险行为。（《触摸的日记　节选》，同书收录，第 179—180 页）

论什么方式，只要采用感官能感知到的触摸方式，就会把一种情感“投入”触觉物中。触觉物就像感知者在接触过程中投入自己感情的储存库。①

请注意，这里不只是说看和听是通过与对象隔离而实现的完全被动的行为，触摸更是以与对象的物理接触点为媒介的相互作用。通过触摸，被触摸的对象不仅发生了有形的变化，而且还产生了无形的附加，触摸者的情感被转移到了其中。触摸对象会不断积累这样的情感。触摸本身就是一种**情感现象**。当我们接触到一个对象②时，我们与它分享了感情，也接受了沉积在它身上的感情。如果说触摸是一种相互的作用，那么通过触摸和被触摸，主体和对象之间就会发生对等的**内在情绪的相互流露**。

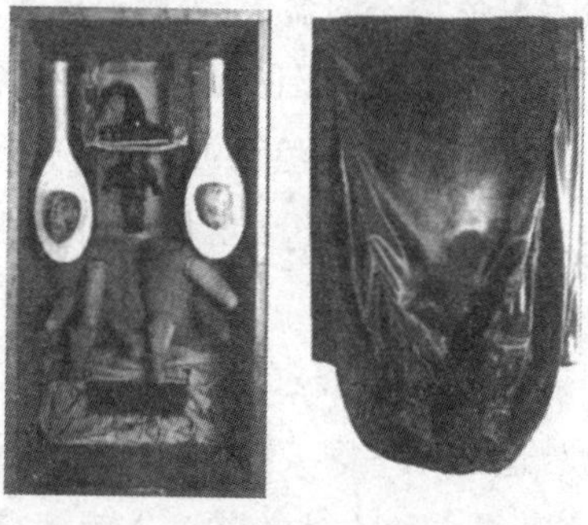

“触觉的对象”，将手伸进臂袋，触摸里面的东西
(右)外观实例，(左)内部实例(摄影合作：切斯基·凯)

我想在这里确认一下，视觉图示正是我们在本章的开头部分提出质疑的“沟通”图示。因此，对于认为人与人接触的“原初状

① 《触摸的日记 节选》，同书收录，第 180—181 页。
② 此处的“对象”标注了发音，意思是“物”。

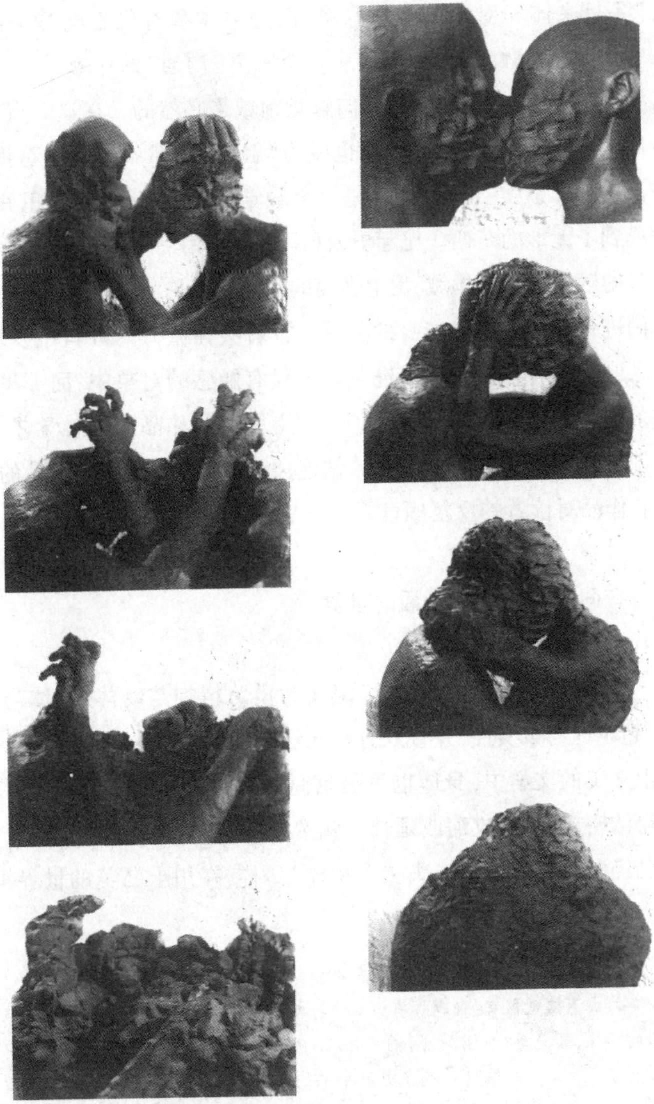

史云梅耶《对话的维度》(1982)中的第二集“激情对话”

(取自 DVD《史云梅耶的神秘世界》,达格雷欧出版公司发行,摄影合作：切斯基·凯)

态”不是主体和对象的线性联系,而是主体和对象之间“相互嵌入”、“氛围”“融入”的作家——一个脱离“沟通”的作家——川上弘美来说,文学从视觉领域转向触觉领域是必然的。在这一点上,我们还应该注意到,作品本身也成为“触摸”的对象。文学对我们来说,不是“欣赏”的对象,而是一个触觉体验的场域,在这里我们触摸到了无形的东西。比起史云梅耶的影像作品反过来成为极度夸张的触觉体验的场域,川上弘美的作品更像是“触觉的对象”,让我们进入了一种相互变身的关系。读者会在微微的颤抖中发现,自己已经将内心情绪渗透进了这个只有触感的对象中,而那里也成了“投入自己情绪的储存库”。川上弘美的作品作为触觉艺术,所创造的是读者与文本之间的粘连关系,也就是读者对作品的栖息和作品对读者的反复栖息。①

无与有同时存在——矛盾的世界

正如梅洛-庞蒂将“身体”定义为横跨精神与物体、主体与客体、超越性与事实性,并且双方都无法还原的“两义性”的东西,在川上弘美的文学中,身体也不是我们自己的物理基础。身体可以变得浓密或稀疏,收缩或延长。就像《踩蛇》中的蛇在作品一开始就已经“黏糊糊地融化,失去了形体”一样,在川上弘美的世界里,

---

① 我想提醒的是,川上弘美一直对“洞”情有独钟。在被吸进的黑洞内,一整个身体成为感觉器官,触觉拥有绝对的特权,正如短篇小说《老妇人》的主题所暗示的那样,那里是“氛围”的场域。对川上弘美来说,掉进这个洞里的运动应该是对文学行为本身的隐喻。就像短篇小说的主人公沉浸在“老妇人和自己的混合氛围”中,或者与好像已经死去的“无数个老妇人的全部氛围”产生共鸣一样,我们读者也可以通过陷入文学这个视线被封闭的世界,遭遇作品内部沉积的作者或无数读者的情感,被那些可能有也可能没有的暧昧事物渗透。

存在的东西很容易发生形态的变化，并且变成无法理解的东西。①

就这种“无形”而言，川上弘美文学的特点，是频繁出现没有身体的人。当然，在《消失》中，那个感叹“没有身体，好孤独”，消失后只剩下氛围的“没有实体”的哥哥也是其中之一。像我们之前已经看到的那样，在《惜夜记》中，因为没有故事的约束，川上弘美试图捕捉的不确定的存在形式被直接呈现出来。在某个片段中，“我”和“少女”都成了完全失去实体的，没有存在的存在。

> 已经有一阵子没有质量了。感觉如果没有质量，就不存在了，但我知道自己确实存在。真是不可思议。
>
> 不仅自己存在，那个少女也就在旁边。少女也没有质量。在什么都没有的地方可以听到少女走动的声音。因此，我知道少女在那里。②

这是一个彻头彻尾的悖论，但这种没有却有、有却没有的状态③，换句话说，**存在与不存在的可逆组合**，才是川上弘美的关系主体最基本的方式。

川上弘美让“已经死去的人们”登场，并不是基于一种灵异的爱好，应该是为了阐明在身体的物质基础之外，还有别的关系

---

① 需要注意的是，这种蜕变并不会带来存在主义式的厌恶和恐惧，而是让主体时时刻刻都陶醉其中。蜕变作为人类的基本样态被积极接受。《爱怜记》中被半透明的膜包裹着陷入休眠状态的姐姐的恋人乙彦，进一步“开始变化”，成了不明何物的“另一样东西”，但据替他说话的“类似乙彦的影子的东西”的报告，似乎“变成不明何物的东西的感觉很好”。

② 《踩蛇》，第112页。

③ 私奔对象毛利先生虽然和“我”在一起，却又好像去了什么地方。极度心不在焉，即使吃完了饭，也“还不在那里”。我依偎着这个不在的毛利先生。（《沉溺》）

性的存在方式。《花野》中登场的五年前死去的叔叔,《圣诞节》[1]中因对方痴情纠缠,被刺死后一直生活在罐子里的小住澄子,都是不存在的存在。**好像有**(物质的存在——译者注),**又好像没有;好像存在**(生命的存在——译者注),**又好像不存在**。他们之所以存在,并不是作为一个实体存在,而是一种关系而已。这方面最典型、最让人痛彻心扉的是短篇小说《百年》[2]中"死了很久"的"我"。

"我"好像已经死了一百多年了。自从"死了,变成空无"后,"我"对于殉情的爱人榊的思念,比活着的时候更强烈。他活了下来,度过了八十七岁的生命。然后,他死了,"彻底地消失了"。虽然从那以后已经过了很久,但"我"还是会想着他。我一边想"现在我已经死了,变成空无,连我想的事情或许也不是真的存在"[3],一边依然怀着对榊的深深思念。自己不在了,对方也不在了,"我"甚至不记得自己和对方之间存在着怎样的"粘连"。只有"强烈的思念"依然存在,无法完全消失。这种连实形都不具备的、**无休止的思念**,甚至连主观情感都称不上——人的存在仿佛用悬在半空中的关系构成,这正是川上弘美通过她的所有作品不厌其烦地要告诉我们的。

虽然我们可以接受在主体和对象相互嵌入之前,主体和对象都不存在的事实,但我们不容易接受在主体和对象消失之后,只有这种相互嵌入的事态继续存在的无边无尽的悲哀。然而,**关系的存在**,就已经意味着我们把自己建立在了一个既非自我、也非他者的地方。如果我们承认意识本质上是在主体间生成的,那么我们

---

① 收录于《神》。

② 收录于《沉溺》。

③ 同上,第 132 页。

也必须承认,作为意识主体的我们,当然生活在一种自我基础本质上已经消失的状态中。所以,事实上,我们的存在(意识主体的确立)与我们的不存在(自我一切实体基础的消失)是不可分割的。

> 我们如何与这种存在又好像不存在、不存在又好像存在的荒唐可笑的状态抗争呢?(《惜夜记》①)

但是,仔细想想的话,在日语中,"没有"本是一种积极(positive)状态②(或许川上弘美的日本趣味就来源于此)。"没有"不是"有"的否定,"没有"是一种存在方式。承认"没有"是"有"的一种形式,接受所谓有却没有,或以"没有"的方式存在,即使不是沉浸在西方逻辑中的大脑,也会感到厌烦、气愤,有时还伴随着难以抑制的悲叹。后期梅洛-庞蒂通过极其困难的思考所提出的**否定存在论**,在川上弘美那里,通过一种我们早已沉浸其中的苦恼状态,被反映了出来。

这些川上弘美的作品,可以说是通过小说使"**矛盾**"**显现化**的尝试。让·弗朗索瓦·**利奥塔**③的后现代思考的特征是描述带着破绽的世界④,事物和现象"不是本质的定义,而是相互作用

---

① 《踩蛇》,第131页。

② 在古语中,"あらざり"(没有)是由"あらずあり"(没有有)转化而来的。所谓无,就是存在于无的状态下。

③ **让·弗朗索瓦·利奥塔**(1924—1998),法国思想家。

④ 利奥塔认为,后现代科学是一种"对不稳定性的探究",以"特异性"和"不可调和性"为中心。举一些例子:在一维与二维之间有一条不连续的自我相似曲线,这种令人意想不到的形式成为分形(fractal)研究的重点;研究不可避免的破绽的发生的灾难理论;悖论学所应用的双重约束理论。通过这些悖论式的理论,"悖谬"(paralogy)由此而生。

的计算”①,这成为从20世纪向新世纪过渡的我们的课题。而川上弘美的作品,把这些偏离逻辑的人类生存法则、关系法则理所当然地摆在我们面前。当**充满悖论的世界**突破了通常的逻辑样貌而显现时,我们不可避免地陷入了一种无尽的困境之中,并产生某种解脱感,对于这个世界,我们无法抵抗,沉迷不已。川上弘美的作品,作为一种神奇的装置,让我们从触觉上体验到了各种各样“不成形”的东西。

① 《后现代条件:知识、社会、游戏》,小林康夫译,水声社,1986年,第153页。

克里奥尔文学

Créole

“**克里奥尔**”一词，今天被广泛用于描述复杂的种族群体、语言和文化的复合状态，从狭义上讲，它是指在法国殖民地，特别是在加勒比海的法语圈（如马提尼克岛、瓜德罗普岛、海地和多米尼加）发现的文化复合的各种现象。这个地区的特殊情况，非常有趣。

在加勒比海的岛屿地区（小安的列斯群岛），17 世纪中叶，欧洲人从英国、荷兰和法国来到这里（法国人的殖民统治开始于 1625 年）。在接下来的三四十年里，原住民加勒比人全部灭亡。黑奴作为劳动力，从非洲大量“输入”。于是，一个由白人殖民者和黑人奴隶（Negro）组成的社会诞生了，**没有一个**世代生活在那里的**纯粹的“本地人”**，只有外来人。

很快，在白人殖民者的控制下，形成了大量黑人作为奴隶从事甘蔗种植的公共生活“聚居地”（种植园）。为了不让非洲黑奴团结起来，他们被刻意地从不同的部落聚集在一起。在语言不通的情况下，他们捡拾主人的话语作为交流的手段。就这样，在法国人开启殖民统治后的 17 世纪，仅五六十年的时间里，形成了现在的克里奥尔语这一混合语言。虽然语法结构和很多词汇脱胎于法语，但也发生了很大变化，来自非洲各民族的语言要素混杂其中，克里奥尔语成为这个地区的生活语言。对于那些在加勒比海作为奴隶的子孙出生的人，克里奥尔语是他们的母语，这种完全由外地的语言组成的混合语言是他们唯一的语言。

有趣的是，1848 年废除奴隶制后，“生来流离”的克里奥尔现象，反而更加明显了。解放后，他们被分配到的角色，甚至还没有

"奴隶"这个"身份"具体。多元文化主义者帕特里克·**夏穆瓦佐**的《**德士古**》[1],精彩地描写了至今从未被讲述的许多黑人从奴隶状态到城市流浪者的转变。对于19世纪中叶后出生在该地区的黑人来说,非洲作为17世纪第一代奴隶的出生地,早已不是种族、语言和文化的起源地。在1946年实行省制,安的列斯群岛成为法国的海外省之前,他们也不是正式的"法国国民"。克里奥尔人"对于自己是什么茫然无知"[2],没有自己的归属。然而,被世界放逐的他们,从20世纪90年代起,开始积极"宣告"自己的存在方式。

应该指出的是,"克里奥尔"(来自西班牙语)一词,最初是用来区分殖民地出生的白人殖民者的后代和法国国民的称呼。例如,在乔治·**桑**的小说《**安蒂亚娜**》[3](1832)中,主人公安蒂亚娜首先被定义为"克里奥尔"(出生在殖民地的法国人)。这个情感丰富、充满魅力的女主人公出生于波旁岛(现在的留尼汪岛,位于马达加斯加以东的印度洋上)殖民统治者的富裕家庭,并在此长大,但她嫁给了年纪颇大的德尔玛上校,后者在巴黎盆地以东的多山的农村(布里地区)有一处领地。在那里,安蒂亚娜爱上了年轻的社会名流莱孟。故事是通过"法国"的三个不同空间——乡村、巴黎和殖民岛之间的对比和移动展开的。这个在感性和灵魂上比任何人都高贵的年轻女子,在法国本土作为法国亚种(印在她的棕色皮肤上的)"克里奥尔人",无法摆脱潜在的绝对歧视。她(有着"印度女人"的象征性名称)被暴虐的丈夫当作物品,被情人残忍地玩弄,在自杀未遂后,与儿时的忠实伙伴撒·拉尔夫一起逃回了故乡。但在本应是她的大本营的那个永远的夏日小岛(对于她所拥有的法国文化来说,这里深具异国情调,终究是异质的环境)上,她作为一个将权力寄托在遥远本国的少数统治者,却不得不将自己孤立起来。安蒂亚娜的悲剧,可以理解为相对于文化中心而言，她被赋予了边缘的位置，作为不具备自我主张的**边界杂交文化**，受到了宿命性的压迫和排斥。

相比之下，今天的“克里奥尔语”，正如**西谷修**所指出的那样，最大的特点是，它是一种自我表达。安的列斯群岛的黑人们，将自己定义为在任何地方都没有起源的人，出生在**多元**交汇之中，正因如此，他们高调地宣称，只有他们自己才可以成为世界的典范[4]。

在这个克里奥尔的宣言的指导下，他们高度肯定了自身的**复合性**，从而试图唤醒全世界人民所具有的复合性。因此，应该指出，克里奥尔人的运动与**民族运动**完全相反。如果说民族运动是一场主张自身的固有性，确保自己的领土边界分明、不可侵犯的运动，那么克里奥尔运动则相反，它是一场改变被边界分割的世界的存在方式的运动，是将所有人民从单一框架中解放出来的催化剂，换句话说，是促进全世界向**游牧民族式的连带关系**转变的运动——这是不是对他们高昂而乐观的宣言做出的囫囵吞枣式的理解呢？[5]但是这些在历史上深受虐待的，皮肤黝黑、身材粗犷、面容质朴的加勒比岛民表现出的高远志向和无与伦比的豪情，总是会让我们无比动容并肃然起敬。（青柳）

---

(1) 帕特里克·夏穆瓦佐：《德士古》上、下，星埜守之译，平凡社，1997 年。

(2) 帕特里克·夏穆瓦佐、拉斐尔·孔菲安：《什么是克里奥尔》，西谷修译，平凡社，1995 年。

(3) 乔治·桑：《安蒂亚娜》上、下，杉捷夫译，岩波文库，1937 年。

(4) 1988 年在法国加勒比海节上宣读的挑衅性宣言，清楚地表达了他们的觉醒和自负。（让·伯纳贝、帕特里克·夏穆瓦佐和拉斐尔·孔菲安：《克里奥尔颂》，恒川邦夫译，平凡社，1997 年）

(5) 将克里奥尔置于客观环境中来考察其面临的实际问题的研究《为了“多元文化”：后殖民主义与克里奥尔的当代性》（多元文化研究会编辑，人文书院，1998 年），里面的各篇论文很有价值。

边界地带的孩子们

现代跨境者的文学渴望

◎多和田叶子《光和明胶的莱比锡》/利比英雄《听不到星条旗的房间》《天安门》《国民的歌》/水村美苗《私小说》

※ 德勒兹和分裂分析

※ 从文本到历史

和语言的距离

“如果被问到90年代的文学是什么样的文学,我想我可能会回答说,是作者用自己母语以外的语言写的作品。”定居汉堡、用德语和日语进行创作的**多和田叶子**①,明确总结了当代文学的状况。她把那种文学称为“**外国语文学**”(而不是外国文学)。她用外语(疏远的语言,foreign language, langue étrangère)创作自己的

① **多和田叶子**,1960年出生于东京,自1982年以来一直居住在德国。1991年,她以《失去脚后跟》获得群像新人文学奖。1993年,《入赘的狗女婿》获得芥川奖。2000年,《雏菊茶的时候》获得了泉镜花奖。1996年,获得了颁发给从事德语文学活动的外国人的沙米索文学奖。

文学，用不属于自己的语言写作①，以此唤醒语言的力量。

> 例如，当你用母语写作时，危险的部分被去除，句子变得优雅，但当你用外语写作时，因为文章里存在漏洞，所以你的感情往往会从漏洞中直接跳跃出来。另外，使用外语的话，因为无法依赖“巧妙的措辞”，所以你必须使印象清晰。因为不能引用传统的看法，所以你不得不用自己的脑袋思考一切。因此，就算不喜欢，也能时而一本正经，时而滑稽。我喜欢好笑、直接又生动形象的“外国语文学”。②

多和田通过与外语格斗，坚决拒绝语言或者世界本身的“流畅性”和“自然感”，这种敏锐的姿态贯穿于她的日语创作活动之中。和她以前的作品相比，《光和明胶的莱比锡》③中收录的诸短篇小说，更加清楚地暴露了多和田特有的对语言的不适感和距离感，在那些作品中，日语的“自然”流动被彻底扭曲。多和田编织出的充满脱臼感的文章，侵入和破坏的不只是日语固有的体

---

① 20世纪，这类写作者的代表有：出生在波兰，当船员期间开始用英语写小说的约瑟夫·康拉德；纯粹出于文学原因开始用法语写作的爱尔兰人塞缪尔·**贝克特**；出生在葡萄牙，从少年时代开始就辗转于欧洲，用德语发表作品的西班牙裔犹太人埃利亚斯·**卡内蒂**；俄国革命后投奔美国的弗拉基米尔·**纳博科夫**等。近年来，在逃离匈牙利并移居瑞士30年后，因用法语写了《一个坏小子的日记》引发热议的雅歌塔·**克里斯多夫**；从捷克叛逃到法国后开始用法语写作的米兰·**昆德拉**等都很有名。这些作家以其独特的文体和语言意识给文学带来了创新（应该指出的是，上述所有案例都是在欧美境内——而且大多是在成年后——跨境的）。

② 多和田叶子：“‘外国语文学’的时代”，《只言片语的呓语》，青土社，1999年，第130页。

③ 讲谈社，2000年。

系和日常规范,还包括我们的精神世界本身。

多和田文学的本质是对世界的不信任,或者说世界上充满了不信任。这个世界总是以恐吓的面貌出现,布下陷阱。文本中混杂着紧张、厌恶、焦虑、猜疑、警戒、侮蔑、恐惧。到处都是强烈而怪异的、梦魇般的意象,刺激读者的神经,引发他们的不快感,把他们推向所能承受的极致。多和田的文学作品试图将语言能够发挥的**“非自然”属性**开发到极致。多和田的作品,有时会使我们读者放弃,而她说“一旦读了,很难停下来的书未必是好书”。可以说,让我们感觉不快,扔掉作品,正是多和田文学想要达到的目的,因为此刻,文学语言完成了自己最强大的,甚至可以说是暴力性的使命——表现(Performative)力。使读者陶醉于美的享受,为人性所感动,愉悦地沉迷等,这些对于多和田来说,不过是一种被驯服了的衰弱的文学的日常仪式。多和田的文学是真正的“反文学”,追求的从来都不是吸引读者,而是在读者心中激起尽快逃离的冲动。多和田的文学构建了魔鬼般——当然也充满魔鬼般的诱惑——的语言世界,她作为作家跨越国家和语言界限,撼动僵化和惰性文学的传统,成为日本作家中的突出案例,确立了特殊的地位。多和田无疑是一个属于吉尔·德勒兹①所说的“少数文学”家族的语言表达者。

---

① 吉尔·德勒兹(1925—1995),法国哲学家。除了独著之外,他还与精神分析学家加塔利合著了《反俄狄浦斯》(1972)和《千高原》(1980)。他是开展去中心化思考的后现代主义的标杆人物。请参考《现代文学理论》中的“德勒兹和分裂分析”一节。

文学的去领土化——少数文学

德勒兹与加塔利共同提出的这个“**少数文学**”的概念①,是我们在思考跨境文学工作者和他们不可避免的孤独尝试以及文学创新时,给我们指明方向的不可缺少的参照概念。

德勒兹命令我们“憎恨巨匠们(maîtres)的文学”,他高调地宣称“只有少数的,才是伟大的和革命性的文学”②,以此赞扬“少数文学”。这是他论述在捷克首都布拉格度过一生的犹太裔德语作家卡夫卡时提出来的概念,也是在对贝克特、塞林和戈达尔电影语言思考中,长期酝酿出来的结果,是描述构成其“**游牧民**”**思想**核心的“去领土化/解辖域化”(déterritorialisation)运动的一个重要机制,也是德勒兹思想形成的决定性路径。

他将少数文学定义为“不是少数(族裔)的语言的文学,而是由少数者(minority)使用主流语言创作的文学”③。这不是某些语言或民族的小团体在自己固有的少数者语言中占据各自领地(territory)的问题,对德勒兹来说,“少数文学”之所以重要,是因为它是“解辖域化”运动的最重要的助推器。因此,使用广泛传播的主流语言(在卡夫卡的例子中,指的是德语,而不是捷克语或依地语),并将它们从国家和种族的固有领地(territory)中剥离

---

① Gilles Deleuze, Félix Guattari, *KAFKA; Pour une littérature mineure*, Minuit, 1975. 日译本有吉尔·德勒兹、费利克斯·加塔利:《卡夫卡:为了少数文学》,宇波彰、岩田行一译,法政大学出版社,1978年。参见第三章“什么是少数文学?”

② 同上。原著第48页,参见日译本第48页。

③ 同上。原著第29页,参见日译本第27页。

出来,让它们在自己的语言中磕磕巴巴,制造**自己语言的少数化(非主流)使用**,拉出一条逃逸线,让其"向着世界解辖域化"[1],才是最重要的。除了这种"语言的解辖域化",德勒兹还提出了"个人和政治的直接结合"以及"言语行为的集体建构(agencement)"作为少数文学的特征。[2] 换句话说,少数文学通过"**在自己的语言中像个外国人**"来实现"语言的解辖域化",这看起来是一种完全个人化的孤独活动,但实际上它使颠覆性的革命运动得以实现。作家的语言行为本身也具有"集体"(collective)价值,是连接他者和外部的场域。作家通过成为"自身语言的游牧民",撼动整体框架本身,并与世界产生共鸣。德勒兹通过卡夫卡的少数文学,描述的不是有组织的联盟,而是游牧民式的连带关系[3]的可能性。

这种德勒兹式的少数文学——其预言的力量让人惊叹不已——今天正在地球上以各种不同的形式实现,作为其最强大和最重要的例子,我们可以列举"**克里奥尔**"[4]**的思想和文学**。当然,德勒兹的思想被认为是克里奥尔活动家们的理论支柱,而实际上,德勒兹的思想和克里奥尔运动是相互投射、相互赋予意义的。例如,当我们回顾德勒兹对少数文学的定义时,我们可以清楚地把握以下事实的意义,那就是克里奥尔作家不是使用一直以来被他们视为自身的多元性象征和宝物的克里奥尔语,而是主要使用法语进行创作和写作(相反,正是通过他们的实际存在

---

① 吉尔·德勒兹、克莱尔·帕尔奈:《德勒兹的思想》,田村毅译,大修馆书店,1980年,参见第8页以下篇章。

② 《卡夫卡:为了少数文学》。原著第33页,参见日译本第31页。

③ "即使这个人不移动,站立在草原或沙漠中央",也能在分散的地点实现相互感应、相互渗透。

④ 关于克里奥尔语的更多介绍见第193页的专栏。

方式,我们才得以真实体会到德勒兹所说的“解辖域化”“游牧民”“构建”“跨越”“离散的连接”“块茎”等含义)。今天,对于法语圈的安的列斯群岛的人们来说,法语已经不能被纳入单纯的“统治者的语言”,或者“双重语言使用”①中的“官方语言”。法语,现在是加勒比海地区居民普遍的生活语言。甚至在家庭中,父母也禁止他们的孩子使用克里奥尔语,可以说它是一种特别本土的、不公开的语言,伴随着婴儿的记忆或者祖先的记忆,现在被有意识地用于民族的文脉或亲密家族关系的文脉中。不仅公共教育,甚至他们生活的很大一部分,都是依赖于法语。如今可以说,法语才是他们的第一语言。然而,克里奥尔作家处于能够把那种“自己的语言”作为“一种不完全属于自己的语言”去使用的特权地位。他们所使用的既非纯粹的法语,也非纯粹的克里奥尔语,而是通过在法语中混合克里奥尔语,推动了一场“来自语言内部的革命”②。这不是使他们陷入自闭的活动,而是他们试图“打开”③自己的“特殊性”(specific)加入战斗。克里奥尔作家之一拉斐尔·**孔菲安**在一次采访中,对他们创作的特殊性进行了以下说明:

> 如何继续维持将我们的身份刻印在语言本身的真诚渴望,以及用可理解的语言写作的必要性?这是一个在书籍的

---

① **双重语言使用**(diglossie),指在一个地区**两种语言并用**(bilinguisme),特别是其中一种语言对另一种语言有支配和压制的作用。

② 被作为典范的是马提尼克岛诗人艾梅·塞泽尔(1913—2008)。参见帕特里克·夏穆瓦佐、拉斐尔·孔菲安:《什么是克里奥尔语》,平凡社,1995年,第182页。

③ 参照让·伯纳贝、帕特里克·夏穆瓦佐、拉斐尔·孔菲安:《克里奥尔颂》,恒川邦夫译,平凡社,第41—42页。

历史中不断生成的辩证法，并非从一开始就有固定的理论。写作的每一刻，都在取得平衡。编辑也参与了这个过程，因为他们会在草稿上批注，写上："看不懂，看不懂，看不……（笑）"。一场针对语言的真正的战斗正在展开。即使在日本，作家们也在努力改变和完善他们的语言。但他们应该没有被要求改变自己的语言，使之为他人所理解。相反，我们却被迫努力让他人理解。①

在他们"不能只为自己的民族写作"的语言斗争中，我们不能忽视德勒兹思想的实地化。通过自愿接受自身根源的多元性，使自己成为预告"新的人类次元到来"②的使者的宏伟计划，以及关于成为自己语言中的异邦人的探索，让他们和世界连接在了一起。

多元性与文学——作为衍射场所的日本文学

随着冷战格局的结束，今日的"跨境"，其重心已经从人们抛弃一个阵营、移居到另一个阵营的**流亡型迁移模式**（A→B），转变为人们在不同文化之间来回穿梭，将自身编织为一个**混血型多元模式**（A+B）。

和俄国革命时逃往国外，并成为一名美国作家的**纳博科夫**相

① 《采访拉斐尔·孔菲安氏》（采访人：塚本昌则），《周刊读书人》，1999年12月10日。

② 逃入欧洲社会"封闭的规范"后，通过这种近似徒劳的努力，将自己边缘化/外在化的他们，如今开始自豪地认为，"我们才是预告不同文化之间的接触、领先未来世界的人"，并正在成为把那些被标准化和贫困化的世界作为"多样性"加以肯定和解放的旗手。（参见前文《克里奥尔颂》，第40页等多处）

比,**翁达杰**①尽管在使用英语方面没有跨境的经验,却拥有荷兰人、泰米尔人和僧伽罗人血统,出生于锡兰,11岁时因父母离婚移居伦敦,然后到加拿大上大学。无论在亚洲、欧洲还是新大陆,他都能面向自我内部独立创作,很可能是当代意义上最重要的"跨境作家"。在流亡型模式中,边界是两个世界的**位置标记线**——没有空间广度的数学线段——只是为了通过而已。然而,现在的边界已经不是一条线,而是一个场域,人们在其中停留和生存,它是具有广度的"边界地带"。不仅如此,随着全球化步伐的加快,没有一个地方看不到文化的融合。不仅是几个主要国家、种族、文化的交会点及其相互干涉的非常有限的周边地区(比如法国特性和德国特性交集的阿尔萨斯地区,具有地中海西欧、中欧及巴尔干地区三重文化归属的斯洛文尼亚和克罗地亚②),地球上的每一个地方都已成为"边界地带"。我们每个人——即使我们自己没有意识到——都居住在复数文化的混合空间。

然而,应该指出的是,真正意义上的**多元文化(multiculture)**,并不仅仅是几种文化要素共存于某个特定的地理空间。文化融合只有在每个人自己成为边界地带时,才有可能实现。正如多和田叶子所说,仅仅将来自不同国家的人聚集在同一个城市,反

---

① 迈克尔·翁达杰(1943—),旅居加拿大的诗人和小说家。《比利小子全集》描写了一群生活在美国西部、现实存在的传奇歹徒,用大量文件、照片、诗歌和插曲拼贴出了全书,获得加拿大总督文学奖;《英国病人》描绘了四个漂泊者的因缘际会,获得英国布克奖。

② 从前南斯拉夫错综复杂的文化中脱颖而出的两位激进的女散文家写的充满预言魅力的必读著作——史拉玟卡·德古丽琪《欧洲咖啡馆》(长场真砂子译,恒文社,1998年)、杜布拉芙卡·乌格雷希奇《巴尔干·普鲁士》(岩崎稔译,未来社,1997年)。

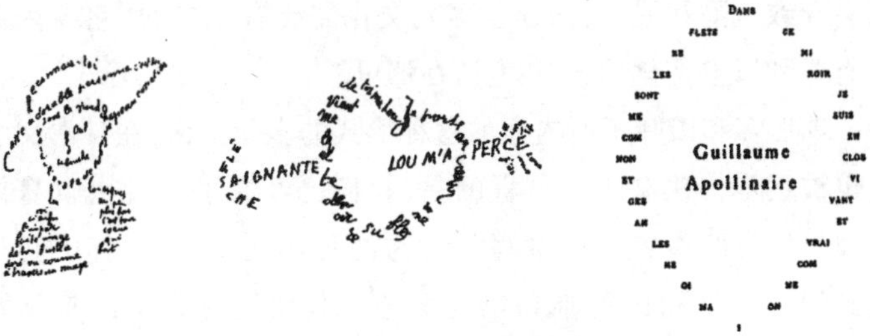

阿波利奈尔的各种图画诗

毕加索画的阿波利奈尔

阿波利奈尔

“哦哦 许多的嘴巴
人为了探究新语言而生”
(《胜利》,收入诗集《酒精集》)

而会导致危险和混乱,而建立多元文化需要有众多的"自身内部拥有两种以上文化的人"①生活在那里。

现在多和田叶子所描述的这种形式的多元文化,在日本文学里也被逐步构建起来。可喜的是,我们已经有了一批由自身体现边界地带的作者们所撰写的优秀的日本文学作品,其中必须提到的人名是利比英雄和水村美苗。利比用非**母语**的日语写作,水村则是用"不属于她"的语言——日语写作,二者作为异端,同时置身于"日本文学"当中。他们不仅进入了与大师们的文学不同的维度,而且在日本文学的中心,对其进行刷新——真正的德勒兹式的"少数文学"②。

> 法国诗人纪尧姆·阿波利奈尔(1880—1918)是第二代移民和跨境者,母亲出生于波兰,在意大利长大,和一名浪子私奔后(传记显示这位父亲是意大利人)生下了他。他也通过自己与语言(法语)的距离,进行文学创作。他留下的许多图画诗,都呈现了同语言的距离感。他在去世两年前获得法国国籍,之前虽有波兰国籍,却从未去过波兰。即使从他的外表来看,他也是一个来历不明的漂泊者。

与多和田以及克里奥尔的作家相反,他们对语言(日语)反而持保守态度。他们看起来似乎将文学作为一种强有力的手段,来实现自己对某一特定文化(日本文化)的唯一归属(如德勒

① 多和田叶子和利比英雄之间的讨论,《跨境的话语》,利比英雄:《新宿的万叶集》,朝日出版社,1996年,第334页。

② 德勒兹和加塔利试图将"所谓的主流文学(或既成文学)中反映了所有文学的革命条件"的文学命名为"少数文学"。(参见《卡夫卡:为了少数文学》,原文第33页,日译本第31页)

兹所说的“再辖域化/收复领地”）。然而，事实上，正是他们看似墨守传统（orthodox）的作品——比如，摒弃不现实的元素和特殊的叙事技巧——才使得日本文学有可能从内部发生变革。他们的作品使日本文学走向多元化。用克里奥尔作者们的话来说，通过他们，日本文学消除了**纯血统主义**和岛国的封闭性，并被赋予了无人预想到的作为“**诸文化衍射**”①（diffract）之场的地位。

这里应该回顾一下，德勒兹的“**解辖域化**”概念首先是在文学领域凝练出来的，并且他一再断言只有通过文学，才能真正实现对“**克里奥尔性**”的肯定和推广。因为存在因本质上的彷徨和多元性而渴望“文学”②。也许正是从这里可以找到今日文学的意义和必要性。日语读者遇到利比和水村后，对这一点深信不疑。从国外流入日本和从日本流出国外的这两位“**边界儿**”③型**文学工作者**——不论经过多少岁月——通过把迫使他们创作那些文学作品的必然性转化为作品，让我们思考文学本身的意义和其存在的理由。

尽管充分意识到英语作为一种世界通用语言具有巨大优势，

---

① 爱德华·格利桑反复指出，文明的发源之海地中海“集中了各种元素”，而加勒比海“始终是一个相遇和共谋的区域”，是通往美洲大陆的“中转站”，“甚至是世界上关系最清晰可见的场所”，“是事物可以被衍射的场所”。（《“关系”的诗学》，管启次郎译，Inscript 出版，河出书房新社发售，2000 年，第 48—49 页）

② 在戴维·佐佩特的《一见先生》（集英社文库）中，“我”是一个在世界各地流浪，漂流到京都的外国学生，是一个一直沉浸在书籍中的人。另一方是一个在社会上还没有落脚点的盲人女孩，只有在“文学的世界”才可以自由行动，遭遇各种体验。她为了享受无法用盲文点字机阅读的，描写爱情、官能和痴情的普通文学作品，雇用了一个朗读兼职者。这两个漂泊者之间最亲密的接触，是在面对面的文学朗读中实现的。

③ 对出生在边界地带的人，或因移民导致他们在跨境情况下度过幼儿期或成长期的人，在本条目中这样称呼。

他们还是都转向了用日语写作。“一千两百年以来(自《万叶集》以来)日语第一次成为非日本出生者的表达媒介”①,利比英雄称这一快举为“日语的胜利”。换句话说,日语里面原本就包含了这种可能性。然而,这一快举,无非是迫切需要这种情况出现的人,拼命挣扎后的最终结果。因此,在这里,我想把它描述为由某些不可替代的人带来的日语和日本文学的“幸运”,而不是日语的“胜利”。

“自己的语言”的选择

在许多评论和随笔中,**利比英雄**②吐露了他对日语不同寻常的眷恋,以及他成为一名日语作家的愿望。他对“日语世界”倾注了“比周围因为国籍而可以永远待在那里的民族主义者更为强烈的爱”③。他作为一个美国人,为何如此执着地成为日语世界的居民?更进一步,他为什么不满足于仅仅成为日语的使用者和日本文学的研究者,而要把自己的生命押在成为一个“日本作家”上,或者按他更喜欢的说法,要作为一个“日语的表达者”生存?对于这个看似相当朴素的问题,以及另一个与之相关的问题,他的小说给出了一个复杂但明确的答案。

置身于利比英雄的作品世界,想必读者脑中都有一个挥之不

① 利比英雄:《日语的胜利》,讲谈社,1992年,第23页。

② 利比英雄(1950—),出生于美国。随外交官父亲工作调动,在中国的台湾和香港度过童年。1967年首次在日本逗留。在普林斯顿大学等担任日本文学教授,并因《万叶集》的英译而获得美国国家图书奖。20世纪80年代后期,作为第一位来自西方的非日语母语者,以日本作家的身份崭露头角。其小说集包括《听不到星条旗的房间》(1992年,获野间文艺新人奖)、《天安门》(1996年,获芥川奖提名)和《国民的歌》(1998年),并有众多散文集。自1994年起,担任法政大学教授。

③ 《向最后的国境的旅行》,中央公论新社,2000年,第10页。

去的疑问,也就是,这个为何必须用日语撰写?在利比真正的处女作《听不到星条旗的房间》[①]的开头,一个名叫本·艾萨克的年轻人从领事馆的二楼窗口,看着夜晚的码头和海军队员降落星条旗。这是他的"英语世界"中发生的事件。他是一位美国驻日本的外交官的儿子,被父亲叫到日本来,时间还不长。他几乎听不懂电车内的日语广播,也看不懂指示牌和标识上的文字。文本追溯了他第一次"离家出走"。他选择逃离被隔绝的"治外法权"空间,即他父亲控制下的封闭空间,在"日本",更准确地说,在"日语"空间里自我塑造。因此,或许读者会逐渐意识到故事讲述的是这个年轻的白人男子的"日本经历",这才放下心来。正如描述京都学生生活的《一见先生》的作者戴维·**佐佩特**[②]所说,"书写行为,就是自然地使用当时生活中的语言",所以"我们在日本就用日语写作",仅此而已。[③]

利比英雄描绘了白人青年为掌握日语而奋斗,在陌生世界经历许多新鲜事,以及面对日本社会的壁垒,这些都通过所谓"外国人的眼睛"来呈现,的确本身也很新鲜(今后从这种新的角度重新展示日本的文学作品会陆续出现吧)。比如,离家出走的他寄宿在粗鲁的乡下人安藤家中,给外国人用的教科书上都是些

---

① 1987年在杂志上发表。1992年讲谈社出版了他的第一部同名小说集,收录了续篇《十一月》和《伙伴》。他荣获野间文艺新人奖,一举成为众人瞩目的焦点。

② 戴维·佐佩特(1962—),生于瑞士。中途从日内瓦大学辍学。毕业于同志社大学文学院(就《暗夜行路》撰写论文),后来在一家电视台担任记者和节目主持人。1996年,他的处女作《一见先生》获得了昴文学奖。第二部小说《阿莱格里亚》,很遗憾没有任何可读之处。

③ 《青春与读书》,1997年2月号,沼野充义氏在《一见先生》文库版解说中引用。

毫无用处的日语，第一次被体格健硕的安藤拉入公共澡堂，在新宿一家可疑的深夜咖啡馆找到了一份兼职工作，并在那里与其他打工的“同事”暗中进行了一场微妙而严酷的互相倾轧。美国青年“从胃的底部挤出声音”，以令人难以置信的勇气说出了“两杯热咖啡，一个肉馅饼，一个烤面包”这可笑的片假名行话，这是多么灿烂的荣耀！① 一个尚未成年的瘦弱的17岁年轻人②（但父亲是世界第一大国美国的领事——从“日本人”的角度看，这本身就是一种特权——一个金发碧眼的美国白人），但他硬要努力从头开始构建自己的斗争，为了获得一种对他来说应该是千奇百怪的东方小语种的生活而进行自我奋斗。作为“外国人”的作品，它有着与我们通常预想的“日本体验记”和“日本生活记”不同的坦率和紧迫感，让我们感到惊讶。

然而，利比英雄作品中最吸引人、最令人难忘的情节，以及他为日本文学带来的财产，是那些与日本或日语无关的情节。比如在亚洲的生活经历（《天安门》《国民的歌》等），少年时代在美国度过的离异母子的家庭生活③（《十一月》），或者返乡回到带

---

① 参见《听不到星条旗的房间》收录的三篇。

② 利比强调了本（利比）在面对“日本”时的虚弱、被动性和女性化。利比英雄在不同的场合都说过，他没有支配/获得（掌握）日语，而是在年轻时被日语“入侵”。他不希望成为日本语言和文化的入侵者，而是希望成为被吞并的附属民。他极其刻意地要造成“西方-统治者-男性”与“东方（日本）-附属民-女性”的结构的颠倒。

③ 值得注意的是这里强调了他被离异母亲收留后，住在华盛顿特区的白人贫困区里，家中寒酸无比。母亲因为低薪劳动疲惫不堪，晚上靠电视来排解孤独，因为怨恨和绝望反复发作神经质，儿子则用冷漠的眼光看着这一切。在黑人比例很高的华盛顿，下层白人的生活与殖民地白人贫困层的状况重叠在一起。请回顾阿尔贝·加缪（特别是《反与正》或《局外人》）、玛格丽特·杜拉斯（《太平洋大堤》《情人》《北方的情人》）等文学记忆。

着弱智的弟弟的老母亲身边(《国民之歌》)。《星条旗》中最鲜明的情节之一,是他们在横滨逗留的初期,每周日都要重复的屈辱的家庭仪式,也可以这样说——那个货真价实的秃头中年犹太裔美国人是他的父亲,他的再婚对象是个年轻的中国女人,两人之间生有一个头发黝黑的四岁男孩,那是他同父异母的弟弟,而他则是一个留有齐肩金发的白人青年。在酒店餐厅做完弥撒回家的穿着正装的白人家庭,和在公园里漫步的日本人群,公然向他们投来厌恶、好奇或者迷惑不解的目光。火烧火燎的羞耻感("我想把……这种羞耻感告诉我身边的某个人,向某人叫喊")。我们感到不解,这些不是也可以用他的母语,用英语写成作品吗?事实上,他不是应该这样做吗?

答案是否定的。正如利比本人在《星条旗》的后记中所坦白的那样,"这个故事,我只能用日语书写",它们是只能用日语表达的事情,是只有用日语表达才有意义的事情。正如我们将在下文中看到的,这些对日语来说完全陌生的经历,与用日语书写这些经历之间的必然联系,使利比英雄的作品具有了多层次的深度。

边界地带的肯定

本·艾萨克·利比英雄作为一名外交官的儿子,在中国台湾等地长大,正是母语英语,成为使他与周围社会隔绝的障碍。作为"生活在亚洲的白人儿童",他的成长注定禁止自己与环境融为一体。从四岁到十岁左右的最重要的成长时期,他一直被高墙和成年人们包围着,在多层隔离中度过。(并且,我们还应该考虑到,本应该是"母语"的英语对他来说,只是一种缺乏美国现实生活支撑的游离的空洞语言。)

他父亲的工作,剥夺了他的"故乡"(home)(与自己童年成长密切相关的生活风土)形成的机会,而他父亲的不忠造成父母离异,导致他唯一的"家庭"(home)也消失了。[①] 即便他回到"陌生"的美国,开始过着远离父亲的生活,他父亲的消极力量仍然存在。犹太裔的父亲,因为血统的关系,已经被打上了美国社会中隐形的外邦人烙印。而与比自己年轻 20 岁的中国女人再婚,使他不得不与他的父系亲族彻底断绝关系。"只要你是艾萨克家族的一员",无论你在哪里,都是"无家(home)可归"。[②] 父亲是剥夺他所有存在依据和切断他所有关系的人,在这个意义上,对于他来说,英语与其说是他的母语,不如说是一种"**父亲的语言**"——当然,这包含了拉康式的所有内涵。

因此,他要掌握那个父亲所鄙视的日语,要离开"囚禁"他的父亲的领事馆,把自己放在一个父亲永远不会混入的日本的生活空间,只有这样,他才能让"自己"成长为一个普通人。如果不叛离父亲,把小时候被禁止的自己与周围世界的联系重新接续,他永远不会真正感觉到自己还活着。因此,对于离家出走的"本"来说,当在电车上几次听到"新宿"这个地名时,尽管只是站名,尽管他从未从这个车站下车,但他作为一个有血有肉的人,和那个地名一起穿过了那个空间,无论多么短暂的瞬间,都成了他自身体验的一部分。当他意识到这一点的时候,他感到了海伦·凯勒所经历的那种震惊。"自己第一次**存在于世界之中**,真

---

① 利比写道:"无论年龄多大,当我听到'我的家'这个词的时候,我只能想到少年时代与父亲、母亲和用人老谢一起住的那个家。"(收录于《国民的歌》,讲谈社,1998 年)

② 《听不到星条旗的房间》,第 76 页。

真实实地存在于世界中[1]的震惊”贯穿了全身[2]。他在这一刻，重生到这个世界。

在这里必须警惕的是，我们可能会简单地把利比英雄装进“俄狄浦斯情结”之中——通过对父亲的反叛或杀父去塑造自我的结构。事实上，和卡夫卡一样，利比并没有表现出恋母情结[3]，至少没有完全陷入那个结构。德勒兹与加塔利颠覆了既定的说法，道破了卡夫卡的问题不是“如何摆脱父亲，获得自由的问题（**俄狄浦斯式的问题**），而是如何在父亲未发现的地方找出一条道路”[4]。这正是利比英雄摸索出的策略。他通过在日语世界（父亲没有发现的场所）找到自己的道路，来拆解俄狄浦斯式的问题本身。与卡夫卡一样，他“没有在俄狄浦斯或家庭之上，让自己再辖域化，而是对俄狄浦斯的版图解辖域化”[5]。他正是通过日语写作的行为实现了俄狄浦斯的解体。他将父亲的压迫、小时候遭受的各种形式的不可抗拒的暴力、无法治愈的孤独，构成自我根基的多元状况本身，以非母语的日语为媒介，用文学作品的形式书写了出来。他把这种压迫和多元性的状况本身指定为自己无可争议的立脚点，反过来说也即肯定了它们是自己不可替代的宝藏。

童年或少年时代强加给他的边界地带的经历，被他从一个自

① 参见格利桑提倡的“étant”（当下的存在方式、当下的持续状况）的理念。(《“关系”的诗学》，以及《全世界论》，恒川邦夫译，美玲书房，2000 年)

② 《听不到星条旗的房间》，第 66 页。

③ 俄狄浦斯的目标是杀死父亲，占据他的位置。利比的目标是成为与父亲不同的人，更进一步说，成为女人。

④ 德勒兹、加塔利：《卡夫卡：为了少数文学》，参见原著第 19 页，日译本第 15—16 页。

⑤ 同上，同页。

己新创造的跨境者的立场,用自己选择的语言讲述了出来。利比的文学作品就是这种必然性的证明。

因此,在《星条旗》中只做了最低限度描述的台湾生活,可以在《天安门》,进而在《国民之歌》中进行更详细的探讨。尤为重要的是,在《国民之歌》里,弱智弟弟的存在,衬托出了他在面对家族羞耻感和屈辱感时各个阶段的自我实现——童年时代的孤立无助,少年时代的孤独,至今仍在持续的孤立,他的自我意识类似于一个"确信犯"式的逃亡者。带着负罪感生存——一边抱着自责的想法,一边拒绝后悔——是漂泊者的觉悟。在他的处女作出版十年后,通过取得备受瞩目的"日本作家"的地位,他获得了天生的漂泊者和进一步成为更强大的漂泊者的游牧民式的身份认同①,以及对成为边界地带本身的自己的绝对肯定②。

作为精神堡垒的"继母国语"

下面是《国民的歌》中的一个场面。他已经在日本生活了很长时间,似乎已经能够用极其丰富的日语建构内在生活。圣诞节这一天,他不情不愿地返回七十三岁的母亲和四十岁的弱智弟弟正在等着他的家。

---

① "我认为现在的文学将以一种完成我们自己的少数性的方式来写。换句话说,一个人身上的语言经验已经与这个时代民族主义无情强加的纯血统型的'身份认证'背道而驰,我们不得不展示这种语言经验的真实性。"(《新宿的万叶集》,第336页)

② 在以报告文学和游记为主的《最后的边境之旅》中,尤为显著的是,利比越来越有意识地以跨境者的身份进行创作活动,融汇母语英语、小时候接触的汉语(北京话)和青年时代以后习得的日语(以及20岁时开始学习的韩语)。

他放下包，在沙发上坐下来。弟弟坐在他对面的大扶手椅上，看上去只有四年级学生那么大，几乎陷在沙发里，直视着他的脸。

"Tomorrow?"

每年，在他到达母亲家的夜晚，他都要成为这样的"交谈"对象。

"Tomorrow."他以一种接近放弃的声音，回答了弟弟。

"Take the train?"

"Yes, take the train."

"Take the train! Take the train!"弟弟的脸上浮现出近乎无比幸福的表情。

"Take the train?"

"Yes, take the train."

"Let's go shopping."

"Okay."倒时差加上疲劳袭来，至此，他不再回应。①

在这之后，他被母亲训斥，说"已经很久没有回家了，多说说话"，并被反复严厉地命令："Talk to him!"

如果我们要引用利比英雄的作品，那么引用他经过反复打磨的完美的（纯正的）日语文本是很正常的。但他的小说语言具有的最高价值并不在于它的美感和技巧——本文的目的也不是要称赞完美地达到了上述效果的这种流畅性②——而是如果语言的高密度在于其本身的话，清楚地表明无论对于小说的主人公

① 《国民的歌》，第22页。

② 颇为有趣的是，在他成为专业作家后，最近的著作《最后的边境之旅》中出现了直接使用英文句子结构的翻译体文章。

还是作者,日语才是支持他们的精神性的内在工具的这一段,才更具有启发性。

这里描述的是主人公背负的特殊情况,同时也是非常普遍的状况,即**母语的贫乏**和后天获得的精神世界的语言的丰富之间的对比。应该注意的是,日语是小说的叙述部分采用的语言,而会话部分使用了英语。母语(在这里英语完全是作为"**母亲的语言**"发挥作用,而不是"父亲的语言")是母亲用乳汁养育婴儿时的摇篮语言,是回避抽象和精致的生活语言,进一步说是阻止人成长的抑制装置。从这个意义上说,这个说着不成句子的英语,并把它强加给对话者的"弟弟",才是母语世界的完美演说者(performer)。

但是除了生活语言之外,人还需要另一种"自己的"语言,即培育他的精神世界的语言,用他的话说,就是"**继母国语**"(stepmother tongue)①。他需要帮助他生存和成长的语言,不同于把他放置在婴儿状态的"祖国语/母语"(mother tongue),也不同于作为压迫他的禁忌象征的"父亲的语言"。继母不是欺负继子的养母。把培育和养育孩子作为第一要义的人才会被冠以"继母/养母"之名②。如果说不断地把孩子带回到出生这个不可逆转的条件中的是生母,那么养母则是主体自我塑造的协助者。利比通过这个看似玩笑的新造概念,试图超越人类和语言之间不可动摇的标准二元论——"母语/非母语",并试图赋予一种

---

① 在《日语的胜利》以及《新宿的万叶集》(特别是与谷川俊太郎的对谈《日语将走向何方》)中随处可见。

② 当本出现在他开始就读的日本大学的英语会话俱乐部并说英语时,安藤对他说,"你只是一个装饰品"。(《听不到星条旗的房间》,第44—45页)后来,这个粗鲁的日本男儿教他日语以及如何在日本生活,毫无疑问是本的"继母",也就是"养母"。

"介于两者之间的存在方式"。

主体的自我塑造不是与生俱来的,需要主体主动获取,并且反而远比母语更深刻,它是使精神世界的建构成为可能的语言,也是"继母国语"。在利比的案例中,其"继母国语"采取了日语这种个别的语言形式,不过在一般情况下,实际是书面语言承担了这个功能①。进一步说,"继母/养母"语言是专门探索精神世界的**文学语言**。下面以水村美苗的作品为中心进行考察。

日语和"日本文学语言"

水村美苗②在12岁时随家人移民到美国,喜爱从明治到昭和时期的日本近代文学,并以之为精神堡垒,使自己越来越多元,(在美国社会、英语文学、日本文学、日本社会等层面,都)仿佛是外星人和本地人混合在一起般的不透明的存在。水村的《私小说》③以**混杂**④的形式,表达了这种存在。

水村的案例从表面上看,似乎是一个以日语为母语的人向日

---

① 弟弟三四岁的时候,被发现是"弱智",父亲宣布"认识字,是不可能的了"。(《国民的歌》)

② **水村美苗**,出生于东京,12岁时随家人移居美国。毕业于耶鲁大学,并在同一所大学修完了法国文学的博士课程。曾在普林斯顿大学和密歇根大学教授日本文学。她作为作家的第一部小说是续写夏目漱石作品的《续明暗》(1990年,获艺术选奖新人奖),第二部小说是《私小说 从左到右》(1995年,获野间文艺新人奖)。

③ 水村美苗:《私小说 从左到右》,新潮文库。

④ 这里的**混杂**(混合的)一词,与其说是日语和英语的混合,不如说是由日语、英语会话构成的日常语言或曰现实的生活世界,与文学思考的结果——内在语言、精神世界进行的交替。

语和日本文学所做的回归运动或同质化延伸运动,但重要的是,她也和利比一样,在一个与“母亲的语言”分离的地方,进行着获得“自己的语言”的斗争。

美苗刚开始在美国当地的一所初中上学时,完全不能理解课堂内容,只是在课间不停地阅读日本文学,写一些不得要领的日文,来设法确认自己的存在。不懂英语的美苗,被同学们当作最低等的人而忽视之。虽然“一出门就成了灵魂被掏空的躯壳”①,但在晚上她打开“大人的书”,获得了丰富的精神世界。高中时代,姐姐奈苗去了寄宿学校,母亲也外出工作,很多时候,美苗独自一人在家,甚至逃学也要全身心地埋头于日本近代小说集中。“将自己越来越深地封闭在日语的世界里”——这就是她的人生②。“家中安静得仿佛火熄灭一样,而我只是一味地阅读日语小说。……精神在日语世界中寻求救赎,外部世界不仅没有必要,甚至是一种阻碍。”③就这样,美苗把日本文学当作自己的经历,从中成长起来。

> 我直到二十多岁才知道如何阅读报纸头版上经常出现的“企业”一词,却很早就学会了怎么读“美人局”。于是,我就像一个生活在花柳街的小孩一样,在耳濡目染中掌握了一堆小道消息。通过日本近代文学世界,我获得了片面的知识,并培养了欲望。④

① 《私小说》,第195页。
② 同上,第128页。
③ 同上,第129页。
④ 同上,第130页。

“阅读日语”,换句话说,阅读日本文学①,对美苗而言,是获得名副其实的“生命食粮”②。美苗这个人的核心,是通过阅读(沉迷于日本近代文学作品)“日语”形成的,她的人生,从生成之初,就只能是日本文学工作者③。

《私小说》突显了口语和书面语在本质上的对立关系,进而深刻地揭示了在日常语言不能满足的主体形成中,文学语言所发挥的作用。就像利比的英语一样,在水村的案例中,母语是家人的——只有家人共享的——口语,它不断地将她拉回现实生活中,阻止她的发展(她在母亲面前永远是“小美苗”),并将她与周围的世界分开。相比之下,给她带来精神滋养和自我塑造的文学语言,让她游离和孤立于现实世界之外,(在另一方面)又为她开辟了唯一的通道,通过这个通道,她可以被社会认可并与他者交流。因为英语能力不足,被安排在一个劣等班级的美苗,提交了全年级文学作业中最具示范性的文章,被任命出席 honors class (这也暗示她被赋予了两个等级的双重属性)。Sarah 和她虽不亲密,但几乎可以说是她唯一的朋友,她们因交流(自己在童年时以不同的语言阅读的)文学作品而走到一起。与美苗相比,姐姐奈苗没有“精神”语言,尽管迅速适应了英语和美国的习俗,并获得了坚韧的处世能力和相当优裕的环境,但她仍然是一个幼

---

① 即使是用日语写的,但只有世俗层面的东西都被排除在美苗的世界之外——“父亲从公司带回来的日文报纸和定期用船运寄来的日本的月刊杂志,看起来不过是在难解的方块汉字之间加入了‘假名’,我无法阅读它们,也没有想过要阅读它们。”(同上,第 129—130 页)

② 同上,第 235 页。

③ 正如利比英雄明确指出的那样,这个“文学工作者”的概念是近代日本所特有的(“我在‘文学工作者’的国度里”)。(《身份》,讲谈社,1997 年)也许这就是美苗以成为“文学工作者”为目标的原因。

儿,虽然与他人接触,却处于更严酷的孤独之中。生活在孤立环境中的美苗,之所以能够“没有精神错乱”地生存下来,完全是因为拥有了文学语言。

对美苗来说,日本文学(而不是“日本”)才是“在看不见的世界里不断给予我生命的国家”①。

移植型“边界儿”的绝对孤独

利比和水村“在成年之前”——这正是利比谈到他第一次在日本逗留时反复强调的一点②——至关重要的经历是,在成长过程中被置于一个多元文化的环境中。成年跨境者(例如佐佩特③)应该永远不会成为边界地带的真正居民吧?生于边界地带(克里奥尔人)或者在其中“成长”(利比、水村),是在自我内部拥抱多元性的非常重要的条件。对于根据意志选择成为跨境者的“叛逆儿”④,我们一直用“边界儿”一词特殊对待。就利比和水村而言,他们并非出生在加勒比海安的列斯群岛或南非等多元性地区的“**出生型**”边界儿,而是在自我塑造的过程中因为移民而拥有多元性,因此可以将他们定义为“**移植型**”边界儿。就“出生型”而言,不稳定的多元性体现为与周围的人共有一个集体命运,而在“移植型”的情况下,其命运是作为一种完全个人的条件来承担的。

---

① 《私小说》,第443页。

② 然而,本章节认为,在利比的案例中,更具决定性的越界行为源于他少年时代所处的环境。

③ 20世纪许多著名的移民作家都是成年后的跨境者。

④ 时至今日,这一直是一个特权文学主题(例如,对既成的西方文明掀起反叛大旗的《恶之花》的作者夏尔·波德莱尔,或者从西方逃到非洲的阿瑟·兰波)。

在水村的《私小说》中，一个重要的主题是在第二环境中度过成长岁月的那一代儿童，与作为纯粹的日本人、成年之后才有海外经历的父母那一代人之间的隔绝。

> 那时我的父亲和母亲究竟打算在美国待多久？当时的美国还有绝对富裕时代的余韵，甚至连过客身上也能让人感受到 the American dream 的一鳞半爪。也因为这样，他们没完没了地留在美国。然而，我们姐妹正处于成长期。在成长过程中，根被移植的我们，无法和他们在同样意义上享受美国。①

父母与子女这一代之间的根本差距暴露无遗。母亲无法理解奈苗在 blind date（相亲）时被安排了 Korean（韩国人）对象后感受到的"震惊"，只是淡然地说，"嗯，对于美国人来说，没有什么日本人或韩国人这回事"，就好像她在谈论别人的事情。"既没有日本人也没有韩国人的美国的现实，对于我母亲来说就是美国这个异国的现实，但对奈苗和我来说，则是必须在那里找到自己的居所的现实本身。"②被移植的孩子不知道自己将来会变成什么样的人，对此抱有深深的恐惧③。对于奈苗和美苗这些"边界儿"来说，将她们归入以前从未想过的"东方人"的范畴，并剥夺她们对"日本人"这一身份的寄托，这是多么残酷。"尽管来到美国，却依然停留在日本的世界里"的父母那一代人，根本无法理解。这让我们想到利比的作品中谈到的父母作为外交官去了

---

① 《私小说》，第 57—58 页。

② 同上，第 247 页。

③ "我曾一度不是自己所知道的我。"（《私小说》，192 页）

亚洲,与他在亚洲度过成长期这二者之间的隔绝。

此外,处于这种成长期的移民,就算年龄差异很小,也会有完全不同的经历。[①] 水村的文本不断强调这样一个事实:年龄仅相差两岁的奈苗和美苗一起来到美国,同样在那里度过了成长期,却有着截然不同的经历。12 岁赴美的美苗,几乎没有学过英语,而姐姐奈苗已经有了两年的学习经历。"已经在日本度过了一段时间的思春期"[②]的奈苗和怀抱着儿童时代的混沌的 12 岁的美苗,各自所处的成长阶段有很大不同。因此,奈苗很快投入作为"青春讴歌"的——或者,更准确地说是"某种更加愚蠢的"[③]——表面上极端浮薄的美国的生活。另一方面,美苗从现实世界/英语世界,"逃"进"眼睛看不见的"内心世界/日本文学世界,坚持这一种极端精神化的生活。

因此,对美苗来说,没有比姐姐奈苗更为异质的存在。美苗投向奈苗的目光带有彻底的违和感。比如,去美国八年后,她第一次回到日本,在东京与奈苗见面。——"即使在波士顿同住一个公寓,我也无法接受美国化,确切地说是国籍不明的印象,那在日本显得更加强烈了。眼前穿着华丽的迷你裙的奈苗,有种让日本人望而却步的东西。"[④]就像她所写的那样,美苗和奈苗是完全不同的人。奈苗创造了她自己的美国生活,成了家人、妹妹以及其他所有美国居住者眼中的"未知事物",她的异质行为,甚

---

① 利比作品中的本之所以孤独,不是因为亲生"弟弟"是弱智,也不是因为和"义弟"年龄相差很大,拥有不同的母亲。相反,这些条件可以说强调了他和任何人都无法共有的自身特质。他把从五岁到十岁生活在与世隔绝的异国的那种状况称为"成长"。

② 《私小说》,第 145—146 页。

③ 同上,第 145 页。

④ 同上,第 60 页。

至让妹妹说“尽管如此,我从未想过会成为那样奇妙的人”①。

深入思考后可知,本应属于命运共同体的移民家庭,在水村的作品中,却彻底暴露了各自的差异。母亲、奈苗和美苗,三人三样,各自把对方看作与自己相对照的人,和自己完全不同。②而这三个人中的每一个都要在这个“家庭”之外,开始“自己的人生”。母亲已经丢掉家人,去往一个年轻的情人那里,美苗计划写书,考虑回国,而奈苗则被迫接受独自留在美国的局面。《私小说》是一部关于女人的隔绝和孤独的叙事。③ 水村一方面描写了容易被看成是同卵双胞胎的日本移民家庭中的母女和姐妹之间的激烈敌对和孤立,一方面又描写了她们相互嵌入似的粘连。

重新连接生命和文学——“私小说”的新维度

所谓“来路不明”的边界儿在移植中所面临的最迫切的问题,是肯定“当下的样子”即自己的存在方式本身。就像前面提到的利比英雄肯定“我……实际存在”时的震撼体验一样。克里奥尔思想家爱德华·格利桑强调的现实中的这种“当下的存在方式”才是问题所在,这一点在水村的作品中,也是这样表达的。主人公/叙述人美苗听到和她一样在人生的入口迷路的 Sarah 的

---

① 《私小说》,第 127 页。

② 对于奈苗离奇而粗俗的打扮,母亲用震惊而轻蔑的口吻说:“什么啊?这种打扮?”把婚姻失败的女儿当作“色情狂”,置之不理。母亲对长女奈苗的婚姻倾注的“火热激情”,让美苗感到厌恶,而奈苗总是说“你算什么”,把美苗看作与自己不同的物种。

③ 这部小说中出现了多个孤独的女人。顺便说一句,父亲作为小说中唯一的男性角色,被描写成一个毫无存在感的人物,目前正因痴呆症而住院治疗。对于美苗她们,父亲从一开始就是无足轻重、无缘的存在。

叹息时,这样想道:

> —— I wish I were twenty years younger or twenty years older.
>
> Sarah 说,人生要是处在还可以重新开始的阶段,或者处在不能重新开始的阶段,那该有多轻松。然而,这个只有一次的生命,现在只是一刻不停地在进行着。①

从少女时代起,美苗就一边为难以掌握自己"当下的存在方式"而烦恼,一边"想通过日语书把大人的喜怒哀乐当作自己的东西,生存下去"。② 但现在已经30多岁的美苗感觉到,无法逃避捕捉自己的存在方式的挑战③,不能一直活在别人的喜怒哀乐中。书写行为由此而生。表达"一刻不停地在成形中"的自己的人生,这就是文学创作④,如果用利比的话说,就是成为"表达者"。

利比英雄和水村美苗都是在对日语和日本文学⑤的沉溺中

① 《私小说》,第423页。

② 同上,第205页。

③ 当奈苗知道妹妹想用日语写小说的想法后,说"我们都变成这样了,我以为你早已经放弃了"。(第17页)然而,正是无国籍、迷失的状态,甚至没有被定义的自己"这样"的存在方式,才造就了美苗进行写作的必要性。

④ 这并不一定意味着写一本自传。美苗在这里暗中"想写"的是"像夏目漱石那样"的作品。

⑤ 这不是一个归不归属于日本社会的问题。在《私小说》中,美苗并不掩饰她对现实中的日本社会和日本人的不适感和厌恶。还有利比英雄称赞日语的开放力量,而不是"日本"。"来自外部的外人在日本社会的许多地方都有被拒之门外的痛苦经历,但如果他或她对语言有感受性和冒险精神的话,他们就会发现,只有日语不会把人拒之门外,只有日语不会把说话人、听话人、读者或作者的种族当作问题。"(《日语的胜利》,第1页)

实现了自我塑造，并通过倾心于日本文学而生存下来的当今罕见的文学人类。通过阅读水村的处女作、夏目漱石的续篇以及利比的各种评论和著作，很容易看出他们作为日本文学专家的高水准，更令人惊讶的是他们对书写（创作文学作品）的非凡决心和对文学——在别处未曾见过的（正如利比所说，把“文学”作为“道”）——深深的敬意。① 把他们这些在边界地带长大的人作为“人”去支持，并肯定其多元、赤裸的形式的唯一手段就是日语和日本文学。

利比和美苗将他们自己散漫的日常经验作为素材，并不断碎片化，以避免出现戏剧性的情节，且编织了具有轻妙节奏的多面的文本。但是，我们接触到他们的作品时，感受到字里行间（不再是一场与语言的斗争）不断地展开的是为了生存下去——我们从未料到这样的语言会运用于现代文学——而进行的真正的战斗，当我们意识到这一点，不禁为之战栗。

他们的作品是名副其实的“**私小说**”（当然，里面也引入了必要的虚构元素）。逼近本质，高度自觉。② 不过这是一种新型的私小说，不同于自明治末期以来以大师自居的作家们为满足精英意识而写的私小说，即基于“文坛”内幕、个人生活和特权意识，对私事进行自嘲式的揭露，或者吐露作家的心境和感慨，封闭又自恋的私小说。这种私小说具有将自己客体化的眼光，具备对自我和周围的他者进行定位的历史与社会的视野，特别是试图在“关系性”中照亮自我和他者。

---

① 水村承认自己内心有“文学之火”（而不是爱情之火）。（辻邦生、水村美苗：《信，附上书签》，朝日出版社，1998 年，第 35 页）

② 值得注意的是，水村特意使用了在日本文学批评用语中原本是蔑称的“私小说”，这一行为具有高度的自觉性。而且，水村将男性作家独占的“私小说”反转成了女性的世界。

水村美苗的《私小说》和利比回忆性质的小说都是以第三人称写的。尽管主人公是作者的分身，却以**第三人称**来写，他们并不是为了通过人物的形象化来塑造鲜明的男女主人公形象，也不是为了使故事更生动，而是因为需要一种关系性的视角，把前所未有的多元自我的形成过程，放在与他者以及周围世界的复杂接触中加以确认。①

这样一来，原本应该以"内部封闭"为特征的"私小说"被解构了，由此产生了**"开放的"私小说**，自我的特殊性可以在世界范围内得到共鸣。他们站在日本近代文学的一个主流传统之上，从内部，从中心地带，对日本文学进行着改写工作。这种对日本近代文学本身的**元意识**在水村身上表现得尤为强烈。② 这一点正如其作品标题（在《批评空间》上连载时，标题就是"日本近代文学——私小说从左到右"）所示，在此之上，她不遗余力的处女作《续明暗》就是实证。

克里奥尔文学作品中，也有许多是把作者和周围人的生活经历转化成作品，换句话说，具有**"集体"私小说**（或**民族自传**）的性质。③ 此外，许多移民作家、跨境文学工作者的作品都带有浓厚

---

① 这令人联想到20多岁自我确立之后来到日本的佐佩特，他的半自传体小说是以第一人称写的，这很有暗示性。应该注意到的是，当代边界儿的文学，旨在凝视存在的状态，但不再将固定的意义和内在的匮乏归结为空虚和荒诞，这不同于以往的存在主义小说。

② 水村是保罗·德曼的学生。她在耶鲁大学留学时，曾接受过客座教授柄谷行人的指导。柄谷行人认为"日本近代文学"将重新定位的"私小说"纳入之后，仍然无法解决"个体"问题。而他发现的怀才不遇的卓越人才，正是水村。众所周知，《批评空间》是以柄谷行人和浅田彰为责任编辑的批评杂志。

③ 排在首位的是帕特里克·夏穆瓦佐的《德士古》（上、下，星埜守之译，平凡社，1997年）。

的自传色彩。[①] 随着生活在边界地带、具有多元自我的书面表达者的出现(coming out),"生活"和"文学"似乎开始了新的交锋。跨境者对文学(尤其是小说)极为渴望,而且用后天获得的语言而不是母语来写作(有时)是必然的。关于这一点,利比英雄是这样说的:

> 一个人的文化迁移,"主观的"文化体验,只有在当代小说中才能写。并且是用抵达地的语言。[②]

与追求新奇的流行不同,生活在边界地带的人们的文学活动,不断激发着我们去思考文学对人类的必要性,以及小说在我们这个时代的意义和存在理由——作为由此发展出小说的存在方式。*

---

① 南非人J. M. 库切的《少年时代》正是一部自传体作品。出生于俄罗斯的法国作家A. 马奇诺的《法国遗嘱》是以祖母为中心讲述跨境家庭的自传体小说。自传元素在阿尔及利亚人拉希德·布杰德拉的《离异》和描写印度穆斯林移居英国后的状况的萨尔曼·鲁西迪的《撒旦诗篇》中,都发挥了决定性作用。

另一方面,我们也应该回顾一下阿波利奈尔的《被杀害的诗人》和纳博科夫的《塞巴斯蒂安·奈特的真实生活》等,20世纪主要跨境者的自传体虚构作品已经放射出令人惊异的强大磁力。

② 《身份》,第53页。

* 本节是《多元性与文学:移植型"边界儿"利比英雄和水村美苗对文学的渴望》(《筑波大学语言文化学报》,《现代语言与现代文化研究》,第56期,2001年3月)的略微缩减和稍作修改后的版本。

文学理论实践的参考书目

解构影响关系

土田知則『間テクスト性の戦略』夏目書房、2000 年

土田知则,《互文性战略》,夏目书房,2000 年

※ 这是一本探讨"互文性"的理论书,彻底批判了影响理论和源头研究。另外,本书("解构影响关系")以概论的形式改写了该书的第二章第二节("哈罗德·布鲁姆——阅读,都是误读")。

应对混沌状态的方法

ミシェル・フーコー『言語表現の秩序』(1971)中村雄二郎訳、河出書房新社、1981 年

米歇尔·福柯,《话语的秩序》(1971),中村雄二郎译,河出书房新社,1981 年

ロラン・バルト『神話作用』(1957)篠沢秀夫訳、現代思潮社、1967 年

罗兰·巴特,《神话作用》(1957),篠泽秀夫译,现代思潮社,1967 年

※ 在思考权力和意识形态相关问题时,上面两位的著作必不可少,但若要选出最为重要的一本,应为下面这本:

テリー・イーグルトン『美のイデオロギー』(1990)鈴木聡・藤巻明・新井潤美・後藤和彦訳、紀伊国屋書店、1996 年

特里·伊格尔顿,《审美意识形态》(1990),铃木聪、藤卷明、新井润美、后

藤和彦译,纪伊国屋书店,1996年

※ 虽然特里·伊格尔顿在1991年也出版过一本《意识形态导论》,但我更想推荐这一本巨著。

フレドリック· ジェイムソン『政治的潜意识——社会的象徴行為としての物語』(1981)大橋洋一・木村茂雄・大田耕人訳、平凡社、1989年

佛雷德里克·杰姆逊《政治无意识——作为社会象征性行为的叙事》(1981),大桥洋一,木村茂雄,大田耕人译,平凡社,1989年

※ 既然提到了英国的伊格尔顿,那就不能不提到美国的杰姆逊。这是一本引领马克思主义文学批评的作家所写下的纪念碑式的著作。

杉田敦『権力』岩波書店、2000年

杉田敦,《权力》,岩波书店,2000年

※ 该书作为精简本系列读物《思考前沿》的一卷本概论书,附有"基础文献目录"。

ダイアン・マクドネル『ディスクールの理論』(1986)里麻静夫訳、新曜社、1990年

麦克唐奈,《话语的理论》(1986),里麻静夫译,新曜社,1990年

※ 这是一本论述话语和意识形态、权力和服从化等问题的概论书。

在小说式的思考中与他者融合

*米兰·昆德拉的日译作品

『冗談』(1968)関根日出男・中村猛訳、みすず書房、1970年(改訂版1992年)

《笑话》(1968),关根日出男、中村猛译,美铃书房,1970年(1992年修订版)。

『微笑を誘う愛の物語』(1970)千野栄一・沼野充義・西永良成訳、集英社、1992年

《好笑的爱》(1970),千野荣一、沼野充义、西永良成译,集英社,1992年

『生は彼方に』(1973)西永良成訳、早川書房、1978年(新版1995年)

《生活在别处》(1973),西永良成译,早川书房,1978年(1995年新版)

『別れのワルツ』(1976)西永良成訳、集英社、1993年

《告别的圆舞曲》(1976),西永良成译,集英社,1993年

『笑いと忘却の書』(1979)西永良成訳、集英社、1992年

《笑忘录》(1979),西永良成译,集英社,1992年

『ジャックとその主人』(1981)近藤真理訳、みすず書房、1996年

《杰克和他的主人》(1981),近藤真理译,美铃书房,1996年

『存在の耐えられない軽さ』(1984)千野栄一訳、集英社、1992年

《不能承受的生命之轻》(1984),千野荣一译,集英社,1992年

『不滅』(1990)菅野昭正訳、集英社、1992年

《不朽》(1990),菅野昭正译,集英社,1992年(集英社文库,2000年)

『緩やかさ』(1995)西永良成訳、集英社、1995年

《慢》(1995),西永良成译,集英社,1995年

『ほんとうの私』(1998)西永良成訳、集英社、1997年

《真我》(1998),西永良成译,集英社,1997年

『小説の精神』(1986)金井裕・浅野敏夫訳、法政大学出版局、1990年

《小说的艺术》(1986),金井裕、浅野敏夫译,法政大学出版社,1990年

『裏切られた遺言』(1993)集英社、1994年

《被背叛的遗嘱》(1993),集英社,1994年

赤塚若樹『ミラン· クンデラと小説』水声社、2000年

赤塚若树,《米兰·昆德拉与小说》,水声社,2000年

※ 作者从自身观点出发,保持批评距离,重新挖掘了已经被许多模仿昆德拉本人的解说性著述列举出的昆德拉小说的魅力和力量。这是一个充满野心又真挚的研究。该书充分发挥了一名精通捷克语并且熟知捷克概况的专家的优势,为我们提供了许多珍贵的建议和信息。

工藤庸子『小説というオブリガード——ミラン・クンデラを読む』東京大学出版会、1996年

工藤庸子,《小说与助奏——解读米兰·昆德拉》,东京大学出版会,1996年

※ 法国文学研究者撰写的关于作品结构的分析，其特色是细致地探寻了小说和音乐之间的关联。

西永良成『ミラン・クンデラの思想』平凡社、1998 年

西永良成，《米兰·昆德拉的思想》，平凡社，1998 年

※ 翻译了米兰·昆德拉的许多作品，并与其是挚友的作者，生动地描绘了名扬世界的法国作家昆德拉的真实面貌。

大澤真幸『〈不気味なもの〉の政治学』新書館、2000 年

大泽真幸，《"恐惧之物"的政治学》，新书馆，2000 年

※ 该书收录了多篇与论文《自由的牢狱》有着相同论述方向的文章。大泽以我们的现实生活作为参照，重新探讨资本主义体制的理念和自由主义，映射出了自己原本的他者性和离心化行为。他的论述一贯具有冲击力。

鷲田清一『「聴く」ことの力——臨床哲学試論』(写真：植田正浩)TBSブリタニカ、1999 年

鹫田清一，《"听"的力量——临床哲学试论》，(照片：植田正浩)，TBS BRITANNICA，1999 年

※ 专栏"倾听-叙述"中也提及，在思考自我和他者间的关系时，希望首先阅读这本令人感动的哲学书。还有被称为姊妹篇的照片集——植田正浩、鹫田清一《目光的记忆——在某人的身旁》(TBS BRITANNICA，2000 年)。当我们思考人与人之间的联系时，"思想"便开始行走。

日常语言的复权

＊金井美惠子的主要作品

『愛の生活・森のメリュジーヌ』講談社文芸文庫、1997 年

《爱的生活·森林中的梅柳齐娜》，讲谈社文艺文库，1997 年

『小春日和　インディアン・サマー』中央公論社、1988 年(河出文庫、1999 年)

《小阳春之印第安的夏天》，中央公论社，1988 年；河出文库，1999 年

『恋愛太平記』1・2集英社、1995年(集英社文庫、1999年)

《恋爱太平记》1・2 集英社,1995年;集英社文库,1999年

『軽いめまい』講談社、1997年

《微微的目眩》,讲谈社,1997年

『彼女(たち)について知っている二、三の事柄』朝日新聞社、2000年

《我所知道的关于她(们)的二三事》,朝日新闻社,2000年

※ 此外,还有《小说论》(岩波书店,1987年)之类的散文诗集。

藤野千夜的作品

『少年と少女のポルカ』ベネッセ、1996年(講談社文庫、2000年)

《少年少女的波尔卡》,benesse,1996年;讲谈社文库,2000年

『おしゃべり怪談』講談社、1998年

《喋喋不休的怪谈》,讲谈社,1998年

『恋の休日』講談社、1999年

《恋爱假期》,讲谈社,1999年

『夏の約束』講談社、2000年

《夏日的约定》,讲谈社,2000年

ミシェル・オクチュリエ『ロシア・フォルマリズム』(1994)桑野隆・赤塚若樹訳、白水社クセジュ文庫、1996年

米歇尔・朱丽叶,《俄罗斯・形式主义》(1994),桑野隆、赤塚若树译,白水社小型袖珍本文库,1996年

※ 这本书以绝妙的手法介绍了奥波亚兹("诗歌语言研究会")成员们的活动,立场鲜明地把握了"诗歌语言"这一概念的出现以及所涉及的范围,使其文学运动的轮廓也变得清晰明了。

ヴィクトル・シクロフスキー『散文の理論』(1925)水野忠夫訳、セリカ書房、1971年

维克托・什克洛夫斯基,《散文理论》(1925),水野忠夫译,芹科书房,1971年

※ 诗歌语言研究会的成员们非常关心叙事散文的理论建构。这本著作把古今中外的散文叙事作为素材,怀抱着创造出综合性散文文本学的野心。

ミハイル・バフチン『小説の言葉(付：小説の言葉の前史より)』伊東一郎訳、平凡社library、1996年

米哈伊尔·巴赫金,《小说语言(附：来自小说词语的前史)》,伊东一郎译,平凡社图书馆,1996年

ミハイル・バフチン『ことば 対話 テキスト』ミハイル・バフチン著作集⑧新谷敬三郎・伊東一郎・佐々木寛訳、新時代社、1988年。

米哈伊尔·巴赫金,《词语、对话和文本》,米哈伊尔·巴赫金著作集⑧,新谷敬三郎、伊东一郎、佐佐木宽译,新时代社,1988年

※ 应该也有许多读者对巴赫金散漫的写作风格感到束手无策。即便如此,这两本书所收录的论文,详细地反映了巴赫金的小说语言观和文本观。毫无疑问,我们能够在书中受到许多启发。

ミハイル・バフチン『ドストエフスキイ論——創作方法の諸問題』新谷敬三郎訳、冬樹社(第二版)、1974年/『ドストエフスキーの詩学』望月哲男・鈴木淳一訳、ちくま学芸文庫、1995年

米哈伊尔·巴赫金,《陀思妥耶夫斯基论——创作方法的诸问题》,新谷敬三郎译,冬树社(第二版),1974年/《陀思妥耶夫斯基诗学》,望月哲男、铃木淳一译,筑摩学艺文库,1995年

※ 巴赫金在这一划时代著作中提出了有关小说语言的复调的想法。为什么没有研究“女性的声音”? 如此一边“找茬儿”一边阅读十分有趣。新谷的译本颇为优秀,遗憾的是该版本如今已难以入手。

北岡誠司『バフチン 対話とカーニヴァル』講談社〈現代思想の冒険者たち〉、1998年

北冈诚司,《巴赫金：对话与狂欢》,讲谈社“现代思想的冒险者们”,1998年

※ 把握巴赫金全貌的一本好书。该书详细地介绍了巴赫金的种种研究,入门者也能够放心阅读。另外,有两部围绕巴赫金的论文集：阿部军治编《解读巴赫金》(『バフチンを読む』,NHKbooks,1997年);岩本和久等著《米哈伊尔·巴赫金的时空》(『ミハイル・バフチンの時空』,セリカ书房、1997年),从中也能够了解到巴赫金的真实问题点。

遐想的散步者孤独吗

ポール・ドン・マン『理論への抵抗』(1986)大河内昌・富山太佳夫訳、国文社、1992年

保罗・德曼,《抵抗理论》(1986),大河内昌、富山太佳夫译,国文社,1992年

ポール・ドン・マン『ロマン主義のレトリック』(1984)山形和美・岩坪友子訳、法政大学出版局、1998年

保罗・德曼,《浪漫主义修辞学》(1984),山形和美、岩坪友子译,法政大学出版局,1998年

※ 解构批评的总帅德曼撰写的著作中,完整的日译本只有两本。希望他的主要代表作《盲点和洞察——有关现代小说修辞的试论》(1971)、《阅读的讽喻——卢梭、尼采、里尔克、普鲁斯特的比喻语言》(1979)能够尽早翻译出来。

J・ヒリス・ミラー『読むことの理論』(1987)伊藤誓・大島由紀夫訳、法政大学出版局、2000年

J. 希利斯・米勒,《阅读的伦理》(1987),伊藤誓、大岛由纪夫译,法政大学出版局,2000年

※ 与德曼同属于耶鲁学派中心人物的米勒,其著作有几本被翻译成日语,由法政大学出版局出版(《批评地势图》《解说图》等)。在这当中,想要推荐以“阅读”问题为焦点的拙著。特别是论述德曼的第三章(“阅读理解的不可能性——德曼”)是必读的文章。

バーバラ・ジョンソン『差異の世界——脱構築・ディスクール・女性』(1987)大橋洋一・青山恵子・利根川真紀訳、岩波書店、1990年

芭芭拉・约翰逊,《差异的世界——解构、话语、女性》(1987),大桥洋一、青山惠子、利根川真纪译,岩波书店,1990年

ショシャナ・フェルマン『女が読むとき、女が書くとき——自伝的新フェミニズム批評』(1993)下河辺美知子訳、勁草文庫、1998年

肖沙娜・费尔曼,《女人阅读时、女人书写时——自传形式的新女性主义批评》(1993),下河边美知子译,劲草文库,1998年

※ 耶鲁学派第二代笔杆子所著的令人战栗的文集。约翰逊和弗尔曼的作品总是充满刺激,令人兴奋不已。

高橋哲哉『デリダ　脱構築』講談社〈現代思想の冒険者たち〉、1998年

高桥哲哉,《德里达:解构》,讲谈社,“现代思想的冒险者们”,1998年

東浩紀『存在論的、郵便的——ジャック・デリダについて』新潮社、1998年

东浩纪,《存在论式、邮政式——关于雅克·德里达》,新潮社,1998年

※ 尽管这两本书是关于德里达的入门研究书,不是关于解构批评的著作,但也有一读的价值,必须列举出来。

守中高明『脱構築』岩波書店、1999年

守中高明,《解构》,岩波书店,1999年

※ 该书作为《思考前沿》系列中的一卷,是一本概论书。虽然基本上没有提及耶鲁学派,但还是值得一览。

模拟推理小说的诗学

ジャック・デュボア『探偵小説あるいはモデルニテ』(1992)鈴木智之訳、法政大学出版局、1998年

雅克·杜波依斯,《侦探小说或现代性》(1992),铃木智之译,法政大学出版局,1998年

※ 这是一本有关侦探推理小说的学术著作。第十一章提到了模拟推理小说/元推理小说的先驱塞巴斯蒂安·雅普瑞索的《灰姑娘的陷阱》,第十二章论述了侦探小说和《俄狄浦斯王》之间的关系,特别宝贵。

笠井潔『物語のウロボロス——日本幻想作家論』筑摩書房、1988年

笠井洁,《物语的衔尾蛇——日本幻想作家论》,筑摩书房,1988年

笠井潔『模倣における逸脱——現代探偵小説論』彩流社、1996年

笠井洁,《模仿的偏离——现代侦探小说论》,彩流社,1996年

笠井潔『探偵小説論Ⅰ 氾濫の形式』、『探偵小説論Ⅱ 虚空の螺旋』東京創

元社、1998 年

笠井洁,《侦探小说论Ⅰ 泛滥的形式》《侦探小说论Ⅱ 虚空的螺旋》,东京创元社,1998 年

※ 作为侦探推理小说、科幻作品的顶级作家,笠井有多篇关于推理小说的高质量论述。这里列举的是他主要的几个著作。在思考反推理小说(元推理小说)时,这些都是珍贵的书籍。

筒井康隆的系列小说作品

※ 在思考元小说之际,与其从一些稍难的理论性著作入手,不如先依次读一读日本享誉世界的元小说作家筒井的作品,这也不失为一种方法。

反记忆机制的小说

＊史蒂夫・埃里克森的日译作品

『彷徨う日々』(1985)越川芳明訳、筑摩書房、1997 年

《彷徨的日子》(1985),越川芳明译,筑摩书房,1997 年

『ルビコン・ビーチ』(1986)島田雅彦訳,筑摩書房,1992 年

《鲁比肯海滩》(1986),岛田雅彦译,筑摩书房,1992 年

『黒い時計の旅』(1989)柴田元幸訳、福武書店、1990 年(福武文庫、1995 年)

《黑色时钟之旅》(1989),柴田元幸译,福武书店,1990 年,福武文库,1995 年

『Xのアーチ』(1993)柴田元幸訳、集英社、1996 年

《X 的拱门》(1993),柴田元幸译,集英社,1996 年

※ 另外还有纪实文学《闰年》,谷口真理译,筑摩书房,1995 年

越川芳明編『スティーヴ・エリクソン』彩流社〈現代作家ガイド〉1996 年

越川芳明编,《史蒂夫・埃里克森》,彩流社,"现代作家导读",1996 年

※ 书中收录了埃里克森的各种随笔,以及主要由美国文学研究者撰写的关于埃里克

森的各种论述。书籍资料也很丰富,可以看到他作为"现代美国"的文学旗手所散发出的与本节的方向性完全不同的光芒。

スティーヴ・エリクソンほか著・越川芳明編『ドリーム——エリクソンと日本作家が語る文学の未来」筑摩書房、1999 年

史蒂夫・埃里克森等著,越川芳明编《梦想——埃里克森和日本作家谈文学的未来》,筑摩书房,1999 年

※ 这是为纪念 1997 年 4 月埃里克森访日所编撰的一本书。书中收集了这一时期各种关于埃里克森的论述和访日期间的采访。特别是在与村上龙、岛田雅彦、巽孝之的对谈中,埃里克森不断发散、难以捉摸的幻想性思维非常有魅力。开篇收录了埃里克森对自己作品的简单解说和访日回忆录。

ロラン・バルト『テクストの快楽』(1973)沢崎造平訳、1977 年、みすず書房

罗兰・巴特,《文之悦》(1973),泽崎浩平译,1977 年,美铃书房

※ 想来,巴特那本《S/Z》就不用说了,从早期的著作《米什莱》《萨德 傅立叶 罗犹拉》开始,到关于时尚语言分析的《流行体系》,再到《恋人絮语・断章》,他是个彻底从散文出发的思考者。那是巴特最美好的宣言。日译本都由美铃书房出版。

对荒园的爱

ルネ・ジラール『羨望の炎——シェイクスピアと欲望の劇』(1990)小林昌夫・田口孝夫訳、法政大学出版局、1999 年

勒内・吉拉尔,《羡慕之火:莎士比亚和欲望的戏剧》(1990),小林昌夫、田口隆夫译,法政大学出版社,1999 年

※ 把吉拉尔在《欲望现象学》(1961)中提炼的欲望理论("三角欲望"或者"拟态欲望"理论)放在莎士比亚广阔的文学舞台上后所展开的旗帜鲜明的生动实践。这是一本值得一读的巨作。

マージョリー・ガーバー『シェィクスピアあるいはポストモダンの幽霊』(1987)佐復秀樹訳、平凡社、1994 年

玛乔丽·嘉伯,《莎士比亚或后现代的幽灵》(1987),左复秀树译,平凡社,1994 年

※ 虽然基本上是研究莎士比亚的书籍,但多角度地论述了《幽灵》《令人害怕的东西》等作品中有关精神分析学的重要问题。特别是第六章“哈姆雷特——变成幽灵”,重新思考了“俄狄浦斯情结”,具有参考价值。此外,这本书并不只是莎士比亚的论著,还是介绍马克思、尼采、弗洛伊德、拉康、德里达、德曼等现代思想家的一大盛宴。

福原泰平『ラカン 鏡像段階』講談社〈現代思想の冒険者たち〉、1998 年

福原泰平,《拉康：镜像阶段》,讲谈社,“现代思想的冒险者们”,1998 年

※ 关于拉康的最完整、最新的入门书。在众多晦涩难懂的入门书和研究书中,这本书可以说是值得特别推荐的一本。

妙木浩之『フロイト入門』ちくま新書、2000 年

妙木浩之,《弗洛伊德入门》,筑摩新书,2000 年

※ 这是最热门、最新鲜的弗洛伊德入门书。关于“恋母情结”,可以特别参照第六章的“俄狄浦斯的命运”。

“鸟”与“色彩”的主题思想

セルジュ・ドゥブロフスキー『マドレーヌはどこにある——プルーストの書法と幻想』(1974)綾部正伯訳、東海大学出版会、1993 年

塞尔日·杜布罗夫斯基,《玛德琳蛋糕在哪里——普鲁斯特的写法和幻想》(1974),绫部正伯译,东海大学出版会,1993 年

※ 虽然这本书现在有点旧了,但读起来还是很有意思。严格说来,这不是一本关于主题批评的书,但由于它与主题批评的统帅让-皮埃尔·里夏尔的《普鲁斯特与感性世界》同年出版,所以它们之间的联系不容忽视。从方法上讲,该书采用了精神分析批评的形式,所以它也是一本关于精神分析批评技巧的有用的书籍。

土田知則『プルースト 反転するトポス』新曜社、1999 年

土田知则,《普鲁斯特　反转的场》,新曜社,1999 年

※ 基本上,这并不是从主题批评的观点出发所写的书,但是“附论Ⅲ”的“西洋与东洋的夹缝”这部分也可以作为“花”和“建筑”的主题分析来阅读。

似有若无

※川上弘美的作品

『物語が、始まる』中央公論新社、1996年(中公文庫、1999年)

《物语,将要开始》,中央公论新社,1996年;中公文库,1999年

『蛇を踏む』文藝春秋社、1996年(文春文庫、1999年)

《踩蛇》,文艺春秋社,1996年;文春文库,1999年

『いとしい』幻冬舎、1997年(幻冬舎文庫、2000年)

《爱怜记》,幻冬舍,1997年;幻冬舍文库,2000年

『神様』中央公論新社、1998年

《神》,中央公论新社,1998年

『溺レる』文藝春秋社、1999年

《沉溺》,文艺春秋社,1999年

『おめでとう』新潮社、2000年

《祝贺》,新潮社,2000年

※ 另外还有散文集《似有若无》(中央公论新社,1999年),《平凡的日子》(岩波书店,2001年),还有由山口MAO出版的图画文集《椰子·椰子》(小学馆,1998年)。

鷲田清一『メルロ—ポンティ 可逆性』講談社〈現代思想の冒険者たち〉、1997年

鹫田清一,《梅洛-庞蒂:可逆性》,讲谈社,“现代思想的冒险者们”,1997年

※ 想理解梅洛-庞蒂就先看这一本。从梅洛-庞蒂不可思议的文本中巧妙地提取出关键的想法,简洁浅显地阐明了他特有的概念所具有的诱发力。以前认为梅洛难以理解的人,通过这本书也能轻松感受到他的思想的魅力。

モーリス・メルローポンティ『メルローポンティ・コレクション』中山元編訳、ちくま学芸文庫、1999年

莫里斯・梅洛-庞蒂,《梅洛-庞蒂文集》,中山元编译,筑摩学艺文库,1999年

※ 对于想要简单了解梅洛-庞蒂著作的人来说,读这本从他的各种著作中精选的选文集很方便。接下来可以认真阅读各著作,花时间思考。首先,最应该从《知觉现象学》(美铃书房,法政大学出版局)开始。

ヤン・シュヴァンクマイエル『シュヴァンクマイエルの世界』赤塚若樹編訳、国書刊行会、1999年

杨・史云梅耶,《史云梅耶的世界》,赤塚若树编译,国书刊行会,1999年

※ 若你因电影《极乐同盟》《爱丽丝》而成了其视觉派影迷,那么这本满载相片和插图的资料集值得推荐。优秀的编辑选编了史云梅耶写的摄影日记以及艺术评论中的拔萃。年谱自不必说,录像等影像资料信息都很详细。

边界地带的孩子们

* 利比英雄的作品

『星条旗の聞こえない部屋』講談社、1992年

《听不到星条旗的房间》,讲谈社,1992年

『天安門』講談社、1996年

《天安门》,讲谈社,1996年

『国民のうた』講談社、1998年

《国民的歌》,讲谈社,1998年

※ 另外还有散文集《日语的胜利》(讲谈社,1992年);《新宿的万叶集》(朝日出版社,1996年);《身份》(讲谈社,1997年);《最后的边境之旅》(中央公论新社,2000年);《书写日语的房间》(岩波书店,2001年)。

* 水村美苗的作品

『續明暗』筑摩書房、1990年(『續明暗』として、新潮文庫、1993年)

《续明暗》,筑摩书房,1990年;《续明暗》,新潮文库,1993年

『私小説 from left to right』新潮社、1995年(新潮文庫、1998年)

《私小说:从左到右》,新潮社,1995年;新潮文库,1998年

※ 另外还有和辻邦生的来往书信《信，附上书签》(朝日新闻社，1998年)

ジル・ドゥルーズ、クレール・パルネ『ドゥルーズの思想』〔1977〕田村毅訳、大終館書店、1980年

吉尔·德勒兹、克莱尔·帕尔奈，《德勒兹的思想》(1977)，田村毅译，大修馆书店，1980年

※ 这是德勒兹对自己思想的概括。无论是即将开始阅读德勒兹的作品，还是对巨著望而却步的人，这本都是可以优先推荐的最佳入门书。可以接触到他思想的精髓。

篠原資明『ドゥルーズ ノマドロジー』講談社〈現代思想の冒険者たち〉、1997年

筱原资明，《德勒兹；游牧思想》，讲谈社，"现代思想的冒险者们"，1997

船木享『ドゥルーズ』清水書院、1994年

船木享，《德勒兹》，清水书院，1994年

※ 这两本书从人与思想两个方面概述了德勒兹。筱原的著作以充实的思想解说而受到关注。船木的著作是易于阅读的便携传记系列之一。

多和田葉子『カタコトのうわごと』青土社、1999年

多和田叶子，《只言片语的呓语》，青土社，1999年

※ 关于文学和文学创作的散文集。多和田对现代文学所特有的敏锐视角在书中随处可见。与小说作品不同的是，她的作品锋芒毕露，痛快淋漓。当然希望大家品读《三人关系》(讲谈社)、《入赘的狗女婿》(讲谈社文库)、《狐狸之月》(新书馆)、《文字移植》(河出文库)、《雏菊茶的时候》(新潮社)、《光与胶的莱比锡》(讲谈社)等作品中独特、古怪曲折的小说世界。

小森陽一『〈ゆらぎ〉の日本文学』NHKブックス、1998年

小森阳一，《"摇摆"的日本文学》，NHK books，1998年

※ 最后一章"'日语文学'的方向"，对利比和水村，加上本节中没有涉及的在日朝鲜/韩国人文学等，以及现在日本文学中新出现的"摇摆"现象进行了分析。从雄心勃勃、痛快淋漓的第一章到这最后一章，无不揭示了现代日本文学语言的诞生过程。小森在与不同作品的接触中，昭然展露了"文学语言"内在的摇摆本质。

垂水千恵『台湾の日本語文学——日本統治時代の作家たち』五柳書院、

1995 年

垂水千惠,《台湾的日语文学——日本统治时代的作家们》,五柳书院,1995 年

※ 这是一项宝贵的研究,挖掘了至今尚未提到的台湾地区的“日语作家”们。其中分别提到了持有不同观点、经历不同命运的邱永汉、周金波、吕赫若等六人。其中几位的作品,可以在黑川创编《“外地”的日本文学选 1 南方·南洋/台湾》(新宿书房,1996 年)一书中读到。邱永汉的《香港·浊水溪》(中公文库)也是必读之作。

川村湊『生れたらそこがふるさと——在日朝鮮人文学論』平凡社、1999 年

川村凑,《落生乃故乡——在日朝鲜人文学论》,平凡社,1999 年

※ 关于“在日”的日本文学历史,从其发端,一直追溯到现代的柳美里等。这是日本文学研究真正的嚆矢,首先应该参考的力作。川村凑的著作有《异乡的昭和文学》(岩波新书,1990 年);《跨越海洋的日语——殖民地的“国语”时间》(青土社,1994 年);《南洋—桦太(库页岛)的日本文学》(筑摩书房,1994 年);《从文学看“满洲”》(吉川弘文馆,1998 年);《读风,写水——少数派文学论》(讲谈社,2000 年)等,都是充满刺激性的著作。

スラヴェンカ・ドラクリッチ『カフェ・ヨーロッパ』(1996)長場真砂子訳、恒文社、1998 年

史拉玟卡·德古丽琪,《欧洲咖啡馆》(1996),长场真砂子译,恒文社,1998 年

※ 本书生动地介绍了所谓的世界主义者生活在怎样的状态下。这是一本充满魅力的随笔集,充分发挥了女性特有的生活感觉和灵活知性。在获取愉悦和感动的同时,也能够了解南斯拉夫及巴尔干国家错综复杂的情况。

アブデルケビル・ハティビ『異邦人のフィギュール』(1987)渡辺諒訳、水声社、1995 年

阿卜杜勒克比尔·哈蒂比,《异邦人的形象》(1987),渡边谅译,水声社,1995 年

※ 这本书介绍了六位受“去西方化”冲击影响的“法国”作家。特别突出的是从 19 世纪末开始不断到波利尼西亚和中国旅行的维克多·塞加伦;在《疯狂的艾尔莎》中实现了

阿拉伯语和法语的杂交的路易·阿拉贡;以及让·热内,他在《爱的囚徒》中试图通过积极与巴勒斯坦人接触来逃离西方。书末关于"文学国际主义"的考察也很精彩。

エドウィッジ・ダンティカット『息吹、まなざし、記憶』(1994)玉木幸子訳、DHC、2000年

埃德温奇·丹蒂卡特,《呼吸、视线、记忆》(1994),玉木幸子译,DHC,2000年

※ 有魅力的跨境文学作品不胜枚举,但这一作品特别值得推荐。作者是12岁时从加勒比海的前法国殖民地海地来到美国的一名黑人妇女。她把从海地克里奥尔文化和美国现代社会两种生活中感受到的痛苦丰富生动地传达给了读者,并出版了短篇文集《克里克? 克拉克!》(五月书房)。

后 记

由土田知则、伊藤直哉和青柳悦子合著的《现代文学理论——文本·阅读·世界》一书有幸获得了大家的好评，而三人中更“偏重文学”的土田和青柳心中一直藏着的“接下来写‘实践篇’”的愿望，这次也终于得以实现。作为作者，我们一直感到有责任把我们以文学作品为对象的研究写成书，我们相信，尊敬的读者中一定有人一直在（摩拳擦掌地）等待我们展现自己的阅读实践。

本书的任务不是详细阐述“理论”本身，而是提出一份现场报告，说明如何在阅读“作品”的行为中活用“理论”。我们称之为“文学理论”的东西在文学研究上的种种问题设定和概念手段如何在实际的文学文本面前施展拳脚？文本又如何启发和扩展理论性思考？希望通过我们这两位合著者的阅读工作，揭示理论的力量和文本的力量之间的相互作用。

虽然本书也选取了若干日本古典文学作品，但主要关注英国、美国、法国和意大利等国的现代文学作品以及日本现代小说。这些文学作品体裁多种多样，有纯文学、史诗小说、儿童文学、侦探小说、神秘小说和言情小说。从哲理性作品到波普式的轻松作品，各种倾向的文学作品都有。我们希望大家能通过“理论”的方法，来品味和探求活跃在当代的各种文学作品所展现的（当下的）文学魅力。

在上一本书《现代文学理论》的后记中，我写道：“如果把文学理论作为一种时尚的时代已经结束,那将是一件令人开心的事情。"我写本书时,越来越强烈地感受到这一点。现在回想起来,在理论"流行"的时代,文学专业的本科生和研究生都沉醉于艰涩理论的学习,暗自认为研究的内容越"难"越"高人一等"。拉康、克里斯蒂娃、德勒兹和德里达几乎都被神秘的光环包围,散发着灿烂的光辉,实际上这是一种对事物的讳莫如深,反过来说可能是搭上了蒙昧主义的顺风车。然而,现在,深奥的东西本身不再具有吸引力。我们不再对难解的理论顶礼膜拜,所谓的理论工具在我们与文本打交道的过程中是如何发挥作用的,才是问题所在。

"发挥作用",并不意味着它是可以导出"正解"的有效工具。我的意思是,它是一个跳板,可以让我们更生动地体验文本中所蕴含的理性魅力和感性魅力。

说到文学理论实践的书,大概有许多读者会期待一本"理论及其应用"类型的实用手册,希望作者能从文学作品中提取与理论工具一一对应的文本片段,并展示分析工具的巧妙之处。然而,本书并没有把文学理论看作具有固定功能的完整工具。因为本书出自将文学理论视为启发文学思想的手段的两位作者之手,所以它具有一些多样的内涵。或许本书缺少作为"标准解答范例"的清晰度,但理论和文本交织的对话,以及理论所具有的多面性足以使它唤起力量。读者能够欣赏到理论与文本交织的对话、理论思想的多方面的感召力,并通过"理论感性"体会到文本的颤动,没有比这些更令我们期待的了。

当有人询问我的专业是什么时,我回答说,"我在从事一些被称为文学理论研究的工作"。但遗憾的是从没有人跟我说:"那你一定是一位感受力丰富的人。"所以这一次,有机会公开我的阅读,我想和大家分享"文学理论"如何反向激活我个人的"感性”体验。衷心地期望尊敬的读者们能从我们的阅读中得到启发,并将其作为发展自己阅读能力的基础,以理论关注为支撑,调动自己的知性和感性。

本书开头的图表(“现代文学批评理论一览表”)是由土田制作的。我们期待大家能把它作为一个概览,了解目前在文学研究领域存在什么样的问题,以及它们之间的位置关系。书末的索引是由千叶大学研究生院社会文化科学研究科的博士生须藤温子制作的。

接下来请允许我说一下我的私事。1999 年 12 月,我突然失去了我的母亲。独自在厨房里、身体已经变冷的老母亲,令我至今难以释怀。我在这本书中列举的作品,都是在那段令我辗转难安的痛苦岁月里所阅读的作品,阅读这些作品成了我生活的寄托。因此,带着对这些作品的感激之情,我想把这本小书献给一直温暖守护着我,支持着我的亲人、各位同事以及我的朋友们。

感谢与我合著此书的土田,感谢他在这一年的时间里一直默默地等待着我的完稿。

最后感谢我的编辑——新曜社的涡冈谦一先生,感谢他自始至终都以细致而富有热情的工作姿态陪伴我完成此书。当我准备手稿时,有一件事一直在我的脑海里,那就是要写出能让最挑剔的读者涡冈先生满意的书。请接受我和与我抱有同样想法的土田先生的衷心感谢。

我们希望这本书能让更多的读者喜爱。

青柳悦子

人名・书名索引

ア行

カ行

サ行

タ行

阿瑟・柯南・道尔(ドイル,アーサー・コナン)

《血字的研究》(『緋色の研究』)

塞尔日・杜布罗夫斯基(ドゥブロフスキー,セルジュ)

《玛德琳蛋糕在哪里》(『マドレーヌはどこにある』)

德勒兹(ドゥルーズ,ジル)

《反俄狄浦斯》(『アンチ・オイディプス』)

《卡夫卡：为了少数文学》(『カフカ——マイナー文学のために』)

《千高原》(『千のプラトー』)

《德勒兹的思想》(『ドゥルーズの思想』)

皮埃尔・吉勒・德热纳(ド・ジャンヌ,ピエール=ジル)

陀思妥耶夫斯基(ドストエフスキー,フョードル・ミハイロヴィッチ)

阿尔封斯・都德(ドーデ,アルフォンス)

《塞甘先生的山羊》(『スガンさんの山羊』)

茨维坦・托多洛夫(トドロフ,ツヴェタン)

《老鼠先生如何被石头砸到脑袋,发现了世界?》(『どのようにして頭に石が当たり、ネズミさんは世界を発見するのか』)

老鼠(『ネズミ』)

保罗・德曼(ド・マン,ポール)

《盲点和洞察》(『盲点と洞察』)

《阅读的讽喻》(『読むことのアレゴリー』)

《抵抗理论》(『理論への抵抗』)

《浪漫主义修辞学》(『ロマン主義のレトリック』)

史拉玟卡・德古丽琪(ドラクリッチ,スラヴェンカ)

《欧洲咖啡馆》(『カフェ・ヨーロッパ』)

托尔斯泰(トルストイ,レフ)

《战争与和平》(『戦争と平和』)

ナ行

中井英夫(中井英夫)

《给虚无的供物》(『虚無への供物』)

中村雄二郎(中村雄二郎)

那须正干(那須正幹)

夏目漱石(夏目漱石)

纳博科夫(ナボコフ,ウラジミール)

新仓俊一(新倉俊一)

西川直子(西川直子)

《克丽斯蒂娃：互文性》(『クリステヴァ ポリロゴス』)

西谷修(西谷修)

西永良成(西永良成)

《米兰・昆德拉的思想》(『ミラン・クンデラの思想』)

尼采(ニーチェ,フリードリッヒ)

八行

マ行

ラ行

ヤ行

事项索引

装置(装置)
相貌知觉(相貌的知覚)

タ行

无聊(退屈)
对话(対話)
他者(他者)
他者性(他者性)
与他者相互关联(他者との連携)
复调(多声性)
解构(脱構築→ディスコンストラクション)
解构批评(脱構築批評)
去视觉化(脱視覚化)
脱中心化(去中心化)
去领土化(脱領土化)
塔纳托斯(タナトス)
侦探[探偵=推理小説(探偵小説)]
侦探/罪犯(探偵/犯人)
杀父(父殺し)
父亲的语言(父の言語)
解构(ディスコンストラクション)
反沟通(ディス・コミュニケーション)
主题(テーマ)
主题批评(テーマ批評)
同质性叙事世界式的(等質物語世界的)
逃逸线(逃走の線)
树状[トゥリー(樹木)]
插词法[トメーズ(合成語分離法)]

ナ行

内属关系(内属関係)
熟识[なじむ(なじみ)]
迷小说(謎小説)
快速浏览(斜め読み)
叙述学(ナラトロジー)
双重语言使用[二重言語使用(ダイグロッシア)]
日常语言(日常言語)
人称(人称)
人称化(人称化)
人称的边界[人称の壁(境界)]
Nouvelle-Critique(ヌーヴェル・クリティック)(新批評)
母语(ネイティヴ)
本地人(ネイティヴ)
游牧民(ノマド)
秩序(ノモス)

ハ行

母亲的语言(母の言語)
矛盾(パラロジー)
逆反批评(反定立的批評)
反历史(反歴史)
比较(比較=差別)
流浪汉小说(ピカレスク・ロマン)
褶皱(襞)

否定存在论(否定存在論)
一见钟情(一目惚れ)
非文学的文体(非文学的文体)
漂泊者[漂流者(民)]
开放的叙事(開いた物語)
解辖域化(非領域化)
家庭·罗曼史(ファミリー·ロマンス)
恒常性(不易性)
女性主义(フェミニズム)
不确定性原理(不確定性原理)
多元性(複数性)
多元的(複数的)
多元状况(複数の状況)
多元的存在[複数的(な)存在]
多元自我(複数的な自己)
多元文化(複数文化)
相互包含(含みあい)
文学(文学)
文学性语言(文学的言語)
文学语言(文学言語)
文学人类(文学的人間)
文学文体(文学的文体→非文学的文体)
文学工作者(文学者)
文学批评(文学批評)
文学理论(文学理論)
文化复合(文化複合)
人格(ペルソンヌ)
不可改变性(变更不可能性)
流亡(亡命)
母语(母語)
母语(母国語)
后殖民[ポストコロニアル(批評)]
后海森堡式的现实(ポスト·ハイゼンベルク的現実)
复调(ポリフォニー)

マ行

少数(マイナー)
少数文学(マイナー文学)
视线的触觉(まなざしによる触診)
多元文化(マルチ·カルチャー→複数文化)
模拟推理小说(ミステロイド)
言语模仿事物(ミモロジスム)
潜意识(無意識)
元意识(メタ意識)
元语言(メタ言語)
元小说(メタフィクション)
元推理小说(メタミステリー)
相互变身(メタモルフォーズ)
叙事(物語)
故事(物語)
叙事世界(物語世界)
叙事知识(物語的知識)
普遍的叙事“语法”(物語の普遍「文法」)
叙事学(物語論→ナラトロジー)
独白(モノローグ)
一元化(モノロジック)

ヤ行

融合(融合)
游牧民(遊牧民 →ノマド)
游牧民式的连带关系(遊牧民的な連帯)
欲望(欲望)
欲望理论(欲望理論)
拟态欲望(模倣的欲望)
阅读(読むこと)

ラ・ワ行

理想主义(理想主義)
块茎(リゾーム)
理论(理論)
毗连性关系(隣接的関係→換喩的関係)
相似性关系(類似的関係→隠喩的関係)
象征态(ル・サンボリック)
符号态(ル・セミオティック)
历史(歴史)
俄国形式主义(ロシア・フォルマリズム)
浪漫主义(ロマン主義)
明白(わかる)
分化(分けること)
“我”(=叙述人)(私=語り手)

著作权合同登记号桂图登字:20-2023-085号

图书在版编目(CIP)数据

现代文学理论实践:叙事·自我同一性·跨境/(日)土田知则,(日)青柳悦子著;朱卫红译.—桂林:广西师范大学出版社,2023.7
ISBN 978-7-5598-6054-5

Ⅰ.①现… Ⅱ.①土… ②青…③朱… Ⅲ.①外国文学-现代文学-文学研究 Ⅳ.①I106

中国国家版本馆CIP数据核字(2023)第089662号

现代文学理论实践:叙事·自我同一性·跨境
XIANDAI WENXUE LILUN SHIJIAN: XUSHI · ZIWO TONGYIXING · KUAJING

出 品 人:刘广汉　　责任编辑:刘　玮
助理编辑:陶阿晴　　装帧设计:薄小钧
营销编辑:康天娥　金梦茜

广西师范大学出版社出版发行
(广西桂林市五里店路9号　邮政编码:541004
网址:http://www.bbtpress.com)
出版人:黄轩庄
全国新华书店经销
销售热线:021-65200318　021-31260822-898
山东韵杰文化科技有限公司印刷
(山东省淄博市桓台县桓台大道西首　邮政编码:256401)
开本:890 mm×1 240 mm　1/32
印张:9　字数:200千
2023年7月第1版　2023年7月第1次印刷
定价:69.00元
